アレクサンドロシア
シューター（本名：吉《ヨシ》田《ダ》修《シュウ》太《タ》）
カサンドラ
ニシカ
新約
異世界に転生したら全裸にされた
[改版] 1

ギムル
雁木《ガンギ》マリ
ツヨイハディ

新約
異世界に転生したら全裸にされた
［改版］1
狐谷まどか
illust by もちうさ
今日から
家畜小屋が
俺の家

CONTENTS

【プロローグ　気がつけばそこは辺境の開拓村だった】

「もう一度聞こう。お前にはいったい何ができる?」

俺は今、全裸にされた上にロープで簀巻《すま》きにされている。

ちょっとしたドMな格好だが、そういう店に来たわけではなかった。

そんな趣味もないし、そんな金もない。

ただし、今の状況を少しだけ俺は理解していた。

俺は今、気がつけば異世界にやって来たのだ。

バイトの帰り、確か駅前の立ち呑み屋で一杯だけ引っかけて帰ろうと思っていたところまでは覚えている。

「た、体力には自信があります。色々なバイトをしてきたので、大概の事は順応できると思います……」

目の前にいる村長と思しき妙齢の女性を前に、俺は声を振り絞る様に言った。

ここで回答を間違えれば、たぶん俺はとんでもない目にあうだろう。

考えるんだ。考えるんだ修太《しゅうた》。

自分にそう言い聞かせながら、砂を含んでざらついている口の中の違和感と戦った。

「ほう、そのバイトとやらが何かは知らんが、わらわをガッカリさせないでもらいたいものだ」

「……ご期待に応えられる様に頑張ります」

「フン。この村には無駄飯を食わせる様な余裕はないからな。けれど労働力はいくらあっても足りないんだ」

あごをしゃくってみせた妙齢の女村長。すると、女村長の側《そば》にいた筋肉隆々の青年に俺を掴んでどこかに連れて行く。

筋肉隆々の青年は俺を乱暴に引きずりながら、家畜小屋に放り込むのだった。

◆

俺の名は吉田《よしだ》修太。今年で三二歳になった日本人だ。

元の世界ではフリーターをしていた。高校時代からあらゆるバイトをして大学在学中もそれは同じ。

ただし転落人生がはじまったのは大学に通い出してからだった。

とにかくアルバイトをするのが楽しかった。稼いだ分だけ自分のものになる。

金は少しでも多い方がいい。

これは高校時代にバイトをはじめた時から思っていた感覚だが、三流大学に何とか入って自由な時間を大量に手に入れてから確信に変わった。働けば金が手に入る。勉強なんてやっているだけ馬鹿らしい。

だからとにかく大学在学中はアルバイト三昧で、とうとう留年する羽目になった。

親にはその事でこっぴどく怒られた挙句に、学校を辞めさせられてしまった。俺の家は三人兄妹だし俺は長男だ。後に続く妹たちの進学を考えれば当然の事だった。

大学を中退した俺は、それからも様々なバイトをした。高校時代から異世界にやってくるまでに経験したそれらは、なかなか居酒屋トークに花を咲かせるにはちょうどよい内容だった。

定番のコンビニ、飲食店、ホームセンターにはじまり、造り酒屋やレストラン、新聞配達もやった。解体業者やリサイクルショップ、運送の集配、劇場の大道具なんてのもある。

それから建設関係や土木関係。中には餅つきのパフォーマンスをするものや、ライター業の真似事なんてのもあった。

けれど全体を通してみれば、大学中退という学歴なので単純労働か肉体労働が多い。

基本は人づてにヘルプの仕事を紹介してもらっていたので、助っ人を終えると仕事がなくなってしまう。

故に、どれも長く続ける事はできなかった。


そんな俺だけれども、ひとつだけ二〇年以上続けているものがあった。

空手だ。

子供の頃は強制的に親の命令でやらされていたものだったけれど、これが小中学校を通して生活の一部、当たり前のものになった。

中学では高校受験まで続けて、受験のために一度は辞めた。

けれど辞めてみると世間は当時格闘技ブームまっさかりだった。

テレビで年末などに試合風景を見ていると、また自分でもやってみたいと思うようになったものだから、高校進学と同時に空手部に入部した。

高校時代はこれまでやっていた流派とは別だったが、そんなの関係ねえ。

今まで強制的にやらされていたのと違って、この頃から空手が楽しく感じた。

大学でも、そこまで本気印の部活ではなかったが、格闘技サークルに所属していろんな武道や空手の選手と交流したもんだ。

ただしメインはあくまでアルバイトだ。金稼ぎの合間に、ちょっとだけ体を動かしてストレス発散するのだ。

当時は親に勘当同然で家を追い出されたものだから、お世話になった古流空手の先生の自宅に住まわせてもらって、師範代みたいなことをしていたのだ。

あの頃は楽しかったなぁ。

今の俺は家畜小屋にいる。

とにかく臭い。

最後にやっていたバイトがなかなか評判の定食屋でひたすら皿を洗う仕事だったが、それに比べればここは清潔感の欠片《かけら》もない場所。

しかも俺は全裸ときたもんだ。

服ぐらいは欲しいと思ったものだが、気がつけば異世界に飛ばされて林の中をさまよっている時に、俺を見つけたこの村の住人に捕まって身ぐるみはがされた。

俺を捕まえた村の住人は、茶色い肌をした猿と悪魔のハイブリッドみたいなやつだった。

俺と同じ様な見た目の村の人間たちは、ハイブリッド悪魔を確かゴブリンと呼んでいた。

ここはファンタジーの世界らしい。

しばらく暗がりの中でもぞもぞと体を動かしていると、徐々に目が冴《さ》えてきた。

時刻はまだ陽が出ている頃だろう。

ボロい家畜小屋の壁は隙間だらけで、そこから太陽光が差し込んでいた。

俺がこの村の住人に捕まったのが確か早朝。女村長の前に引き立てられたのが、確か昼前。その間、飯は食っていない。

腹が減っている事は間違いないが、まだ状況を飲み込めていない俺はそれどころじゃなかった。

むしろ尿意の方が危険で、残念ながら俺は先ほどジョビジョバした。

どうせ家畜小屋だし、気にする事はない。

しかし寒いな。

俺はそんな事を考えながらふたたび家畜小屋の中を見回す。

家畜小屋は藁《わら》が敷き詰められていて、そこに俺が転がっている。喉が渇いたが、家畜用と思われるエサ皿に水が入っているだけで、人間用とは思えない。飲むのは少し考えた方がいいだろう。

最悪、このまま放置されているのなら飲むしかないが、ここで腹を壊せばもしかしたら死ぬかもしれない。それは怖い。

俺はいったいどういう理屈でここに飛ばされたのか、未だにわからなかった。

妙齢の女村長は俺に言った。「お前には何ができるのか」と。

過去の雑多なバイト経験からすれば、何でもできるし、何もできないという事だろうか。

空手はできるが、実のところさほど強いわけではない。実際に人間をボコスカ殴った事があるわけでもないし、工場や職場でいろいろとモノを作ったといっても、それは文明の利器たる工具やパソコンがあるからできた事だ。

ここには何もない。

ゴブリンがいるんだから、ここが異世界であるとして。この時代は元の世界だとどの程度の文明発達具合だろうか。

俺は何ができるのだろうか。何もできなければ、たぶん殺される事は容易に想像できた。

女村長も言っていたが、きっと村は余分な人間を食わせていけるほど、裕福ではないのだろう。

だとすれば、俺は労働と空手でそれなりに鍛えた体で、貢献する以外にない。

それにしても喉が渇いた。

寒い。せめて服を返して欲しい。俺があの時持っていた荷物はどうなるのだろうか。

何を持って異世界に迷い込んだのか、今にしてみると覚えていない。

それらは返してくれるのだろうか。

そんな事を考えていると、ギイと不気味な音がして家畜小屋のドアが開いたのだった。

「ついてこい、飯を食わせてやる」

そう俺に告げたのは、林をさまよっていた俺を捕まえたゴブリンだった。

ゴブリンに簀巻きにされたロープをほどいてもらうと、俺は家畜小屋から外に出る事ができた。

小屋の前には、俺を連れ回していたいかつい青年がいる。

「こっちだ」

青年は監視役だったらしく、ゴブリンと軽く相槌《あいづち》を打ち合うとそのままついてくる。

俺はゴブリンに従って後についていく。

外は眩《まぶ》しかった。

片手で太陽光を塞ぎながら、もう片手で股間《こかん》の前を隠す。風は冷たいが、太陽光は少しだけ温かい。季節は春か、秋といったところだろうか。

前を行くゴブリンに続きながら、俺は周囲を観察した。

まばらに土壁の家が建っている。

煙突があるから、それなりにしっかりした内装の家々なのだろう。最初にこの村に連れてこられた時にも思ったが、たぶん数百人程度の規模をかかえる村のはずだ。

周辺が林に囲まれていて、村の集落の辺りだけが切り開かれていた。家の側には小さな畑もあれば、家畜小屋の様なものもある。

「なああんた、名前は何て言うんだ。俺は修太だ」

前を行くゴブリンに向かって俺は自己紹介をした。

ゴブリンは立ち止まると、一瞬だけ俺の顔を見た。年齢は何歳ぐらいだろうか。ゴブリンは俺よりも頭ふたつぶんぐらい低いが、とてつもなく筋肉質だ。

例えるならジュニアヘビー級のプロレスラーみたいな体型だ。それをミニチュアにしたような感じだ。

顔は皺《しわぶか》深いが、たぶんこれがゴブリンのデフォルトなのだろう。だから年齢がわからない。

ゴブリンは俺を無視してまた歩き出した。

「連れないな。名前、あるんだろ？」

返事はくれなかった。

あまりしつこく会話をして嫌われてしまうと、どうなるかわからない。本当は現状を把握するためにもいろいろ知りたいのだが、この辺りで我慢する事にした。それにしても、異世界であるのに会話が通じるのは不思議だ。

連れてこられた場所は、あの女村長の家の裏手の様だった。

カフェテラスではないが、裏手には木組みの縁側みたいなものがあって、その側に土窯があった。ここで煮炊きをしているのかもしれない。

「座れ」

言葉数少ないゴブリンに命じられて、俺は木組みの縁側に腰掛けた。土窯の側で煮炊きをやっていた若い女が、おたまで木の食器にドロドロの液体を注いでいた。

若い女は明らかに俺を警戒していた。

「やあ、ありがとう」

女の差し出した食器を受け取りながら笑顔を見せたが、残念ながら手渡してすぐに若い女は逃げ出す。

嫌われたもんだ。いや、よそ者はここでは珍しくて、あまり関わり合いになりたくないのかもしれない。

俺は渡された食器の中身を見る。

ドロドロのそれは、オートミールか何かだろう。赤いピーマンの様なものやオートミールと何かの豆、芋、それからベーコンか何かの破片がひときれだけ確認できる。

「食え。食ったら仕事だ」

ゴブリンはそう言うと、自分も若い女から皿を受け取っていた。

チラリと中身を確認したが、こっちは量も多いうえに、どういうわけかベーコンの破片が多い。

木のスプーンですくって食べると、味は薄かった。あまり美味しいものではないが、それでも腹を空かせていたのでそれなりに嬉《うれ》しい。ほんの一〇回ほどスプーンを事務的に口へ運ぶと、オートミールはなくなってしまった。

「おかわりはありませんよね？」

もちろんその質問は無視された。

飯が終わると、俺はそのまま服を渡された。

元々着ていたものではなく、ボロボロの麻布の服だった。いや、村人たちが着ているしっかりしたそれではなく、ただの腰巻きだ。そして小ぶりな斧《おの》をわたされた。

「この薪《まき》を割れ。割ったらそちらの山に積み上げげろ」

ゴブリンは俺にそう言いながら薪の山を指さした。薪割りの仕事が俺に与えられた仕事らしい。

「薪割りが終わったらどうすればいい？」

「ここにある薪全部だ。薪は分配して村で使う。この隣に積んだ薪の山もやれ、それが終わればその隣の薪も」

言われた俺が、薪の山の連なりをぐるりと見回す。おおう。これは一日で終わる仕事ではない。一週間ぐらいかかるんではないだろうか。

俺は無感動な笑いを浮かべて返事をした。

「わ、わかった」

◆

やあみんな、俺の名は吉田修太。

とある異世界の村で薪割り職人をやっている男さ。

腰巻き一丁に手斧がひとつ。それが俺の職場でのファッションスタイルである。

今日も朝から薪を割っている。

季節は春だそうだ。冬場のうちに使い込んでしまった薪を補充するために、木こりのゴブリンたちが集めてきた木を叩き割って、村のそれぞれの家で使える様に形を揃えていく。とても簡単な仕事だ。ただしとにかく体力がいる。

初日の俺はこうだ。

まず、切り株の上に適当に切りそろえられた大き目の薪に手斧を振り下ろした。慣れていない作業なので、手斧は薪に食い込んで取れない。薪がひっついた状態でもう一度切り株に叩きつけると、薪が割れる。

最初のうちは不揃いで、無駄な動きもとにかく多い。

手を振っているうちに五分もすればまず掌がしびれてきた。これは手にマメができる前兆だった。摩擦で皮膚がこすれて熱くしびれはじめるのだ。それから次の五分で腕がダルくなる。続いて二の腕だ。最後に腰が重たくなってきて、どうにもならなくなる。

これらは過去のバイトで経験したことがあった。

そのむかし、年末年始に餅つきのアルバイトをやっていた事があったからだ。あの時は両手持ちの木の杵《きね》でやるので、両腕ともいかれてしまった。あれを毎日やっていると、そのうち楽をするために体が力を抜く様になるんだが、薪を割る作業はちょっと違った。

こいつは片手でやらなくてはならないのだ。

片手はとにかく辛い。しかし片手でやらなくてはいけない。なぜなら、腕を休ませるために交互にやるのが肝要だからである。

それを知らなかった俺は、初日のうちは両手でやっていた。小さな手斧を両手で振ると確かに楽なのだが、何となく無駄が多い事に気づいた。二日目には片手でやる事を覚えて、少し楽になった。こういう作業は、とにかく力んで作業をしていると、続かないのだ。あらゆる肉体労働系のアルバイトをしていた俺にぬかりはない。

手抜きのやり方を覚えた三日目には、俺は立派な薪割り職人になりつつあった。

「ふむ。お前は自分で言っていた通り、確かに体力だけは少しはあったようだの」

妙齢の女村長が、俺の職場見学にやってきてそんな事を言った。

嬉しい事を言ってくれるじゃないの。

自慢じゃないが、俺はいろんなバイト経験をしてきたから、特に上手くはないが何でもそつなくこなしてみせる自信がある。

俺はそれをいつも六〇点主義と呼んでいた。

一〇〇点を取ってしまうと、ひとは満足してしまう。

だから常に六〇点の出来栄えを目指す。

できたらそれを五〇点としてさらに一〇点大目に頑張る。これの繰り返しだ。

「ありがとうございます。ありがとうございます」

「まあ、いきなり農作業をやらせるわけにはいかないからな。勝手に畑の作物を食べられたら大変だ」

女村長は俺にそう言ってフフフと笑った。

なかなか美人だ。

こうしてみると茶色い髪を腰辺りまで伸ばした妙齢な村長は、三〇そこそこといったところだろうか。

いつだったかモノの本で読んだが、むかしは人間の寿命なんて五〇かそこらだったらしい。

だから結婚も早ければ、出産も早い。それだけ人間が大人になるのが早かったんだろう。

そういう意味で三〇過ぎの女村長がいたところで、どこもおかしくはないのだ。

なかなかの美人であるところの女村長は、満足したのか監視役の筋骨隆々な青年に目くばせをすると、自分の屋敷へと戻っていった。

初日以来、俺の監視をしている青年は、深々と頭を下げて女村長を見送っていた。

さて、俺の仕事は続く。

何が悲しいのか、ここ数日にわたって薪の山の連なりを消化していたはずだったが、木こりのゴブリンが次々に新しい薪を持ってくるので、この作業がひとつも終わらない。

監視役の青年はずっと俺の側にいるが、こいつはひとつも仕事を手伝わなかった。その代わりに、時折腰にさした剣を抜いて、チャンバラの真似事をやっていた。訓練を兼ねた、俺に対する威嚇でもしているつもりなんだろう。いい身分だぜ。

四日目になると、腰巻きがこすれて俺は衣擦れで怪我をした。

腰骨の辺りがどうもヒリヒリすると思ったら、皮膚が軽くすりむけているではないか。それにしばらく腰巻きを洗っていなかったので、村長の家の若い女を見つけて、話しかける事にした。

「お嬢さん、ちょっといいかな?」

当然、全裸で腰巻きをぶら下げた俺に、女は警戒心をあらわにする。

だって全裸だもん、当然だよな。

「…………」

「この腰巻きを洗濯して干しておきたいんだけど、この井戸は使ってもいいものですかね?」

言葉は丁寧に、だ。

最初はフレンドリーにゴブリンへ話しかけたが、あの時は失敗した。ガン無視された。だったら次は丁寧にと思ったが、これもどうやら失敗だったらしい。

わずかの間、俺の話を聞いていた若い女は恐怖の顔を浮かべると、そのままあわてて村長の屋敷に引っ込んでしまった。

「ええと、俺は井戸水をですね……」

使いたかっただけなんだ。

すると背後で剣を磨いていた筋肉青年が言う。

「駄目だ」

「でも、ずっと洗っていないので不衛生ですし。できれば体も洗いたいんですが」

「駄目だ」

「じゃあどうしたらいいんですかね?」

「我慢しろ」

青年は無慈悲な言葉を俺に告げた。

とても悲しくなって俺は作業を再開する。衣擦れがひどいし痒《かゆ》いので、全裸のまま薪割りの仕事を続ける事にした。

「今日の飯は何かな～？」

お昼時になると、日々の最初の食事が配給される。俺がこの世界に来て一番の楽しみにしているのがこの食事だ。そしてもうすぐお昼休みだ。

初日にオートミール風の雑炊を食べてから、ふかし芋に揚げた川魚、蛇のかば焼きやら煮込み野菜のスープなどを食べさせてもらっている。

肉は貴重品だ。肉はあくまでも村でも地位の高い人間の食べ物らしく、この村のカーストで一番低い位置にいる俺は肉は肉でも、ベーコンの破片を少し食べさせてもらえるだけだ。

代わりに蛇やら川魚を少し食べさせてもらえるのだが、とにかく脂の乗ったものが食べたくてしょうがなかった。

何しろ朝から晩まで薪割りという単純だが肉体を酷使する仕事をしているのだ。

本日で異世界の薪割り職人になって一週間が過ぎた。

最初の数日は筋肉痛で死ぬほどつらかったが、働けなくなると殺されるのではないかという恐怖で、ダラダラながらも薪割りを続けた。今はその苦しみから抜け出して、薪割りなんて目ではなくなった。

ただし悲しいことがひとつだけあった。

腰巻きを着用していると死ぬほど痒くなるので、装着するのをやめた。衣擦れもひどいから、ちょうどいい。

問題は、近くの木の枝に腰巻きを天日干ししていたら、それが飛んでいったのだ。目の前で汗を拭《ぬぐ》いながら「ふひゅう」などと言っている瞬間の事だった。

「あ、待て。俺の腰巻き！」

悪戯《いたずら》な風が枝に引っかけていた腰巻きを晴れ渡った空に躍らせる。

あわてた俺は手斧を放り出して、股間の息子をぶらぶらと躍らせる。

それを見た筋骨隆々の青年が、腰の剣を抜き放って躍り出るのだ。

「どこに行く！」

「俺の一張羅が飛んでいきます！」

「仕事をしろ！」

「でも俺の一張羅なんですよ！　つけると痒いけど、ないと夜寒いんです！」

「持ち場に戻らないか！」

融通のきかない青年は白刃をちらつかせて俺の前にずいと出た。

殺される。

俺は格闘技経験者だから、相手の殺気ぐらいはわかる。こいつは本気で俺をいつでも殺せる様に構えやがった。

睨《にら》み合う俺たち。

一瞬だけチラ見すると、腰巻きは地面に落ちた後も、土をずるずるやりながら風に乗って村長の屋敷の入口辺りに飛んでいく。

「キャア!!」

入口はここからは見えない。

大きな悲鳴が聞こえた。

あの若い女のものだろうか。村長の屋敷で下働きしている。

「持ち場に戻れ」

青年はふたたび俺に命じた。

「わ、わかりました」

「それでいい」

「べ、別に逃亡しようとか思ったんじゃないんだからね。一張羅が飛んでいったから取り戻したかっただけなんだからね。あれがなくて夜に風邪を引いたら、あんたのせいなんだからねっ」

悔しいので不満をたらたらと言ったら、また白刃を青年に突きつけられた。悲しくなった俺は、しょうがなく手斧を拾って薪割りに戻った。

ちなみに昼飯は逃亡を謀った罰で、飯抜きにされてしまった。


飯は一日の仕事が終わると、ふかし芋を五つほど毎日もらえる。

昼間なら少しは手の込んだ料理をもらえるが、夜は作り置きしていた冷たいものしかもらえない。

しかそ昼抜きだった今日は、冷めていようが芋をもらえるのはとても嬉しい。

ほんと一日ぶりの飯だ。

ちなみに朝飯はもらえない。一日に二食しか食わせてもらえないのだ。

とても悲しい。

そういえば。

今日は夕食に瓶がついた。

中身はあまり美味しくないぶどう酒だ。まだぶどうの皮粕が残っているものだ。生水はあまり体によくないらしく、これが水代わりらしい。

どうやらこれが女村長から俺への給料という事だった。

「最低限の仕事はしっかりとこなしてくれているらしいな」

「ありがとうございます。ありがとうございます。ぶどう酒までいただけて、感謝しております」

全裸で平伏した俺は、上目遣いで妙齢の女村長を見上げた。

別に嬉しくもなんともないが、飲み水もまともにもらえないのだから、ぶどう酒の搾り粕で作ったような酒でも、ありがたいのは確かだ。

「うん。いい具合に順応してくれているらしい。おいギムル！　この男にこれからも仕事を終えたらぶどう酒の瓶をひとつだけおやり」

「しかし村長、いいのですか？」

「構わないとわらわが言っている」

女村長の命令に、とても嫌そうな顔を青年がした。

青年の名前はギムルというのか。今日はじめて知ったぜ。


陽が落ちる前に俺は家畜小屋《我が家》に戻る。

家畜小屋といっても、以前ここが家畜小屋に使われていただけであって、今の住人は俺だ。

正確には俺と、昼間は外でエサを啄《ついば》んでいるニワトリたちの同居人がいるだけだ。

その日の薪割りが終われば、こいつら同居人を迎えに行って家畜小屋に戻すと、俺も大人しくしているわけである。

体中が痒くて、寝るのもつらいのだが、さてどうしたものか。

そんな事を思っていると、村長の屋敷で下働きをしている？　らしいいつもの若い女が、桶《おけ》にぬるま湯を持ってやってきた。

当然、その側には筋骨隆々な青年ギムルが控えている。

何か悪さをするのではないかと思われて、監視役は未だに外されていない。

「湯を持ってきた。このへちまで体を洗え」

話しかけてきたのは青年の方だった。

若い女は俺の顔を一瞬だけ見ると、汚いモノでもつまむように、ボロ布を持っていた。俺の一張羅であるところの腰巻きだ。

「おお、それは俺の」

「…………」

早く取ってくれと言わんばかりに、グイと腰巻きを突き出す若い女。

「ありがとうお嬢さん。お名前は何というのかな？」

優しいスマイルを浮かべたつもりだったが、かわいこちゃんは鼻をつまんで逃げ出してしまった。痒いし、もう一週間風呂に入ってないのだから、そりゃ臭かろう。

俺はゲンナリした顔で青年ギムルに向き直るとお礼を言った。

「ありがとうございます」

「小屋に戻れ。それと、明日からは薪割りをしなくてもいい」

「え、それじゃ俺、首ですか？　もしかして処刑されるんじゃ……」

「ふん、どうだかな」

青年はそう告げると、俺を家畜小屋に蹴り込んで外から閂《かんぬき》をかけやがった。

暗がりの中で俺は、へちまのたわしをお湯につけて全裸をこすりあげた。最後に残り湯で腰巻きをしっかり洗って干す。

これでもう明日から全裸とは言わせないぜ。

吉田修太、三二歳。

薪割りのヘルプバイトを完遂。

ちなみに今回のバイト代は搾り粕で作ったぶどう酒。

◆

異世界住人であるところの俺の朝は早い。

具体的にはまだ陽も昇らないうちから、同居人のニワトリたちが騒ぎ出すのだ。

「コケコッコー！」

朝ですよ。

ぐいと伸びをしたら暗闇の中で俺の一張羅、腰巻きを装着する。

俺の全装備だが、あるとないとではまるで安心感が違う。ただし腰の辺りが擦れるので、そろそろいいおべべを手に入れたい。

すると突然、家畜小屋の閂が外される音がした。

乱暴にドアが開き、青年ギムルがぬっと体を突っ込んできた。

「起きろ、お前は今日からここを出るんだ」

いきなり顔を出したかと思うと、遠慮なく俺の手を引っ張って外に放り出した。

筋肉塊の青年ギムルに引っ張られると、俺は簡単に放り出される。

まったく乱暴な男だぜ。

「ここを出るって。それじゃ俺は今夜から野宿ですか？　そろそろ暖かくなってきたからいいけど、さすがに夜は人恋しいですし、できれば相棒たちと一緒がいいんですが」

「黙れ」

俺は黙った。

ニワトリたちはドアが開いたら元気よく次々に家畜小屋を飛び出していく。現金なもんで、転がっている俺の上を容赦なしに踏み越えていった。やめろ。俺の屍《しかばね》を越《こ》えるんじゃない。

どうやら相棒だと思っていたのは俺の方だけだった様だ。恋はいつでも一方通行。

「それで俺はどうしたらいいんですか。今日から薪割りはしなくていいんですよね？」

「ついてこい。お前は今日から家畜の世話だ」

「家畜の世話！　ちょっと仕事内容がグレードアップしたぜ」

そんな事を言いながら腰巻きの位置を調整しつつ立ち上がる。

朝はまだ寒いが、少しでも体を動かせば暖かくなるだろう。早く家畜の世話をしたいものだ。

俺は青年ギムルの後をついて歩いた。

「俺は家を追い出されたわけですが、それじゃあこれからはどこで生活すればいいんですかね」

「あそこより大きい畜舎がある。そこで寝起きしろ」

おお、それは嬉しいじゃないか。

三畳一間の部屋からデカい家畜の屋敷に移動か。今度は牛か馬が相棒になるのかな？

……ブタでした。

数十匹のブタがいて、ブヒブヒ言っている。とにかく臭い。

家畜小屋は臭かったが、たぶん悪臭はそれ以上だろう。

「お前はここで、今日から糞《ふん》の掃除をするんだ」

青年ギムルは俺にそう命じると、いつもの様に少し離れた場所に移動して俺を監視しはじめた。

こいつ、もしかしてニートか？

腰に剣を差しているところを見ると、あの女村長の側近なんだろうがまるで働いているところを見た事がない。いいご身分だぜ。

そんな事を思っていると、女にしてはがたいの大きいおばさんがこちらにやってきた。

「あんたが今日から糞掃除をする男かい？」

「やあはじめまして。俺は修太です」

「御託はいいから、そのショベルで樽《たる》いっぱいになるまで糞をかき集めな。それが終わったら樽をあっちの小山まで運ぶんだ」

「小山？　それは何でしょう」

「見ればわかる。いいから仕事をやんな！」

おばさんは手に持っていた木の棒で俺の尻を叩いた。

「アヒィ！」

「口を動かすんじゃないよ、ちゃっちゃと手を動かしな！」

おばさんはとても厳しかった。

言われるままにあわててショベルを手に取ると、ブタたちがそこら辺りに撒き散らした糞をすくって、樽に放り込む。

昨日までの薪割り仕事のおかげでちょっとやそっとの事では疲れる事はなかったが、それでも腰はすぐにだるくなった。


畜舎は割合と大きい。各階に四宅入っているアパートぐらいの大きさはあるのではないか。

そこに三〇あまりのブタがブヒブヒ言っている。

衛生管理という概念がないのだろうか、畜舎は汚らしく、ハエがぶんぶん飛び回っていた。

とても嫌な仕事だが、食べ物を与えてもらうためには仕事をしなければならない。

おばさんは俺の事を少しの間だけ見ていたが、満足したのか木のバケツに入れていた布きれを絞って、ブタたちの体を丁寧に拭《ふ》きはじめた。

いくら体を綺麗にしたところで、そいつらすぐに寝そべるから汚れるだろうよ。

そんな事を考えていると、糞をある程度樽に詰め終わった辺りで、ついでの仕事を俺に命じてきた。

「あんた、ボサっとしてないでその汚れた藁を外に出すんだよ」

「藁をですか?」

「そうさ。新しい干し藁と入れ替えるんだ。ほれさっさとするんだよ!」

おばさんはすぐに怒り出したので、俺はあわてて命令に従った。

俺はこれまでもいろいろなバイトをしてきた。

家内制の小さな工場なんかで手伝いをしていると、時折こういうおばさんがいる。

とにかく厳しく、とにかく口うるさい。右も左もわからない仕事場なのだから、俺は当然右往左往する。

するとお叱りひとつ飛ばして俺をこき使うのだ。

あれは俺が学生服を作っている下町の工場で働いている時の事だった。

経験者優遇とあったが、まったくひとが集まらなかったので、工場の近所に住んでいる主婦のお姉さんたちと一緒に働く事になった。

やれ指が不器用だ、そんなんじゃ売り物にならない、とにかく言葉で責め抜かれた。俺だけだ。

一緒に来ていた主婦のお姉さんたちは、過去にもこの工場で働いた事があったらしい。

初心者は俺だけ。俺は工場オーナーの社長仲間のおじさんから、ちょっとだけ手伝ってやってくれと繁忙期に応援に行っただけだったというのに。

ただし、一週間もして俺がこなれてくると、文句を言われなくなったもんだ。

おばさんばかりの町工場では、荷物運びをする時は男手がいると助かったわけだ。

今回も畜舎のおばさんは、俺をていのいい労働力と見たのか藁の入れ替えに糞運び、何でもかんでも俺に肉体労働をさせた。

ただし、絶対にブタそのものの世話は俺にやらせなかった。

ブタは賢い生き物というのをモノの本で読んだことがあった。一説には犬よりも賢いらしい。

なので、村社会のカーストで最底辺にいる俺にはまるで懐かなかった。

青年に監視され、おばさんに折檻《せっかん》される俺は、あくまでもブタの世話をするブタさまの下人だ。

ブタはまだいい。

こいつはブタといってもたぶんイノブタとかいう類のものだろう。牙が生えていて、毛もわさわさしている。俺の知っているブタとちがって、つるつるしていない。

ところが俺は腰巻き一丁だ、ブタより悪い。

最初に命じられた糞樽を捨てる小山というのは、せっせと運んでみるとすぐに見つかった。

汚泥というのか、糞や汚れた藁、土をこんもり盛った堆肥の山であった。

帰ってくるのが遅くなるとまた木の棒でしばきあげられそうだったので、俺は糞樽をひっくり返して捨てると、すぐに次の糞樽を運ぶ。

都合七往復ぐらいすると、腰がいいかげん苦しくなって背筋を伸ばしたりトントンしたりしていた。

「サボってるんじゃないよ！」

「すませんおばさん」

「誰がおばさんだい。あたしにはジンターネンっていう立派な名前があるんだよ！」

「すいませんジンターネンさん！」

バシリと太い木の棒で腕を思い切り叩かれた。

たぶんこれはアザになるな。俺は空手経験者だからこの痛みがわかる。ミドルキックを腕で受け損ねた時の様な衝撃が走った。


昼飯はいつだって楽しみだ。

今日は特に体全体を使って労働したから、いつもより倍ぐらい腹を空かせている。

どこで飯を食わせてもらえるのだろうとソワソワしていたら、今日は女村長の屋敷の裏手には連れていかれず、代わりにジンターネンおばさんが籠を持って登場した。

「あんたは今日から玉子を食べる事を許された。感謝しな」

「ありがとうございます、ありがとうございます！」

俺は昼飯に、ふかし芋と茹《ゆ》で玉子を食べていい事になった。

玉子なんてどれぐらいぶりに食べるだろうか。

元の世界にいた頃は、コレステロール値を気にしてあまり食べなかった。

モノの本によると実は一日に玉子を何個食べても関係ないらしいが本当だろうか。まあここは異世界で俺にとって異世界初の玉子である。そんな事を気にしていられるか。

俺に与えられた茹で玉子は三つもあった。ふかし芋も三つだ。幸せ。

「あんた」

ジンターネンさんは言った。

「名前は何て言うんだい。別に名前なんてどうでもいいが、そこにいるブタにだってそれぞれ名前がついてるんだ。あんたにだってあるんだろう？」

ちなみに畜舎で一番手前に繋《つな》がれているブタの母親はパンピという名前らしい。なかなかかわいらしい名前じゃないか奥さん。

俺は最初に挨拶で名前を言ったはずだが、それはすでに忘れられているらしい。

「修太です」

「シューター？　フン、偉そうに」

ジンターネンおばさんはそう言って急に不機嫌になると、最後に「さっさと食べちまいな！」と言って太い木の棒で俺の頭を思いっ切り叩いた。

俺は悲しくなって急ぎ最後の茹で玉子を飲み込むと、喉を詰まらせた。

ブタの世話が一段落すると、俺は堆肥を混ぜこぜにする仕事を命じられる。

「今日中によく混ぜて、上から土をかけておくんだよ」

ジンターネンさんが俺に指示する。

返事はもちろんイエスしかない。

「それが終われば？」

「終わったら川から水を汲《く》んでおいで、家畜用の水桶の中身を入れ替えるんだ」

「わかりました。それが終わったら？」

「それが終わったら今日は終わりだ。けどたぶん、ぐずぐずしてると大変な事になるよ」

「大変な事？」

俺が聞き返すと、ジンターネンおばさんは腰に手を当ててふくよかな胸を揺らした。

「もうすぐひと雨くるだろうからね。急ぎな」

空を見ると、北の山あいに大きな雲が広がっている。灰色のどことなく嫌な感じの雲だった。

俺はあわててショベルを持つと、堆肥を混ぜ返す仕事をはじめる。

これがまたとてつもなく重労働だったが、この手の仕事は土木作業を経験していると、多少は似た感じなのでできない事はないと思った。

ただし最近は土木建築関係の仕事はやっていない。

というのも保障の問題やら保険の問題やら、よくわからないが、身元のハッキリしていない俺みたいなフリーのアルバイターは土木会社や建設会社が嫌がる様になったからだ。ちゃんとした正規の人間はともかくとして、いざ事故にあってしまうとこういうバイト君は扱いが大変だ。

それでこういう体力仕事をやるのは、実のところ久しぶりだった。

しばらく堆肥をこね回した後に、土を近場から運んできて被せる。

しかし発酵した堆肥はとても臭い。新鮮な糞と糞まみれの藁も臭い。先日までは俺自身が臭かったが、今は周辺の空気全体が臭かった。

こんな仕事、やりたがる人間がいないわけだ。

だからよそ者の異世界人である俺がやらされているのだろう。

ようやく堆肥を混ぜ終わると、今度は畜舎にあるたくさんの水桶を交換する。

畜舎の中でぶちまけたらジンターネンさんに殺されかねないので、四角い木組みの水桶をどうにかして運ばなければならない。

これが死ぬほど重かった。

水はなみなみと注がれているわけじゃなかったが、抱き上げられるものではない。

いろいろ考えて小さな桶ですくって捨てて、ある程度中を空にしてから、引きずってこれを外に出すと水を排出した。

空の雲行きとにらめっこしながら、とにかく急いでそれを全て捨てる。

捨てたら今度は天秤棒《てんびんぼう》の両方に水桶を引っかけて、川まで水汲みだ。

本当はすぐ近くにある井戸を使わせてもらいたいところだったが、青年ギムルにお願いしたところ、

「駄目だ」

すげなく拒否された。

「どうして……」

「駄目なものは駄目だ」

「じゃあどこで水を汲んだらいいのですか」

「川で汲め」

川は村の外れにあるらしい。ちょっと遠すぎやしませんかね？

なんでも井戸は、利用できる人間が限られているらしい。

とても悲しくなった俺は、天秤棒を担いで急いで川に行った。

天秤棒は俺になじみのあるものだった。

空手では生活の周辺にある道具を武器にする。

拳はもっとも身近にある武器だ。そしてサイというフォークのバケモノや天秤棒もまた武器となるのだ。

天秤棒はおおよそ一間、一八〇センチ程度の長さがある。ちょっと大柄な人間の身長なみである。

振り下ろす、突く、振り上げる、叩き突く、そして足を引っかける、抑え込む。

こういった動作で相手を制するのだ。

捕縛術の道具としても優れており、また相手に致命傷を与える事も容易だ。

俺も武器の中で一番得意な得物は何かと聞かれれば、間違いなく棒の類を口にするだろう。

空手道場でも慣れ親しんだ武器だった。

しかしこの天秤棒を日常の相棒にする日が来るとは思わなかった。

それこそ一〇往復もしていると、水を汲んだ帰りは肩に天秤棒が食い込んだ。

手押し車でもあれば、きっと楽なんだ。だがそんなものは俺にはない。

いやこの異世界にはあるのかもしれないが、見た事がなかった。

何往復しただろうか、ふと木陰で座り込んでいる青年ギムルを目撃した時である。

あいつは瓶を片手で持ち上げて口に運んでいた。

あの瓶は見覚えがある。俺が昨日、妙齢の女村長に褒美としていただいたぶどう酒のはずだ。

「ちょっとギムルさん、あんた何やってるんですか！」

俺は水桶と天秤棒を放り出して青年ギムルに食ってかかった。

「見ればわかるだろう。喉を潤していたのだ」

「しかしそれは、俺のぶどう酒だ」

「だから何だというのだ」

「それを飲んだという事は、対価を払ってくれるんだろうな。代わりに何かくれるのか？」

「黙れ」

俺が必死で食ってかかっていると、青年ギムルはぶどう酒の瓶を置いて立ち上がった。

そのまま腰に下げた剣を引き抜く。

やばい。こいつ目が本気だ。

ぶどう酒を飲んだせいで気持ちが据《す》わっているのか、そもそも俺なんかの事を何とも思っていないのか。

いや、もしかしたらその両方かもしれない。剣を無造作に抜いた青年ギムルは、それを両手に構えた。

こいつ斬る気だ。

そう思ったのは構えながらずいと前に踏み込んだ時、ちょうどその距離が青年ギムルの身長と武器の長さを足した幅だったからだ。

武器の長さと身長を足した距離、それが戦う際の適切な間合いである。

俺は咄嗟にはだしの足で、転がっている天秤棒をつまんでひょいと持ち上げる。

宙を舞った天秤棒を取ると、命の危険を感じて構えるのだった。

◆

どうも、中学三年の県大会で三位になった事もある、空手家の吉田修太です。

空手初段、ボロボロの黒帯を持つ男。

さあかかってきなさい。

俺は青年ギムルと対峙《たいじ》しながら、天秤棒を構えた。

軽く両手に持ちながら、ぞうきんを絞る要領でぐっと力を込める。

青年ギムルは無駄に筋肉隆々な体をしていた。

貫頭衣の親戚みたいな服を着たその上からでもわかるが、それは人種的な特徴に過ぎない。

俺のいた世界だって、白人や黒人はムキムキ度が高かった。

だが俺は違う。

どちらかというと三十路を迎えて肥満体になりかかっていた俺の体は、それでも続けていた空手のおかげで戦うための筋肉をまとっている。

たぶん、まだ使い物になるはずだろう。

ちなみに県大会で三位になったのは型の試合だったので、本心では怖い。

しかし青年ギムルが時々やっていたチャンバラを見た限り、あれは素人剣法だった。

俺はむかし映画の撮影所で斬られ役のバイトをしていた事があり、その時に剣術道場にも通っていた事がある。

あれは間違いなく弱いヤツのイキがった剣の構えだ。

「俺に逆らえばどうなるかわかっているな」

剣を数度振ってみせた青年ギムルは、恐ろしい顔つきでそう言った。

「逆らっても、逆らわなくても殺す気だろう。あんた」

俺はそう返事をした。

間違いなくこの男、俺を斬るつもりだった。

じわり、と距離を縮めようとした様だが、俺はそれを察してスっと足を後ろに運ぶ。

相手に好きな様に間合いを取らせるわけにはいかない。

俺だってここで反抗するつもりは毛頭ないが、ここで殺されるわけにはいかないから、必死で考えている。

どうしたらいい。

ひとまず武器を奪って制圧するしかないが、その後どうする。

制圧するためには転がす必要がある。

転がしてどうするか。めった撃ちにでもして戦意を喪失されるか。

あるいは叫んで誰かに助けを求めるか。

いやそれは悪手だ。もし俺が制圧後に誰かが来たら、俺がこの男を襲っている様に見えるかもしれない。

青年ギムルはいいヤツではなかったが、それでも恐らく帯剣している事から村の幹部格だろう。

あ、もしかして俺は詰んだかもしれない。

こいつの剣と服を奪って村から脱走しようか。

そんな事を脳で高速演算していると、青年ギムルが剣を肩担ぎに構え直して襲ってきた。

西洋剣術には詳しくないが、力任せの一撃だった。

俺はそれを横に避けながら体を接近させる。

長柄の武器を持っているとアウトレンジで戦うものという印象を持たれがちだが、棒術は違う。

長い柄の持ち手場所を変える事で縦深の幅をいくらでも変えて戦う事ができるのだ。

鋭い一撃は、勢いがあったが刃の確度は間違っていた。

それを証拠にシュっという空を切る音がする。刃の角度がぶれているから、そんな音がするのだ。

こいつは素人だと確信した俺は、そのまま振り下ろされた剣を持つ手をピシリと天秤棒で叩いてやった。

「キサマぁ！」

怒り狂う声を上げながら、ギムルは右手を放した。

残念ながら両手持ちしていたので、今はまだ左手で剣は持ったままだ。大きく振りかぶって、今度は水平に薙《な》いでくる。

やはり素人だ。

俺の腰巻きをかすめる様に走らせた剣だが、そのまま勢いあまって背中を見せたではないか。

すかさず俺は天秤棒をギムルの足に差し込んで、転がした。

「うおっ」

情けない声を上げたギムルが倒れる。

俺はそのまま天秤棒でギムルの剣を弾き飛ばして、彼の肘をしたたかに叩いた。

いくら筋肉の鎧《よろい》をまとっていても、人間の接合部は弱い。

別に骨折させるつもりはなかったが、しばらく戦意を喪失させるつもりでギムルの利き腕らしい右肘に一撃を加えたのだ。

そのまま仰向けになって右肘を抑えながらギムルは呻《うめ》き声をあげた。

今がチャンスとばかり、俺は天秤棒を喉元に突きつけてやる。

「動くな、動くとこのまま棒のへさきを喉仏に押し込むぞ」

「こんな事をして、ただですむと思うなよ……」

「よく言うぜ、ひとのものに手をつけて、その上俺を殺そうとしたじゃないか」

「証拠はない。お前はよそ者だ。お前は殺される」

痛みに耐えながら俺を見上げるギムルは明らかに戦意を喪失していなかった。

これだから田舎者は嫌いなんだ。

俺はそう思った。

俺も田舎の育ちで、田舎気質の抜けない人間だが、田舎者はとにかく忍耐強い。

大学に入る時に都会に出てきたが、同じ空手をやっている人間でも田舎のヤツはとにかく痛みを我慢するのだ。都会のヤツはその点、痛いものは痛いとすぐ音を上げる。

どちらがいいとか悪いとかではない。この場合、厳しい農家で育った人間なんてのは、痛みに耐性があったりするのだ。とんだドMだぜ。

「じゃあ、せめて道連れにしてやろうか。その剣一本あれば、俺は逃げ出せるかもしれない」

少しだけ天秤棒に力を入れてギムルの首に押し込もうとするが、

「あんた、何て事をやってくれたんだい！　みんな、みんな来ておくれ。よそ者がギムルを殺そうとしているよ！」

突如現れたジンターネンおばさんは、案の定というか俺を見て叫び声をあげていた。

そして指を差しながら俺に非難の言葉を投げかけてくる。

「村でせっかく飯まで食わせてやって、仕事までやったのにどういう仕打ちだい！　こういうのを罰当たりって言うんだ！　さっさとその棒を放すんだよ！」

おばさんが叫んでいるうちに、ゴブリンやら中年のおじさんやらが木の鍬《くわ》やショベル、はたまた剣や何かの農具を持って集まってきたじゃないか。

当然俺は囲まれた。

恐らく、上手くいなせばこの人数は倒せない事はないと思う。

どう見ても全員素人だ。

ひとりナタの様なものを構えているヤツが動きがいいが、こいつは一番距離を置いている。

猟師か何かか？

だとしてもここで全員を蹴散らして逃げても、俺は土地勘がない。

しかも俺だってこんな大立ち回りをやったのは人生ではじめてだ。訓練や稽古でできた事が、実戦でできるとも限らないので、俺は天秤棒を放り投げて両手を頭に持っていった。

降参である。

そうした次の瞬間に、立ち上がった青年ギムルに思いきり顔面を殴られた。

俺は一撃で意識を失ってしまった。


ようこそ我が家へ。

今朝まではニワトリ小屋で生活をしていると思ったら、これからはブタ箱暮らしだ。

なかなか快適だぜ？

腰巻きは青年ギムルとの戦闘中に斬られてしまってロストした。

完全に避けたつもりだったが、どうやら助かったのは間一髪だったらしいぜ。まいったな！

代わりに今は新鮮な干し藁が部屋の中に敷き詰められている。

これで肌寒い夜も安心だ。しかも賦役は免除ときたもんだ。やったね修太！

だが嬉しくない。

俺は今、ブタ箱にいる。

正確には、この村にある唯一の牢屋にぶち込まれてしまったとても残念な服役囚の立場である。

しかもトイレ付きを与えられた特別待遇だった。今までと違うのは、部屋が地上にないという事だ。

じめじめしていて、臭い。

臭い理由は間違いなくトイレが原因だ。

トイレとは、そこにある木の桶だ。こんなものは文明人に言わせるとトイレとは言わない。

「あんたも災難だな。こんな太陽もあたらないところに繋がれて、絶望にうちひしがれる御身分だ」

俺は新たな相棒に声をかけた。

たぶん年齢は二〇歳前といった感じの女だ。

一張羅の腰巻きをロストした俺よりは少しだけ上等な、麻布の貫頭衣を被っている女だった。

「…………」

「俺の名は修太だ。あんた、名前は？」

返事がない。眼を合わせても口を利いてくれない。

「何をしたら若い女のあんたが、こんな地下房に捕まるかね。村長さまも厳しいひとだな」

俺はへらへらと笑って女を見た。

よく見ると若い女は美人だった。この異世界の女には美人しかいないのだろうか。

いやいや、ジンターネンおばさんは美人ではなかった。美人というか怖い。

柴崎コ〇《人気女優》か上戸〇《グラビアアイドル》やかで比較すると、神取し〇《女子プロレスラー》ぶだ。

女村長のところで下働きをしていた若い女は、あれは美人ではなかったが気立てのよさそうな女の子だったな。ただし、俺には気立てのいいところは一切見せてくれなかったが。

女は体育座りをしていた。そうしてぼんやり俺を見ている。

見ているというか警戒しながら俺を観察していた。

彼女は手足を拘束されていない自由の身だが、俺は両手両足に鎖で繋がれた手枷《てかせ》足枷《あしかせ》をされている。約三〇センチぐらいのそれで繋がれているので、まともに何かをする事すらできない。

たぶんウンコをするのも不便だろう。まだしていないのでアレだが、少なくともオシッコをする時は不便だった。

女は俺の前でも平気で用便をしていたが、ジロジロ見たら嫌そうな顔をした。そりゃそうだろう。

俺はというと、胡坐をかいて天井を見上げていた。

ここは石でできた塔か何かだったはずだ。村でも一番高いところに位置していて、ビルの三階か四階ぐらいの高さがあったと思う。

俺は意識を失ったままここに連れてこられたから覚えてないが、家畜小屋と村長の屋敷を行き来している時に見かけた中で石造りの建物はここだけだったはず。

その地下牢である。

目の前にはぐるりと螺旋状《らせんじょう》の階段が上に伸びていて、コツコツと誰かの歩く音が響くものだから、間違いなく高さがあるのだろう。

歩く音？

そんな風に音に反応しながら螺旋階段を見やると、妙齢の女村長のご登場である。

「派手に暴れてくれたねぇ」

俺はゴクリと唾を飲んだ。

女村長の側には、潰れた顔の青年ギムルが付き従っていたのだ。

あれ、俺そこまでやってませんよね？

「お前は家畜の世話をしているところ、ギムルと口論になってこの男に暴力を働いた。違いないね？」

「間違いありません」

静かに俺は返事をする。

たぶん言い訳をしたところで立場がよくなるわけではないし、村長の質問は間違っていない。

「そこにジンターネンが出くわして取り押さえられた。違いないね？」

「そうです。その顔面の潰れたギムルさんに殴られて意識を失いました」

「お前の顔も潰れているよ。鏡を見てみるがいい」

フフフと女村長は笑ったが、もちろん皮肉だ。ここには鏡なんて贅沢品はない。

代わりに手で顔を触ってみると、鼻の辺りが死ぬほど痛かった。

たぶん潰れているのだろう。骨折だろうか？　痛くて触りたくない。

「けど、俺はギムルさんの足をこかしただけで、暴力はそれ以上働いていませんよ。ギムルさんの顔は俺じゃないです」

女村長が落ち着いて尋問をしてくれていたので、俺も言うべき事はしっかりと言っておいた。

青年ギムルは筋骨隆々の肩を縮こまらせてシュンとしていた。

体育座りをしていた牢屋の中の女も、姿勢を崩して壁際に逃げている。

誰もが女村長を恐れているのだろうか。

「義息子はわらわが殴ったのだ」

「むすこ……」

「そうだ義息子《むすこ》だ。わらわは後添えでね、死んだ夫はこの村の村長だった。この男は夫の忘れ形見さ」

「なるほど」

「この男は暴力にすぐ走る傾向があって、今回もきっと酒に酔って悪さを働いたのだろう。わらわがお前に代わって折檻しておいた」

「それで……」

「この村のルールでは、泥棒は指を落とす、殺人には死をもって償ってもらう、という決まりがあるのだ」

女村長は言った。

だから俺の顔面を潰したギムルは、同じ様に顔面を潰されたのかもしれない。女村長恐るべしだ。

「だからお前の疑いは晴れたというわけだ。出てよいぞ」

つまりブタ箱から解放されるわけだ。

ガチャガチャとゴブリンが鍵を開けてくれる。このゴブリン、いつぞやの木こりの悪魔だ。

「助かりました。ありがとうございました」

「感謝する必要はないさ。だがわらわはお前に謝罪もしない。これでおあいこだ」

つまり義理の息子の顔面を潰したのでこれで相殺《そうさい》しろという事なんだろうな。

「ところでお前、元は戦士だったのか？　剣を振り回す義息子を棒きれ一本でぶちのめしたそうだの」

「まあ、戦士といえば戦士の訓練を受けていましたが……」

「そうか。それはいい拾い物をした」

乾いた女村長の笑いが石の塔内に響き渡った。

「それでこの女のひとは、何なんですかね」

「その女か。そいつはお前の世話をするためにそこに連れてきた女だ。まあいいからついてきな」

女村長に促されて俺は地下牢を出た。

それはいいんだが、いいかげんこの手枷足枷を取ってもらえませんかね？

「ああ忘れていた。ッンナニワ、はずしておやり」

従っている木こりのゴブリンに女村長が命じた。

村長、今何て言いました？

ッンナニワ？　発音できません！

俺は手枷足枷を外してもらい、それを萎縮した青年ギムルに押しつけてやった。

とても嫌そうな顔をしたギムルだったが、今は噛《か》みつくわけにもいかずという具合で黙ってそれを受け取ってくれた。

いい気味だぜ。ざまぁ。

そうして地上に出ると、久しぶりに外が眩しかった。

「本来、今日からお前が住むはずだった家に案内してあげる」

「ブタの畜舎ですか？」

「そんなわけがないだろう。誰だ、そんな事を言ったのは？」

歩きながら振り返った女村長が俺に言った。

俺は意趣返しのつもりで後ろからついてきていた村長の義理の息子を見やった。

途端にギムルはバツの悪い顔をして視線をそらす。

その横についていた牢屋の女も俺の視線に驚いている。わたしは関係ないという風にふるふると顔を振っていた。

「ギムルだな」

「まあ、そうですね」

「安心するんだ。わらわはそのうちにちゃんとした村の一員としてお前を迎え入れてもいいと思っている」

「マジですか？　ありがとうございます！」

「村の一員になる以上、お前は年齢も年齢だし、嫁も家も必要だろう。この女と結婚しろ」

「ってええ?!　そんな急に!!　一緒になるんですよ?!　この子の意志とかは……」

「何を言っているのだお前は、一人前の男なら適当な女を見つけ家庭を持つ。当然の事だ」

「……」

嫁は必要ないかな。元々定職にはついてなかったわけだし、家も借りていたボロアパートだぜ。

住めるならどこだっていいし、性処理はとりあえずひとりでもできるモン。

だがもらえるものはもらう。当然の権利だ。

そうか……

ここは恋愛とか自由意志がない世界なのだろう。だったら嫁はもらっておくべきだろうか。

「ありがとうございます。嫁ともども村に貢献します」

俺がそう言うと、名も知らぬ嫁が俺を見てまたビビっていた。

この娘《こ》、俺に懐いてくれるんかなぁ。

「それで家というのは」

「あれだよ。村の外れにある、元は猟師の男が住んでいた猟師小屋だ」

「その猟師さんは？」

「この冬に森に入って死んだ。相手はワイバーンだったらしい」

「わ、ワイバーン」

ワイバーンって何ですかね。

ワイの名はバーンや。そういうのですかね？

ちょっと自分の中で問いただしてみたが、もちろん俺はそれを知っていた。いや、見た事はなかったがファンタジーの世界によくいる空飛ぶトカゲの親戚だろう。とにかくデカイ事で有名だ。

「殺されたんですか？」

「相打ちだ。お前、確か名前はシューターだったな？」

「はい、修太です」

「弓使いとはいい名前だ。明日からお前には弓を与えるから猟師になれ」

「？」

「その名前を持っているんだ、狩りはやった事があるんだろう？」

名前って、俺。名前は修太です。

シューター？　それなんかカッコイイけど、俺もう三〇過ぎなんだなぁ。中二病わずらわせる年齢でもないんだわ。

「ありますけど」

確かに俺は狩りをした事があった。

正確には、俺の母方のおじさんが鴨《かも》射《う》ちの猟師さんだったのだ。小学生の頃、おじさんの家には確か猟犬が何匹もいて怖かったのを覚えている。飼い主のおじさんには懐くのに、俺にはひとつも懐かないのだ。

俺はおじさんの家に夏休みや冬休みになるといつも預けられていたものだが、そこでのカーストは最下層だった。おじさんが一番、おばさんが二番、そして猟犬たちが三番で、俺が四番。

悲しいが猟犬は飼い主にしか懐かない。あいつらは賢いのだ。

よくおじさんと、鴨射ちや山鳩《やまばと》射ちに行った。

ただしその時におじさんが使ったのは銃であり弓ではなかった。

それからむかしアパレルショップで勤務していた事があるのだが、そのバイト先の店長が元自衛隊の空挺《くうてい》隊員という経歴で、休日になるといつもサバイバルゲームに俺たち従業員を連れ出していた。

山に入るとリペリング講習会などと称して、崖をロープで上り下りさせていた。

俺は山になじみがある。

その時に蛇を捕まえて食べた事もあるので、蛇ぐらいなら捕まえる事ができるだろう。食べた感想を正直に言うと、ヤマガカシは美味い。シマヘビもそこそこ美味いが、アオダイショウは不味い。

あとジムグリは捕まえた事がなかった。

「そうかい。明日の朝までには道具を一式用意させるから、しっかり働くんだよ」

「ありがとうございます」

「家も嫁も与えるんだ。しっかり家庭を守れる男になるんだね」

あっはっはと女村長は笑った。

「ちなみにこの女は、死んだ猟師の娘だ。しっかりと世話してもらうのだ！」

「はっハイ」


俺は異世界で一戸建ての家を手に入れた。

はじめは家畜小屋、次はブタ箱ときて、猟師小屋といえどちゃんとした土壁の家だ。

屋根だってしっかり茅葺《かやぶき》だ。これで雨風はしのげる。

しかも嫁まで与えてもらった。

いや、自由恋愛がないとはいっても、本当にこれでいいのだろうか。

嫁というが、目の前の女は本当にそれで納得しているのだろうか？

俺のいた世界では嫁は与えられるものじゃなくて、契約するものじゃないだろうか。婚姻届を提出するのは一種の契約なはずだ。

「あんた、名前は何ていうんだ？」

返事がない。やはり納得をしていないようだ。

しかし女村長によって決められてしまった夫婦の関係なのだから、少しでも打ち解けておきたい。

嫁の名前も知らないでは、やっていけないではないか。

「やあ。俺はさっきも言ったが、修太だ」

「……シューター？」

「なんだ、ちゃんと喋《しゃべ》れるじゃないか。そうシューター」

修太と言ってもシューターとこの世界の住人には言い直されるので、もうシューターでいいか。

どうせこの世界には戸籍もなければ住民票もないだろう。ちょっと外国人ぽくてカッコイイし、このままいこう。

「それで、あんたの名前は？　いつまでもあんたじゃ、問題があるだろう」

だって俺たち、その、夫婦になるんだぜ？

「……カサンドラです」

「カサンドラか、いい名前だ」

俺たちは死んだ猟師の家で、カサンドラの家でもある小屋みたいな家で向き合っている。

家畜小屋よりははるかに広い。八畳一間といったところだろうか。室内には細長い寝台《ベッド》がふたつあり、壁側に窯がある。

これだけのささやかな猟師小屋だが、ワンルームマンションだと思えば納得はできる。

ただしユニットバスだ。

部屋の隅に糞壺《ふんつぼ》が置かれているのと、大きなタライがある。たぶんこのタライが浴槽だ。

今までのわずかな湯でへちまのタワシでごしごししていた事を考えると、家も嫁も手に入ったのだから大満足だ。

一週間あまり異世界で生活してきて、ようやく手に入れたもの。

やっと人心地を手に入れたもの。

「カサンドラ。いきなり夫婦になろうなんていっても、君もきっと動揺している事だろう」

「…………」

俺だってそうだ。

バイト帰りにいきなり異世界にやってきて簀巻きにされた。毎日薪割りの仕事をしてようやく家を与えられたのだ。

「今すぐに夫婦になる事なんてできないだろうけど、少しずつ本物の夫婦になっていこうね」

「…………」

そう言った俺に、カサンドラはすごく嫌そうな顔をした。

新婚早々、家庭内別居の危機である。

「……服、お父さんのがありますから」

そう。

家も嫁も手に入れたのに、俺はまだ全裸のままだったのである。

ありがたく死んだ義父の服を頂戴《ちょうだい》する事になった。

【1 嫁がまだ懐かないのは俺が全裸だからか】

やあみんな。今日から猟師になった吉田修太だ。

みんなは気軽に俺の事をシューターと呼んでくれ。

とりあえず新妻のカサンドラが、亡き義父が使っていた服をくれた。

これまで一張羅だった腰巻きを青年ギムルに斬られて裸一貫になってしまった俺にはありがたい話だった。

新妻カサンドラは、俺に服をくれた。

服は、毛皮のチョッキだった。

「あの、カサンドラ。下はないのかな?」

「生活が苦しかったので、手放しました。お父さんの服はチョッキがあるだけです」

何という事だ。

新妻が俺にくれたのは三枚の毛皮のチョッキだけだった。そのうちの一枚は俺が今着用している。残りは小さな藤編みのタンスにしまってある。ズボンはまだない。

仕方がないので俺はフルチンのまま毛皮のチョッキを着ていた。さすがに下着がないのは悲しいので、今はボロボロになった手拭いを腰巻き代わりにしている。

以前使っていた腰巻きよりさらに状態が悪く、しかも腰に巻いてみると短かった。

これではあまり意味があるとは言えない。

とても悲しいので、ファッションモデルよろしくグルリと回転して新妻に確認してみる。

「どうかな？」

「と、とてもよくお似合いです」

目をそらしながらカサンドラが言った。

「そうかそうか？」

「……死んだお父さんも喜んでいると思います」

「ありがとう。そう言ってくれると俺も嬉しいよ」

目をそらしたままカサンドラがまた言った。

本人はお世辞を言っているつもりなのかもしれないが、絶対に嘘《うそ》だ。似合っているはずがない。

感謝だけして俺がペコペコやってると、腰巻きにするには縦にも横にも短すぎたボロ布が取れてボロリしてしまった。

「じゃ、じゃあ行ってくるよ。村長さんに呼ばれてるから」

「あのう、お気をつけて……」

新妻カサンドラに特に見送られるでもなく、俺は村外れにある猟師小屋を出発した。

ちなみに昨夜は新婚初夜というやつだったが、まだ新妻の手も握ってはいなかった。

何しろ猟師小屋は親子で住んでいたので、寝床がそれぞれ別の寝台なのだ。しかも部屋の両端に離れていた。

明らかに俺の気配に怯《おび》えながらカサンドラは背中を向けてまるまっていたので、悲しくなった俺はふて寝をするしかなかった。

だってしょうがないじゃないか。

俺は妻を娶《めと》ったんだぞ！　奥さんができたら次は子供ができるかな？　とか期待するじゃないか！

期待ばかり膨らんで、息子も膨らんだ。だから新妻は俺に恐れをなしたのだろう。

しょうがない。

外にはゴブリンの男が待っていた。

名前はッワクワクゴロというらしい。

俺には木こりのッンナニワさんとの見分けがつかないが、別に兄弟というわけではないらしい。

「村長がお前の狩り道具一式を用意している」

「ありがたい事です」

「お前、ここに来る前は戦士だったそうだな。戦士は狩りも訓練の一環だというから、狩りはお手の物だろう？　期待している」

「狩りに出た事はありますが、さすがに得意とまでは言えませんよ。ハハッ」

「だがお前、名前はシューターというんだろう。弓使いという意味だ。無学な俺でも知っているぞ」

ッワクワクゴロさんは、これまで話してきたここの村人の中では、誰よりも気さくな人だった。

何しろ、女村長の屋敷に向かう道すがら、絶えず俺に話しかけてきてくれるのだ。

「カサンドラはいい女だ。この冬に親父を亡くしてしまって生活は苦労していたが、お前が娶ってやった事でこれからは暮らしぶりもきっと楽になるだろう」

「そうだといいんですがねぇ」

「一人前の男というもんは、女子供をしっかり養うものだ。しっかりせい！」

そう言って背の低いッワクワクゴロさんが俺の丸出しケツをバシリと叩いた。

すると風もないのに息子が揺れる。

しかし嫁さんか。

俺は元々三十路を過ぎてもフリーターをしていた男なので、結婚なんて考えた事もなかった。

そもそも、だ。恋愛をするつもりがなかった。

大学を中退して家を追い出されてからしばらくは、沖縄出身の古老の家にお世話になっていた。古老の家には空手道場があったから、そこで寝泊まりしながら道場の手伝いをしていたのだ。いわゆる内弟子というやつである。

内弟子だけでは食べていけないので、当時は配管工のアルバイトや花火職人の手伝いをしていたけれども、師範の家に寝泊まりしているのに恋愛なんてする余裕はなかった。

そういう時、男ならたまにはこっそり風俗に行くものだろう。

だが俺は宗教上の理由でそこには行かなかった。

宗教上といっても別に宗教じゃない。俺は武道の神様に貞操を捧げたわけではなく、金がないので仕方なく紙媒体の女の子に片思いして誤魔化す事にしたのだ。

エロマンガはいい。見ているだけでエロい気分になれるからな。

ただし虎の巻だったエロマンガは、沖縄古老の師範のお孫さんにあたる女子高生の女の子に見つかって、先生のご家族に晒《さら》された挙句、捨てられた。

わけがわからないぜ。当時すでに成人男性だった俺がエッチな本を持っていても何も問題ないはずだ。

しかもちゃんとベッドの下に隠していたので、わいせつ物を陳列したわけではない。

わいせつ物陳列罪にもし問われるなら、今がそうだろう。

「それにしてもお前、服はなんとかならんのか」

「残念ながら、あの猟師小屋には毛皮のチョッキしかなかったんですよ……」

悲しくなった俺は自分のお股《また》を隠した。

「そうかい、じゃあ後で俺の腰巻きをやろう。寝間着代わりに使ってるものだが、ないよりましだろうよ」

「ありがとうございます。謹んでいただきますよ」

「ところでお前は、今年でいくつになる？」

「年齢ですか？　それなら三二歳ですね」

「三二歳?!　とてもそうは見えないぞ」

ッワクワクゴロさんは驚きの顔をしていた。

それはどういう意味だろうか。

「もっと若造かと思っていたが。お前、結構若作りだな」

「ありがとうございます。よく言われます」

人生このかた若作りなんて言われた事もなかったが、異世界に来てから伸び放題の無精ヒゲを撫《な》でて、俺は返事をした。

「それならお前、カサンドラとは親と子ほども年齢が離れているのか」

「カサンドラは今年でいくつになるんですか？」

「確か一六だったか一七だったか」

ワーオ、軽く犯罪だ。

もしかするとカサンドラの亡くなった親父さんは俺とさほど変わらない年齢なのかもしれない。

「まあお前はヒト族だから、俺たちゴブリンよりは長生きするし気にしなくていいだろう。齢の差夫婦なんてのは別に珍しくもないからな、ヒト族ならな」

「そうなんですか？」

「そうともよ。村長は今年で三一だが、死んだ前の村長と結婚したのは一九だった。前の村長はその時、五〇の爺さんだったよ」

「後添えだったらしいですね。村長」

「ああ、隣の村から輿入《こしい》れして来たんだ。残念ながら村長は子の産めない体でな、村長も再婚だったんだよ」

「へぇ」

村長は身体的な理由で、子供ができないらしい。

息子の世話をするためにと、前の村長が今の村長を後妻に迎えたわけである。なかなかの美人な気がするが、もったいない話だ。

息子のギムルからすると、母親といよりも姉と言った方が近い様な年齢だ。

フフン。もしかするとあの男、義母に懸想《けそう》しているのか？　だからいつも女村長の前では大人しくしているのだろうかね。

フヒヒ。

「ここで俺が喋った事はナイショだからな？」

「も、もちろんです、ッワクワクゴロさん！」

しかしこのゴブリンたちの間で使われている名前、何とかならんのか。

俺みたいな日本からやってきた人間には、ちょっと発音が難しい。

俺たちは屋敷の前で待っていた女村長のところまでやってきた。

「お前は今日から猟師になる。したがって狩猟道具の一式を与えるが、これは村の一員として、わらわが認めたから与えるものだ。決して人間にこれらの狩猟道具を向けてはいけない」

女村長は睥睨《へいげい》する様にチョッキ一枚で平伏する俺に向けて厳《おごそ》かに言った。

「ありがとうございます。ありがとうございます」

最近はこの土下座スタイルが身についてきたものだ。

この異世界はどうやら中世かそれ以前といった文明状態だ。まだルネッサンスを迎えた様な気配がないぐらいにのんびりとした田園風景が広がっている。

俺が元いた世界と違うのは、中世暗黒時代まっさかりの癖にフォークが各家庭にある事ぐらいだろう。

ただしフォークの形状が違う。フォークと言うよりも二叉《ふたまた》に分かれた串と言った方がわかりやすいかもしれないフォークの親戚だ。

したがって俺に与えられた狩猟の道具一式というのは弓と矢、それに手槍《てやり》だった。

これは由緒正しき、マタギと同じ狩猟スタイルではないか！

モノの本によれば村田銃が普及する以前のマタギたちは、弓で射かけて獲物を損傷させ、手槍でトドメをさしたらしい。

この弓と手槍の他に、ポシェット状になっている皮のフィールドバッグが支給された。それとブーツである。

今の俺ははだしスタイルだ。

さすがにはだしで森をうろついていたら、足を痛めてしまうのは間違いなしだ。これはとてもありがたかった。

「では今日からッワクワクゴロや他の猟師たちの下について、狩りをする様に。ある程度村の地形を理解する様になったら、自由に狩りをしてもいい。その時はわらわが猟師株を授けようぞ」

「わかりました。家で待っている奥さんのためにも、そして村長さまのためにも、頑張って狩りをしてきます！」

「そうするがいい。では行ってこいシューターよ」

「ハハァ！」

俺は改めて平伏した。

さっそく俺は村長の屋敷の裏手で、狩猟道具一式を装備する。

まずは足の裏を掃除してブーツを装着する。

ブーツと一緒に支給されたソックスは、ソックスというより足袋だった。伸縮しない布の靴下みたいなもんだ。

むかしウォーキングインストラクターのアルバイトをしていた時に学んだのだが、靴下というのは足の皮膚の延長線上にあるらしい。

何が言いたいかというと、靴下を頻繁にかえると、それだけ足の裏の負担が軽減されるのである。

そういう事を女村長が理解していたのかどうかは知らないが、靴下の予備は全部で一〇セットもあった。とてもありがたい事だ。

その靴下の上に編上げのブーツを履く。

聞けばブーツは高級品で、何年も靴底を交換しながら大事に使うものらしい。

そして腰にフィールドバッグを装着した。腰鞄《かばん》のベルトが直接皮膚にあたると、また衣擦れで皮がめくれてしまうといけないので、すぐ取れてしまうボロ布の腰巻きを当て布代わりにする。

フィールドバッグの中には水筒と硬い黒パンが入っている。これは下働きの若い女が用意してくれたものだ。あとは乾燥してカピカピになったチーズもふた切れ。

それから弓と矢を背負った。矢筒には無理やり一五本あまりの矢が詰まっている。形状は用途によって違うものだったが、その辺りは割愛する。

そして杖代わりにもなる手槍と、草深い山野を切り分けるために使うナタだ。

ナタは裸の状態で持っていると危ないので、革の鞘《さや》に収まっている。

「おう。いっぱしの猟師みたいな格好になったじゃないか」

「そうでしょう。俺も今日から猟師ですから」

ッワクワクゴロさんの言葉に俺は嬉しくなって返事をしたが、苦笑したゴブリンの猟師はこう言葉を続けた。

「腰巻きが短すぎる事を除いてな」

つまり下半身ボロリは相変わらずである。

明らかに元の世界では変態おじさんの格好だが、どうもこの世界の住人はさほど全裸を気にしないのか、俺の大事な一人息子を見ても大騒ぎする事はない。

確かに新妻のカサンドラや村長の下女である若い女は目を背けていたものの、あれは年齢的な気恥ずかしさに違いない。

俺は自分の中でそう思う事にした。

「狩りで余分な獲物を手に入れたら、服と交換してもらえばいい」

「そうさせてもらいます。俺はこれでも文明人を気取っている人間ですからね。パンツじゃなければ恥ずかしくないモンとかは言わないわけです」

「お前は時々、意味不明な事を言うな」

呆《あき》れた顔をしたッワクワクゴロさんに連れられて、俺たちは森の中に入った。

途中、村人たちが俺とッワクワクゴロさんを茫然《ぼうぜん》と見ている姿があった。

誰も俺たちに声をかけようとはしない。ッワクワクゴロさんも同じだ。彼らは誰も、猟師には声をかけようとしなかった。

「みんな俺たちの事、遠巻きにしていますけど。誰も挨拶とかしてこないんですね？」

「猟師はな、元々この村じゃはなつまみものなのさ」

寂しそうにッワクワクゴロさんはそう言って村人たちから視線を外すのだった。

◆

猟師は自分の狩場についてあらゆる事を知っている。

俺の母方のおじさんは鴨射ちの名人だったが、自分が足しげく通う猟場の地形と、そこで仕留められる鳥たちについては隅から隅まで熟知していた。

連れている犬についても同じだ。彼らはとてもよく訓練されていて、猟場の複雑な地形を、彼らだけが知っているけもの道を伝って獲物を追い立てていくのだ。

けれど、知り合いとともにおじさんが知らない猟場に出かけた時は、基本的に地元の猟師さんを水先案内人にして、そういう時はいつもゲスト感覚で楽しんでいたものだ。

つまり、猟師とは自分のフィールドで狩りをしている限り頂点捕食者なのである。

ちなみに俺のフィールドは、モンスターをハントするゲームの中だった。なので俺は猟場という言葉よりも狩場という言葉の方がどことなく自分の中でしっくりくるのである。

ワイがバーンを仕留めるんや！　ただしゲームの中でならな!!

さて早朝、村を出発した俺とッワクワクゴロさんは、村の東側にある林を抜けて、闇深い森に分け入った。

「地元の人間はここら一帯をサルワタの森と呼んでいるんだ」

「サルワタ？」

「そうさ。ここで巨大な猿人間のハラワタが見つかったから、そう呼んでいる」

巨大な猿人間というのはゴリラかイエティ、はたまた大型猿人か何かの親戚だろうか。

「ハラワタが見つかったという事はですよ。そいつは死んでいて、何者かがハラワタを喰《く》い散らかしたという事なんですかね？」

「まあそうなるな……」

ッワクワクゴロさんは自分の鷲鼻《わしばな》をさすって、ため息交じりに返事をした。

「この森のずっと奥まで行くと、ワイバーンの営巣地があるんだよ」

「……ワイバーン、確か妻の親父さんが相打ちになったという？」

「そういうこった。おいシューター」

「はい？」

「まさか妙な義侠心《ぎきょうしん》なんて持ち出してくれるなよ？　お前がいくら戦士だとしても、昨日今日この猟場に来た猟師がワイバーンを相手に狩りを挑むなんて、できやしないんだ」

背の低いッワクワクゴロさんは、俺を見上げながら真剣な眼差しで忠告をしてきた。

「当然です。俺はただのバイト戦士、そして俺はここでは新参者だ。猟場を熟知するまではッワクワクゴロさんの言いつけはしっかり守りますよ」

当たり前だ。俺はワイバーンがどんな姿をしているのかもわかっちゃいないのだ。

相手がどんなヤツかなんて、正直なところ興味がない。できる事ならこの異世界ライフで一生涯出くわしたくない相手である。

そもそも、俺のいた世界にあてはめれば、ワイバーンといえば天翔《あまかけ》る飛龍の事だ。そんなヤツに猟銃のひとつもなしに挑むのは馬鹿のする事だ。

「それでいい。俺たちの獲物は別にいる」

「ですね。ッワクワクゴロさんは普段、何を専門に狩りをしているのですか？」

先ほど俺はおじさんの話をした。

おじさんの場合は普段、専門にしているのは鴨や山鳩、雉《きじ》といった野鳥である。

単純に猟師といっても、野鳥を専門にする者、鹿やカモシカなどの野獣を専門にする者、狐《きつね》や野兎《のうさぎ》を専門とする者と、それぞれ得意分野は分かれている。

特に難易度が高いといわれているのが猪や熊といった、暴れると手におえない連中だ。

これらは待ち伏せして、組織的に包囲をかけて仕留めるのがもっとも安全だった。

猟師たちの連れている猟犬らも、場合によっては命を落とす事もあるのだ。

「俺か？　俺の獲物はコレよ」

冗談めかしたッワクワクゴロさんは、小指を立てて下品に笑った。

「お、女ですか」

「特に若いメスがいいな。といっても人間の女じゃないぞ？」

「ゴブリンですか」

ッワクワクゴロさんはゴブリンなのだから、若いロリータのゴブリン専門であっても別におかしくはない。

「そんなわけがないだろう。女のゴブリンを捕まえてどうするんだ、村長に処刑されてしまうだろ」

では何かというと、ッワクワクゴロさんは説明を続けた。

「コボルトよ。メスのコボルトは普通、子供たちを連れて行動している。コボルトの群れを襲えば高確率で子連れのメスが脱落するわけよ。そこを仕留める」

嗚呼《ああ》、ここはファンタジー世界でしたね。

ッワクワクゴロさんはゴブ専ではなかったわけだ。

「その、コボルトというのはどういう獲物なんですかね？」

「何だお前、コボルトを知らないのか。ちっちゃい小人みたいな姿をしたジャッカル面の猿人間よ」

なるほど、たぶん俺の知っているファンタジー知識のコボルトとさほど外観は変わらないらしい。

「それを捕まえるわけで？」

「何分、あいつらはポコポコ繁殖しやがるからな。畑を荒らすので迷惑するんだ」

「なるほど……。コボルトは害獣、と」

それで捕まえられたコボルトは、その場で潰されて罠《わな》のエサになる。

潰されるのか……と少し可哀想になったが、相手は害獣なので容赦している場合ではないのだろう。

おじさんもよく家で飼っているニワトリに手出しするイタチを捕まえていたし、わからんでもない。

「その上、家畜も襲う。あいつらは百害あって一利なしなうえに小知恵が働く」

「猿人間ですもんね。で、潰したコボルトはどうなるんでしたっけ？」

「潰したコボルトを餌に、本命のリンクスを誘い出す。こいつは毛皮が上等で、行商人に売れば外貨が得られる」

「リンクス」

また知らない単語だ。

いや待て。モノの本によれば、確かオオヤマネコの仲間の事をリンクスと言ったはずだ。

なるほど、オオヤマネコの毛皮か。

「すると、食べるための肉は取らないと？」

「少なくともそれは俺の本命じゃねえ。ただし普段は兎や鹿は仕留めるぜ、そいつらはこのサルワタの森のあちこちにいるからな。こっちは自分で食っていくための獲物だ」

「兎に鹿ですか」

「そうさ。この辺りの鹿はそれほど大きくもねえし、単独で活動しているヤツを狙えば無理はねえ」

ついてきな。ッワクワクゴロさんはそう言うと、俺の背中を軽く叩いて、ナタを器用に使いながら森のさらなる奥へと進んでいった。


俺は今、とある茂《ブッシュ》みの中に身を潜めている。

ッワクワクゴロさんによれば、この辺りは草食動物たちがよく利用するけもの道のすぐ側にあたるらしい。

当然、鹿や猪といった連中やコボルトもここを通るのだ。

「お前、弓の腕の方はどの程度なんだ?」

背中に担いでいた短弓を下ろした俺たちは、いつでも姿を現した獲物を仕留めるために準備だけはしていた。

俺は以前、とある演歌歌手の舞台公演に参加して、時代劇をやった事があった。

その時に少しだけ狩人の役をしたので、カーボン製の弓であれば触った事があるが、さすがに実射した事はないので、弓をその場でというわけにはいかない。

そこで俺は言い訳をした。

「俺が使っていた弓は長弓だったので、ちょっと使い勝手が違うんだよなぁ」

「なるほどお前は戦士だからな。だが短弓はいいぞ、腕がそれほどなくても、慣れればすぐに使いこなせる様になる」

マタギたちの狩りでもそうであったように、弓は相手に出血を強いるための武器だ。

相手のトドメをさすために使うのは、杖代わりに使ってきた手槍である。

俺は棒の類は得意にしている獲物なので、たぶん少し使えばこっちの方は問題なく扱えるだろう。

問題は短弓だ。

「ちょっと試してみたいですね」

「そうだな。今日のノルマをしっかりとこなした後であれば、お前にやらせてもいいだろう」

さて、コボルトが来るか、はたまた兎が顔を出すか。

俺は露出しすぎた肌を見事に虫刺されにやられながら、ひたすら待ち続けるのだった。

どれぐらい時間が経過しただろう。

早朝に村を発って現地に足を運んだのだが、おそらく正午まで少しは時間を残していた。

お喋りで世話好きなッワクワクゴロさんだったが、けもの道を見渡せて体を隠せられる茂みの中に身を潜めてから、口数は少なくなってしまった。

その間に早めの昼食をと、お互いに持ち寄ったお弁当を食べる。硬い黒パンを食べるとひどく喉が渇いた。

しかしあれだな。

草むらの中にいると、痒い。

羽虫に刺されるのもあるのだが、どうも全裸に限りなく近いスタイルだと、ケツに小石は食い込むし草が肌に擦れて切れるので、やってられないね。

次からはその辺りの対処法をッワクワクゴロさんか、かわいい新妻のカサンドラに聞いておかなければならないだろう。

しょうがないので俺は、ありあわせの手段として、泥を皮膚にこすりつけて塗り込んだ。

「お前、なかなか知恵が回るじゃないか」

お肌を泥パックしていた俺を見て、ッワクワクゴロさんは小声で感心している様だった。

「むかし、消火ポンプを担いでキャンプに出かけた事があるんですよね」

「消火ポンプ？　何だそれは」

俺はアパレルショップでバイトをしていた頃、完全武装に消化ポンプ、それから二リットルのペットボトルを担いで山を行軍した経験があった。

店長が率いるサバゲーチームが、とある山のフィールドでキャンプしている敵対チームを襲撃する作戦に参加したのだ。

あの時、俺たちは虫に悩まされていた。虫ジュースと呼ばれている、まったく役に立たない除虫液を俺たちは持っていたが、それの効き目があまりにも無いので、代わりに泥を皮膚の見えるところに塗りたくって対策したのである。

さすがにヒルまでは防げなかったが、少々の虫ならばそれで防げた。

「消火ポンプというのは、火事を消すために使う魔法の道具ですよ」

「お前、戦士だけじゃなくて魔法まで使えるのか？」

「ごめんなさい使えません。でも魔法の道具なら誰でも使える便利なものなんですよ」

そんな事を言っていると、俺たちはいつの間にか周辺をコボルトの群れに囲まれていたのだった。

「コボッ！」

コボルトがいっぱいいる！

俺は咄嗟《とっさ》に変な声をあげそうになったが、そこはッワクワクゴロさんに止められて我慢する。

連中はまるで俺たちの存在に気がついていない。

どうやら群れになって、餌場だか水場だかに移動する最中だったのだろう。

コボルトの数は全部で十数頭、親子連れもいる。

肘でつついたッワクワクゴロさんは、俺に手槍を構える様に指示をした。不得手な弓を使わせるより、仕留める側に回ってもらおうという事だろう。

指示を出しながらッワクワクゴロさんは素早く弓をつがえ、狙いを定めたのである。惚れ惚れするような手慣れた動作である。無駄がない。

そしてひときわ大きな群れのボスが、仲間たちを集める様に咆《ほ》えた。

「コボーッ！」

楽天的に考えてもいいのかもしれない、俺の初狩りは成功するのだと。


ゴブリンの猟師ッワクワクゴロさんは勇敢だった。

ブッシュの中に身を潜めて弓を引きしぼったかと思うと、流れる様な動作で矢を放ち、それは一頭のメスコボルトに吸い込まれていった。

群れで移動中のコボルトたちは、一瞬何が起きたのか理解できなかっただろう。

「コギェー!!」

甲高い悲鳴がメスコボルトから飛び出した。

冷静なッワクワクゴロさんは続けざまに、足元に用意していた次の矢をつがえて放つ。

この間おそらく五秒あまりだろう。

コボルトの群れは間違いなく混乱していた。

狙われた若いメスコボルトは二射目ですぐに倒れてしまい、すぐそばにいた子供たちは母親に駆け寄る。

ボスと思しきひときわ大きなオスコボルトは、手に持っていた棒切れを振り回して辺りを見渡していた。

ボスコボルトの視線が止まる。

その先に茂みに身を潜めた俺がいたのである。

「よしシューター、いくぞ！」

三射目を射ち放ったそれは、近くにいる別のコボルトに刺さる。

俺はというと手槍を片手にがむしゃらに突進するのだった。

茂みに潜んで数時間、打ち合わせの時にッワクワクゴロさんから言われた事は、一度射かけたら勢いで押しまくれという事だった。

コボルトは非常に警戒心の強い生き物である癖に、一方でとても注意力散漫な連中らしい。好奇心が優っていて普段は面白いものを見つけると夢中になる事があるのだとか。

とんでもない矛盾だが、猿人間故の習性だろう。

そして話には続きがある。

個々では弱いジャッカル面の猿人間コボルトは、それ故に群れで生活をした。そして道具を使う事で身を守るのだが、どうにも勝てない相手と出くわすとパニックになるのである。

ッワクワクゴロさんは「コボルトは小知恵がまわる」と言った。つまり恐ろしい事に出くわして頭で必死に考えると、結果的に自分が襲われた後にどうなるか想像して恐怖するのだ。

勝ち馬に乗っている時は小狡《こず》く強いくせに、負けるとなると思考停止する。まるで人間みたいなヤツもいたもんだ。

だから俺は思いっ切り暴れる様に連中の前に躍り出た。

ここでコボルトどもに余計な時間を与えると、小賢しい知恵を働かせて反撃に出てくるかもしれない。それを防ぐためである。

「ホゴボゲェ！」

何かの単語だろうか、コボルトのボスが咆えると、数頭が付き従って俺の方に向かってくる。

逆に若いのやメス、子供の個体は逃げ出そうとする。

俺は手槍を低く構えると、先頭になって突っ込んできた一頭のコボルトの胸をまずブスリと刺してやった。

嫌な感触だ、こんな感触は過去の武道経験でもした事がない。肉は吸い込まれるように手槍の刃を受け止めた。

すぐさまそれを抜く。そうしなければ筋肉が凝縮して抜けなくなるのではないかと考えたからだった。

モノの本によれば、刺されたり撃たれた瞬間の人間というのは筋肉が萎縮して変な動きをするらしい。

だから俺は手槍を抜き様に周囲を警戒しながら、すぐにそいつとの距離を取った。

「シューター、ボスが来るぞ！」

声に反応して見れば、俺よりも上等そうな腰巻きをしたボスコボルトが、木の棒きれを武器に襲いかかってくるところだった。

しっかりと木の先端を尖《とが》らせてくる。

コボルトはただの猿人間ではなかった。少なくとも猿人なみの文化享受があるらしい。

「うおっ！　こいつ早ぇ」

しかも力は強そうだ。

木の棒が地面に叩きつけられた時、思い切り泥が舞った。なかなかの勢いじゃないか。

だが倒す必要はない。相手を恐怖に陥れればいいのだ。

「おらエテ公、食らえ！」

こういう時は威勢がいいのは大事なことだ。叫びながら、ぞうきんを絞る様に柄を両手で握り込んで、さらにボスコボルトめがけて突き出すと、それすらも避けられる。

構うものか。右に左に現れた別のコボルトを威嚇する様に手槍を大きく振り回した。すると、

「ラッテンコボゥ！」

ボスコボルトは大きく吼えて後退すると、そのまま俺が手槍で仕留めたコボルトを引きずって、森のさらに奥に向けて逃げ出したのである。それに続くオスコボルトたち。

サルワタの森に静寂が戻った。

「さすがシューターは戦士の出身だけあって、やるじゃないか」

俺は肩で息をしながら、ッワクワクゴロさんを振り返った。

ッワクワクゴロさんも今は得物を手やりに変えていた。周囲を警戒しながらも、ゴブリンよりもさらに小さな成獣コボルトを一体足で転がしていた。

「若いメス一頭に、このオス一頭か。独りならせいぜいがメスだけのところだったが、お前がいてくれたおかげで潰せるエサが倍になったぜ」

「いやぁさすがにこういうのははじめてだったので、俺も内心ビビリましたよ」

「そうか？　なかなか様《さま》になった動きだったぞ」

「ッワクワクゴロさんひとりの時は、どうやってコボルトの群れを相手にするんですかね。一頭は確実に弓で仕留めるとして、その後はどうするんですか？」

「一射加えたら即座に手槍に持ち替えて、何も考えずにボスコボルトに飛びつくんだよ。あいつらが小賢しい事を考えるよりも早くボスに傷をつけてやるんだ。雑魚《ざこ》は相手にしねぇ」

そうすれば群れ全体に恐怖が伝播《でんぱ》して、ヤツらは勝手に逃げ出す。

ッワクワクゴロさんは悪魔顔に白い歯を浮かべて笑うと、即座にナタに得物を持ち替えて、一頭のコボルトを潰した。

「ああ、わざわざ迎え撃つ必要はないわけですか……」

「そうだな。お前はご丁寧にボスコボルトの取り巻きも相手をしていたが、ああいうのはスピード勝負だぜ」

「すいません」

「次からボスだけ目もくれずにやるんだ。ボスはどのみち体格もいいから、ゴブリン族の俺では互角がいいとこだ。けど不意打ちをすれば傷ぐらいはつけてやれるからな。怪我をするとコボルトはすぐヘタレるから、あとは今日と同じ流れだぜ」

こんな大立ち回りをしたのは、むかし焼肉屋でバイトしていた時に酔ったお客さん同士が喧嘩《けんか》をはじめて大暴れをしたのが最後だろうか。止めに入ったところを二発殴られたので制圧したら、俺は店をクビになった。店長は元気にしてるかな。

一頭のコボルトはすでに首元にナタを差し込まれていて、ドバドバと鮮血を垂らしていた。

そのまま転がったコボルトの足を持つと、ッワクワクゴロさんは容赦なく引きずりながら移動する。

「それは何をしてるんですかね」

「血の臭いを撒いているんだ。仕掛け罠をつけるぞ、荷物を持ってこい」

ッワクワクゴロさんが解説してくれる。俺はあわてて自分とッワクワクゴロさんの道具をかかえて後を追った。

仕掛け罠は単純なものだった。

一般的には括り罠《スネア》と呼ばれる、獲物が足を引っかけると紐《ひも》が締まるタイプの簡単な罠だ。

さすがにオオヤマネコ相手に安っぽい紐では対抗できないので、括り罠は金属をこよって作った丈夫なワイヤーだった。

ただし構造は、獲物が触れると反応するタイプとかそういうのではなく、原始的にキュっとしまるだけのものだ。

この世界の文明度合ではこれが限界なのかもしれない。あるいは予算の関係か。

トラバサミでもあればもっと効率はいいんだろうが。後で質問してみよう。それでも、

「なかなかよく考えられてますね」

「単純な構造だが、ワイヤーが締まった状態で獲物が暴れれば脚に食い込む」

「複数仕掛けるんですか」

「単純なだけに、数で勝負するんだ。仕掛けたスネアに、落ち葉をかけていく、そしてスネアの先端を杭《くい》か木の幹に縛りつけておけば完成だ」

俺は素直に感心しながらッワクワクゴロさんの作業を手伝った。

「お見事な手つきで」

「毎度の事だからな。トラバサミがあればもっと効率がいいんだが、あれは国法で領主の許可が必要になっている」

俺が質問するよりも先にッワクワクゴロさんが教えてくれた。やったね。

なるほど、元いた世界でもトラバサミは強力すぎて非人道的であり動物愛護観点からもよろしくないので、特別な許可がないものは所持も購入もできないと聞いたことがある。

「つまり大物、ワイバーンを倒すなんて時だけは使用許可が下りるぞ」

「なるほど。それで領主さまはどこに？」

この辺り一帯の村々を束ねる領主さまがいるわけだな。どこかに城でもあるのだろうか。いよいよこの世界がファンタジックに感じてくる俺だった。

「村長の屋敷にいるに決まっているだろう」

「？」

「村長が領主だ。あのひとは騎士爵の叙勲を受けているからな。この辺りの支配者さまだぞ」

「そうなんですか？」

「この辺りは辺境の開拓地帯だからな。当然だ」

まじかよ。村長ってあれで騎士さまか。

女騎士という事はくっ殺せ！　とか言うのかな。オークに捕まったら。

先々が楽しみである。

「おいシューター、何で股間を押さえてるんだ？　もう一匹を別の場所に仕掛けに行くぞ」

「何でもないですハイ、行きましょう」

俺の息子は多感なんだよ。

サルワタの森の二か所に括り罠を仕掛け終わると、ッワクワクゴロさんがひと仕事終えたという顔をした。

「今日のところはこれで帰るぞ」

「もう帰っちゃうんですか？　兎とか獲らないんですかね」

「帰りに見かけたらな。スネアにリンクスがかかるまで、しばらく様子見だ。血の臭いが森に広がるまで時間がかかるからな」

ひと仕事を終えたッワクワクゴロさんは、また元の様に口数が多くなって色々と話をしてくれた。

やれ「カサンドラとはもう寝たのか？」とか、「子供は何人欲しいんだ、ん？」とか、「しばらく新婚生活を楽しみたいなら、避妊のために司祭さまを紹介してやる」とか言ってきた。

だから俺は「まだですねぇ。まずはお友だちからスタートです」とか、「あ、でもウンコしているところは見ましたよ。夫婦だから恥ずかしがらなくていいのに、すごく嫌そうな顔をしてました」とか適当に返事をした。

家に帰り着くと、新妻のカサンドラは特に俺を待ってなかった。

「ただいま～。煙突から煙が出ていたけど、そろそろごはんかな？」

「……!!」

立てつけの悪い猟師小屋のドアを強引に開けながら俺が話しかけると、寝台に横になっていたカサンドラさんが驚きの表情を浮かべていた。

何やら両腕を股に挟む様にして、丸まっていたらしい。

「お、おかえりなさい……」

「ただいま。あれ、料理していたんじゃないの？」

「はっはい。今はお湯を沸かしていました。体を洗うのに……」

「ああいいね、さっそく使わせてもらうよ」

さっそく俺は狩猟道具を背中から降ろした。まずは全裸になって体をきれいきれいしましょうね。

水を浸していた丸い木の桶に、俺は「あっちっち」とか言いながら鍋を手にしてお湯を流し込んだ。

はじめカサンドラはそんな俺の作業を見ていた。

しばらくすると義父の形見のチョッキを俺が脱ぎはじめたところで、側まで来てそれを受け取ろうと手を伸ばした。

けれども。

彼女の手と俺の手が触れた瞬間に、なぜか手を離して逃げてしまった。

少しだけカサンドラの指先がねっとりと濡れていた。

「……ッ」

「？」

そして視線を背けて部屋の隅に移動してしまう。

何なんでしょうね。何で手が湿っていたのかな？

この子ぜんぜん懐かないよな。やっぱり村長に命じられて結婚とか嫌だったんだろうな。

吉田修太、三二歳で新婚二日目。

嫁がまだ懐かないのは俺が全裸だからか。

◆

あくる朝一番。

外に出てみると猟師スタイルのッワクワクゴロさんが、手槍を杖代わりにして猟師小屋の外に立っていた。

「おはようございます、ッワクワクゴロさん。今日はどこかにお出かけですか？」

「リンクスがかかっているか、これから見に行くぞ。お前もついてこい」

「了解です。昨日の今日で罠にかかってたりしますかね？」

俺がそう質問すると、ッワクワクゴロさんは鷲鼻をさすりながら「わからんなぁ」と返事をしてくれた。

「血の臭いは森の中に広がっているはずだから、リンクスも存在には気がついているはずだろうぜ。だから間違いなく近くにはきているはずだ」

なるほどね。

「では行ってきます」

「あのう、お気をつけて……」

新妻カサンドラに見送られながら俺たちは森へと分け入った。

聞けばこの森に棲《す》んでいるリンクスたちは、基本は単独行動をしながらもその縄張りを重複させながら生活をしているらしい。

「昨日仕掛けた罠は、連中の縄張りが交差している境界線に設置してあるって寸法だ。オス同士は基本的に縄張りが重複しない様に避けて生活をしている事が多い。出くわせば一触即発、大喧嘩をするらしいぜ」

「ほう、まるで猫だ」

「まあリンクスは巨大な猫そのものだからな。逆にオスとメスは縄張りが重複している事が多いが、これは交尾をする必要があるからな」

説明の途中でニヤリとしてみせたッワクワクゴロさんに俺は苦笑した。何となくこの続きに聞かれる事はわかる。

「で、カサンドラとはどうなった」

「残念ながらまだ何も」

何もないどころか俺がニッコリ笑ってみせると、とても嫌そうな顔をして視線を背けてしまうからね。

「その割にはしっかり懐いている様子じゃないか」

「どこをどう見たらそういう風に受け取れるんですかね」

「俺はカサンドラとはむかしから近所付き合いがあるからな」

「かわいいですよね」

薄幸そうなところはあるけれど、確かに美人で幼妻だかね。

そんな馬鹿な妄想をしながらスネアを設置した箇所に向かって歩いているところで、不意にッワクワクゴロさんが俺の動きを制止した。

「どうしました？」

「……足元を見てみろ、まだ新しいものだ」

ネコ科の足跡である。だが、女性の掌ほどの大きさがある。デカくね？

「デカいですね、リンクスですか……」

「ワイバーンや熊を除けば、ここいらで一番の大物だからな、当然だ」

ッワクワクゴロさんはそう言って、ネコ科の足跡がたどった方向を見やった。

俺が想像していたよりも、いやそれ以上にこのファンタジー世界のリンクスは大きいのかもしれない。

足跡から想像すると、オオヤマネコどころの大きさではないのだ。トラかライオンか、そんなサイズである可能性すらあるぜ。

無言でうなずき合った俺たちは、腰を落としながら静かにその足取りを追いかけた。

お喋り好きのこのゴブリン猟師が口をつむったという事は、すぐ近くにリンクスがいるのかもしれない。

俺は自然と警戒心を強めながら、手に持つ手槍に力を込めていた。

弓は咄嗟の遭遇では役に立ちそうもないからな、昨日もまるで命中しなかった。

その事を考えれば手槍で戦った方が、すばしっこいオオヤマネコを相手にするのなら有利なはずだ。

しばらく追跡をしていたが、途中でまたッワクワクゴロさんが足を止めてしゃがみ込んだ。

「見ろ、まだ地面の足跡が乾いていない……」

ほとんど独り言をつぶやく様にして彼がそう言ったものだから、俺の緊張は究極まで高まった。

どうやら昨日仕掛けたスネアから少し外れた辺りを、リンクスがうろついているらしい。潰したコボルトの血の臭いは確認したのだろうが、まだ警戒して獲物そのものには近づいていないのだ。

知恵の回る捕食動物だな、リンクスというのは。

そんな事を考えながら俺が感心していると、

「シューター、ヤツだ！」

突然、立ち上がって手槍を構えるッワクワクゴロさんの姿が俺の視界に飛び込んできた。

俺も咄嗟に手槍を引き絞りながら警戒すると、ちょうど正面に巨大なネコ科の動物がいる。

確かにこれは虎並の大きさがあるぜ、鳴き声もひとつもかわいらしくない。

「ヴギャース!!」

ブッシュの中から飛び出してきたリンクスは、その太い腕で迷わず俺の方に跳びかかってきた。

あれを一撃でも喰らってしまえば張り倒されてしまう。そのうえに掌には太い鉤爪が黒光りしていた。

俺はたまらず体を捻《ひね》りながら転がると、その瞬間にも手槍を振ってリンクスの脇腹にかすり傷を与えてやった。

俊敏だが、デカいだけに動きには予備動作がある。

俺は受け身から素早く体を起こして手槍を構え直すと、ふたたび飛びついてきたリンクスに向かってそれを突き立ててやった。

すれ違いざまの一撃だ。片手の大突きをするにはちょっと短すぎる長さだが、今は文句を言っていられない。腰を入れて飛びついてきたリンクスの口の中へと、その槍の穂は吸い込まれていった。

「グギャヌルル！」

咄嗟に刺し込まれた衝撃を右掌に感じたが、押し倒されて鉤爪の被害を受けない様に俺はその手を放す。

ふたたび体捌《たいさば》きで側面へ逃れたところでヤツがどうなったのかを目撃した。

口の中から背中、いや後頭部に抜ける様に深々と手槍が刺さっている様だった。

よほど痛かったのだろう、妙な動きでしばらく暴れる様にグルグル回っていたリンクスは、やがて倒れて痙攣《けいれん》する様な仕草をみせた。

「だ、大丈夫かシューター?!」

「ふひゅう、危ないところでしたが怪我ひとつなく倒す事ができましたね」

「それにしても一撃だぞ、リンクスを……」

まだ息のある巨大なオオヤマネコは、これでもどうやら若い個体だったらしい。

手早く腰後ろのナタを取り出したッワクワクゴロさんである。何の躊躇《ちゅうちょ》もなく頸根の動脈をそれで断ち斬り、トドメをさしたのである。

「毛並みを見たところ、生後三年から五年といったところか。綺麗《きれい》に解体すればそれなりの外貨が稼げそうだ。ただ思ったよりも小さいな。齢《よわい》を重ねたオスは、このまだら模様が大き立派になる」

「若いオスだったので運がよかったですね。狡猾《こうかつ》な大人だったら、もっと苦戦していたかもしれません」

「臆病である事は猟師にとって必須なスキルでもある。欲に駆られて無理をすれば死ぬ事もある、カサンドラを泣かせないためにも、くれぐれも怪我のない狩猟生活をしていこうぜ」

ありがたいベテラン猟師のお言葉をいただいたので、俺はその場でペコペコした。

「オスは定期的に俺の獲物になるからな、森の深い場所から新しいオスが移動してくるんだ。そしてまた俺の獲物になる、ありがたい事だ」

明日も楽しみだな！　とッワクワクゴロさんは笑って俺の背中をバシリと叩く。

まさか罠に向かう途中で獲物に出会うとは思ってなかったので、思わぬ収穫である。ふたりで手槍にリンクスを括りつけると、その日は引き上げる事になった。

猟師小屋に帰宅して作業台でゴリゴリと解体作業を手伝っていると、新妻カサンドラがやってきてとても驚いた顔をしていた。

「カサンドラはいい夫をもらったな。シューターが一撃でこの獲物を仕留めたぞ！　さすがは戦士だった男だけに一撃だ！」

「すごいです……」

あまりに褒められるものだから、俺はテレテレと頭をかいてペコペコしてしまう。

「これからもこの男のために、しっかり世話をしてやってくれ。こいつはそのうちに出世するぞ」

「はい……」

何だろう。偶然とまでは言わないが、今日はたまたま運がよかっただけだからね。

しかし褒められるのはいい気分なので、ついついご機嫌で新妻の顔を見やったのだが、カサンドラはすぐにもその顔を背けてしまった。

まだだ、まだこれしきでは諦めんよ！

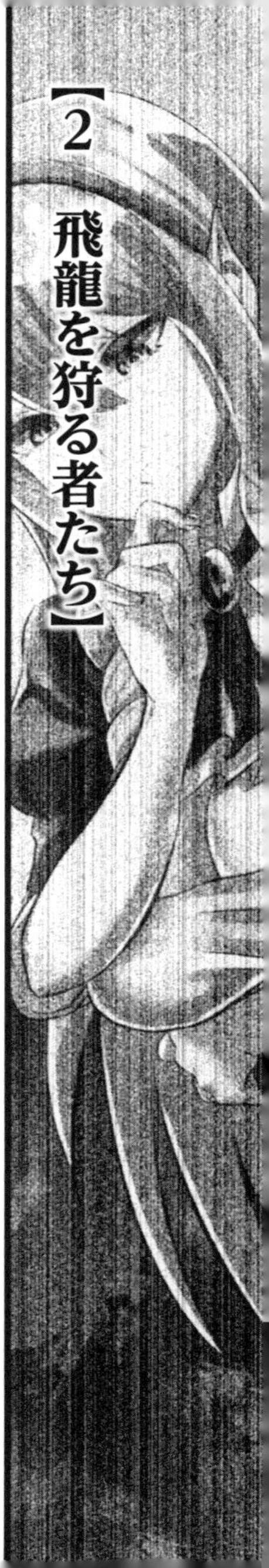

【2 飛龍を狩る者たち】

暖かい毛布に包まれて俺は夢を見ていた。

いつ頃の夢だろうか、たぶん割りと最近の姿を俺はしていた。長袖のシャツに中はTシャツ、下は職場の作業ズボンのままの姿だ。

その格好で俺はリュックを背負って駅前の繁華街を歩いている。

いつも顔を出していた立ち呑み屋が、おぼろげな視野の中に収まった。

ああ、これは元居た世界で最後に見た光景じゃないだろうか。

俺は確かバイト帰りに、一杯だけビールを呑みたくていつもの立ち呑み屋に足を向けていたのだ。

家で飲むビールも嫌いじゃないが、店員の若い姉ちゃんに「いやぁ今日も疲れたよ！」と話しかけながら、安い「お疲れ様セット」を頼むのが極上の喜びだった。

少ないバイト代でやりくりしていた俺としては最高の贅沢である。

確かあの時も、俺はのれんを潜《くぐ》ろうと立ち呑み屋に足を運んだんだ。

もしかしたら、俺はあの時に死んでしまったのか？

車に轢《ひ》かれたとか。

視野の中にくだんの立ち呑み屋と、道路交通量もそれなりにある狭い繁華街の道が映っている。

行きかう車が見えた。だが俺は別に車に引かれたわけじゃないらしい。

なぜならば俺は何を思い立ったのか、立ち呑み屋を前にして、ぐるりと方向を転換してしまったのだ。

今朝の夢はそこで終了した。


俺の名は吉田修太。

異世界では猟師見習いをやっている三二歳のワイルドメンだ。

嫁のカサンドラと朝の挨拶もそこそこに、俺は鍬を持って外に出る。

カサンドラから、自宅である猟師小屋の前にある畑を耕してくれと頼まれたからである。

彼女がひとりこの猟師小屋で生活していた頃は、男手が足りなくておざなりになっていたらしい。

季節は春だ。

カサンドラに聞いてみると今は暦の上で四月の終わりという事だった。

山野の雪が解けるのが二月の末で、そこから徐々に過ごしやすい季節が広がっていく。時期的に畑を耕すには遅いぐらいらしいが、それはカサンドラひとりではしょうがない。自分だけの食い扶持を得ていた頃は芋を育てているだけだったそうだ。

芋は手軽に手入れができて、寒さにも強く水も少なくていい。

俺は言われるままに痩せこけた土に鍬を振り下ろし、耕していく事にした。

カサンドラの持っている畑は、小屋の前の四枚である。そのうちのひとつが芋畑だから、今日は手前のもうひとつを手入れしよう。

これから毎日やっていく事だし、早くカサンドラの暮らしを楽にしてやらないとな。それが男ってもんだぜ。

「お前、朝から何をやっているんだ」

俺がしばらく枯れた土を混ぜ返していると、そこに猟師のッワクワクゴロさんがやってきた。

彼はいつもの猟師スタイルで、背中には弓も背負っている。

「おはようございます、もうそんな時間ですか」」

「リンクスは夜行性だからな、今時分なら罠にかかっている可能性がある」

「できれば大人しく罠にかかったヤツを相手したいですね」

というわけで、畑一枚のごく一部を耕したところで、俺はサルワタの森へと出かけなければいけない。

コボルトを潰して括り罠を仕掛けた場所の様子を見に行くのだ。

「それじゃあ今日も行ってくるよ。大人しく待っているんだよ？」

俺は愛妻に声をかけた。

「でも、畑の手入れもしないといけませんし」

「そんな事は俺が帰ってからやるから、君は家事でもやっていなさい」

「……あのう、鍛冶ですか？　わたし鍛冶はやった事がないんですが」

「ふうん、そうなのか」

料理をしたり洗濯をしたり、俺がいてもいなかった頃もやっていたはずだけど、はて。

女村長も俺の世話をしろとカサンドラに言いつけていたのに、おかしいなあ。

もしかすると謙遜をしているのかもしれない。

得意じゃないんですけど、わたし精一杯頑張りました！

うん、カサンドラは必死萌えを武器にするひとか。

ウンコする時いつも必死だもんな。

「じゃあまあ適当でいい。俺が帰ってから手伝うよ」

「……ありがとうございます。お気をつけて、行ってらっしゃい」

そんなやり取りをして、待たせていたッワクワクゴロさんと森へ出かけた。

「何だ、俺がいるのも忘れてイチャついてやがるなぁ。このこの」

「そうですか？　まだ手を触れてもお互いキョドっている感じなんだよなぁ」

「なんでぇ、まだヤってないのか。もしかしてお前はムッツリか？」

「女の子は大好きなんですけどねえ、妻は俺と顔を合わせるたびに、すごく嫌な顔をするんですよ」

「全裸だもんな」

「全裸ですもんね。今はチョッキつけてますけど」

「だがほぼ全裸だ」

違いない。

俺は股間をさすりながらけもの道を進んだ。

聞くところによると、ッワクワクゴロさんは猟犬を使役していないらしかった。何でも育てるだけでも犬の食い扶持がいるし、躾《しつけ》をするのもかなり大変なものらしい。

そういう理由でこの村の猟犬は一か所に集められて、猟師たちを束ねている男ッサキチョさんというリーダー格の男が預かっているのだとか。

またしてもゴブリンである。

「ゴブリン族は立場が低いからな。普通どの村でも小作人か、猟師に木こりと相場が決まっている」

「そうなんですか、コブリンって大変なんですね」

「優れたゴブリンはみんな街に行くからな。そいつらは傭兵《ようへい》や冒険者となって、己の腕を頼みに面白おかしく生きているだろうさ」

「ッワクワクゴロさんはそうしなかったと」

「するわけがねぇだろう。家族を捨てて街に出るなんてどうかしている」

と、ッワクワクゴロさんは憤慨しながら言った。

「俺が街に出てみろ、残った兄弟や家族はどうなる。猟師は立場が悪い。狩りに失敗すれば村からただ飯を食わせてもらう身分だからな。その上、真冬のもっとも厳しい時期は森に入る事ができない」

そうなのである。雪に荒野が閉ざされてしまう冬季は、基本的に森の奥で狩りをする事ができなかった。

とすれば猟師たちは比較的森の浅い地域で鹿を狙う様になる。

この時期の鹿たちは深く雪の積もった山林では餌を取る事ができず、草原地帯に移動してしまうのだった。

そして森から出た鹿は、猟師にとってとても捕まえにくい相手だった。フィールドがだだっ広い草原のために、待ち伏せする場所が限られてしまうからだ。

「じゃあ狩場に入れない時期はどうやって生活するんですか」

「内職をするんだよ。ブーツを作ったり槍を研いだり、鏃《やじり》をこさえたり。冬場は鍛冶の季節だ」

「ほほう、鍛冶までやるんですか」

「村にも鍛冶師はいるが、ドワーフの爺さんも忙しくてな。俺たち猟師はいつも後回しだ。それにホレ」

ッワクワクゴロさんは矢筒から一本を抜き取ってそれを見せる。

「石の鏃は自分でこさえた方がいい」

モノの本によれば獲物の獣皮に対して、金属の鏃に比べて石の鏃は貫通力と殺傷力が非常に高いらしかった。鉄の鏃は量産できて規格が揃っている代わり、こちらは対人用なのである。

俺は納得した。

それにしても狩猟を生活基盤にするというのはとても不安定なのだな。

改めてそれを思い知らされたのは、サルワタの森に仕掛けたひとつ目のスネアのところにやってきた時だった。

「餌だけ見事に喰い荒らされている」

舌打ち気味にッワクワクゴロさんが言った。

しゃがんでスネアの周辺を探っているが、土に足跡を見つけて微妙な顔をしていた。

前回のリンクス狩りとは打って変わって、

「今日は駄目だったな」

エサだけをやられたついでに、このリンクスは獲物をねぐらに持ち帰ったらしく、コボルトを地面に引きずった跡が残っていた。

そして二個目の罠も不発に終わってしまった。

「……こっちも駄目だったな」

「駄目でしたね。いやぁ残念」

「まあ毎日狩りをしていればこれが普通だ。大物がかかる時はこれでしばらく生活できるが、獲物がかからない時は、ひたすら無駄になる。前回はたまたま運がよかっただけさ」

猟師の生活には、どこかバイトを掛け持ちしたり、転々と短期の派遣をやっていたフリーターの俺の生活と重なる部分があった。

それはいい事なのか悪い事なのかわからんが、それでも元の生活に近いライフスタイルは、俺にとって馴染みやすいともいえるだろう。

元のライフスタイルと明らかに違うのは、俺が今限りなく全裸に近いという事だけだろう。

「リンクスを張って、ここで待ち伏せするのは駄目なんですかねえ」

「それは子育ての時期が過ぎたらやる。子育て時期は警戒して手がつけられんからな」

「なるほど！」

俺はひとつ賢くなった。

確かおじさんが言っていたな。子育て時期の母グマには気をつけろと。

ツキノワさんでも猟師が手を焼くのだから、虎並のデカさがあるリンクスはマジでやばい。

帰りに俺たちは狐を一頭仕留める事ができた。

たまたま村のすぐ近くまでやってきたところで、俺と狐の視線が交差したのである。

「シューターやれ！」

咄嗟に叫んだッワクワクゴロさんは、即座に背中の短弓を下ろしながら惚れ惚れするような動作で矢をつがえたが、俺も同じ様に動作を見習って、矢を放った。

距離はたぶんわずかに一〇メートル足らず。

一瞬立ち止まってキョトンとしていた狐めがけて二本の矢が飛んだ。

俺の矢は外れて、ッワクワクゴロさんの矢はしっかり刺さった。

「お前、名前のわりに弓使いが下手だな！」

まあ、はじめての弓だからね。しょうがないね。

「そのう、あんまりマジマジと見られると、料理がとてもやりづらいのですが……」

新婚の醍醐味と言えば、やっぱり奥さんの手料理ではないだろうかと俺は思うわけである。

これまでの俺と言えば貧乏暇なし独り暮らし、安アパートで自炊をするか夕方の割引セールで購入したお惣菜を食べる毎日だった。だから誰かが自分のために料理を作ってくれるという事実に、酷く感動してしまったのだ。

「ご、ごめん。気にしなくていいからね。今夜もふかし芋かな？」

「お芋だけでは味気がないので、今夜は煮豆にしようかと思います。いけませんでしたか……？」

新妻カサンドラがとても嫌そうな顔をして、台所で鍋を用意しながら振り返った。

そうだよね。女村長からの命令とはいえ、いきなり夫婦になれと言われて、はいそうですかと馴染むものではないのは、俺だって理解している。

けれど嬉しいモノはしょうがない。

「ぜんぜん問題ないよ。手伝う事はあるかな？」

「家にいる時、料理を作るのは猟師の女の務めです。逆にフィールドに出ている時は男が作るものだと決まっていますので……」

へえ、そんなルールがあるなんて知らなかったぜ。

オレは出来るだけカサンドラを驚かさない様にニコニコしながらその場所を離れた。

とは言っても。

俺たち新婚夫婦の生活する場所は、狭苦しい１ＬＤＫの猟師小屋であるから、寝台に座って奥さんの姿を眺めているぐらいしか出来ない。

カサンドラはご家庭用の寸胴鍋を用意して、そこに出汁を取るための骨を入れてゆっくり煮込んでいた。

途中でひよこ豆、畑で採れた人参やら隣家からお裾分けしてもらったタマネギなどをぶち込んで、木製のおたまで混ぜ混ぜしコトコト煮込んでいく。

「出汁を取る骨は狐ですので、味はあまり期待できません」

「そうだねえ狐とか狸はあんまり美味しくないよね」

「あっ、いえ旦那さまが捕まえてくださった大切な収入ですから、それを悪く言うつもりは無かったので、そのぅ……」

いつもはムっとした顔をしているか素っ気ない顔をしているか、奥さんはだいたいそんな感じだったのに。

今はとてもワタワタした表情で、自分の言葉を一生懸命否定してみせるカサンドラだった。

「大丈夫だよ、そんな風には思っていないから。俺もこれから、もっと美味しいお肉を持ち帰らないといけないね。それにカサンドラが作ってくれる料理なら何でも美味しく食べれるよ。

「はい、そのう。ありがとうございます、ありがとうございます」

俺がそんな言葉を投げかけると、彼女はとても困ったような顔をしてシュンと俯いてしまった。

新婚、案外いいかもね！

◆

むくっ。起きました！

何がって、そりゃあねえ。たまってたんだよ、言わせんな！

どうしてそうなったかというと……

実は俺、この日もッワクワクゴロさんと猟に出かけて戻ってくると、猟師小屋には新妻のカサンドラちゃんが留守をにしていたのでガッカリした。

どこにいったのだろう。

紙もペンもない不便な生活なので、書き置きなんてものはもちろんない。

代わりに洗濯ものが猟師小屋の入口に干してあるのと、室内のボロいテーブルに、茹でた豆と玉子が置いてあった。

ひとりで食べるには多いところを見ると、俺の分もあるのだろう。そして俺は括り罠の様子を見るだけと言って出てきたから、お弁当は持ってきていなかった。

いつまでたってもカサンドラちゃんが帰ってこないので、俺は悲しくなってひとりで食べるとふて寝したのだ。

とても寂しかったので妻の寝台で横たわり、毛布についた妻の匂いを嗅ぎながら寝た。

そしたら息子が起床した。

むくっ。おっきくなりました！

「あの、シューターさん……」

目が覚めると、どういうわけか大きく成長した我が息子に当惑の顔を浮かべるカサンドラが、おずおずと怯える様に俺を覗《のぞ》き込んでいた。隣には毛むくじゃらのおっさんがいる。

誰だこのおっさん？

「とりあえず服を着ようか？」

おっさんはヒゲをしごきながら、腰巻きを俺に寄越すのだった。

「お、おはようございます。えーとカサンドラ、こちらは？」

俺は飛び起きた。息子をいつまでも荒ぶらせているわけにもいかない。おっさんから受け取った貧相な腰巻きであわててカバーする。

「わたしの死んだお父さん……」

「死んだお義父さん?!」

「……の、弟さんの息子さんです」

俺は死んだ義父が復活したのかと思って驚いたが、違ったらしい。

背格好は俺と変わらない身長でずんぐりむっくりしている。腕もV字ネックの貫頭衣から見えている胸元も毛むくじゃらではないか。もっさりとしたヒゲも蓄えていて熊みたいなおっさんだ。

「カサンドラの従兄のオッサンドラだ」

おっさんが言った。

名前、まんまじゃねえか。

俺が隆起した息子を押さえていた手で握手をしようと差しのべたが、おっさんは微妙な顔をしただけで握手をしてくれる事はなかった。

精一杯フレンドリーな俺にとても失礼なおっさんだ。

「カサンドラに婿ができたと聞いたから来てみたのだが、お前がそうか」

「はじめましてシューターです。今は死んだカサンドラの親父さんの跡を継いで、猟師見習いをやっています」

俺はペコリと頭を下げた。

「お前、元は戦士だったそうだな。裸を見せつけているだけあって無駄のない体作りだ。それと祝儀がわりだ、これをやる。あと食料を持ってきてやったから、少しは食の足しにしろ」

「……気を遣ってくださらなくても」

「ありがとうございます。ありがとうございます」

いつもの癖で俺は低姿勢で頭を下げた。

受け取ったそれは短剣だった。ショートソードというやつである。

どうせ祝儀をもらえるなら服の方がいいのだが、まあ剣は何かあった時に質に入れるという手もあるか。

「この男のためではない、苦労をしているカサンドラのために持ってきたのだ」

「オッサンドラ兄さん……」

二人は妙に向き合って、見つめ合っていた。

あの、俺そっちのけで妙な感じなんですけれども。俺、席外した方がいいですかね？

「それで今日は何をしに？」

いたたまれなくなった俺は質問をしてふたりの妙な雰囲気を妨害してやった。

人の嫁と変な雰囲気作ってるんじゃねえ！

「オッサンドラ兄さんは鍛冶職人なんです」

「へえ。それで？」

「……昨日、シューターさんが、鍛冶をやる様にと言っていたので連れてきました。その、鍛冶をするなら兄さんを紹介した方が早いと。わたしは矢に鏃をつけるだけの簡単なお仕事しかできませんし……」

「？」

何を言っているんだうちの奥さんは。

鍛冶？　俺はそんな事を言っただろうか。

「猟師なら狩猟道具の手入れや槍、鏃の準備もいるだろう。いい心がけだ」

「？　ど、どうもありがとうございます？」

「だが、その前に格好はどうにかならんのか、鍛冶場に出入りするなら裸だと火傷するぞ」

「ですよね。よく言われます」

でも着るものがないからしょうがないよね。

「お前、全裸がいいのか」

「いや服がないんです。服、この家にはこれしかなくて」

カサンドラからチョッキを受け取った俺はそれに袖を通しながら返事した。

「鍛治場の手伝いをしたら駄賃をやる。あまったらそれで服を買え」

「それはもう。よろこんで！」

というわけで、俺は義従兄のおっさんに連れられて鍛治場に行く事になった。

カサンドラにあんたは来ないのかと質問したところ、拒否された。

「わたしは家事があるので、その」

新婚夫婦はすれ違いのままである。


今俺は、鍛治場の裏手にいる。

そして全裸の俺は、手斧を片手に薪を割っている。あれ、デジャブじゃね？

確かこの世界に来たばかりの頃も、そんな事をやっていたよね？

なぜまた全裸なのかというと、それは暑いからである。

汗をかくとチョッキが臭くなってしまうので、これは仕方がない。腰巻きは一心不乱に薪を割っていると、サイズが合わないのでポロリした。まあ、全裸の方が動きやすいしな。

呆れた顔のオッサンドラも、隣で俺の割った薪を運ぶ作業をしていた。

「猟果はどんな調子だ」

「先日からリンクスを仕留めるのに罠を仕掛けて回ったんですが、一度目は成功、二度目は駄目でしたねぇ」

「だろうな。あいつらはなかなか仕留められない」

「ベテランっぽいッワクワクゴロさんというひとと一緒に回ったんですがね」

「そうか」

「代わりに昨日は、森から帰る途中に狐を一匹仕留めました」

「なら、そのうち腰巻きが立派になるな」

なるほど。ボロ布の腰巻きより毛皮の腰巻きの方が立派だ。

ッワクワクゴロさんに狐皮をなめし終わったら譲ってもらえないか交渉しよう。

そんな事を考えながら薪を割る。

鍛冶場では大量の薪が必要らしかった。この薪を木炭にするらしく、自分たちが使う分を用意するのも鍛冶職人にはそれもまた仕事の範疇《はんちゅう》なんだそうだ。

俺は下働きをここでやった後に、慣れた頃合いを見計らって槍の研ぎ方や鏃の加工の仕方を教えてもらう事になった。

猟がない時は、頑張ってここで働こうじゃねえか。

ちなみに。

オッサンドラは見た目こそおっさんだが、年齢はまだ二〇歳過ぎという事だった。なんだ俺より若いじゃねえか。

「おっさんは、鍛冶の方はやらなくていいんですかね？」

「うちの鍛冶場には親方を含めると五人いる。今日はお前の相手をしていてもいいと言われている」

「そうなんですか。大変ですね」

俺はへえと適当に返事をした。

「シューターと言ったな」

「はい」

「お前、この村に骨をうずめるつもりか？」

カコンと薪を割ったその瞬間、その質問に俺は手を止めておっさんを見やった。

おっさんはヒゲぼうぼうの面に真面目な表情を浮かべていた。

「そうですね。カサンドラを嫁にもらいましたし」

そう返事をしたものの。

俺はあまり、これからの事を考えた事がなかった。

俺は異世界人だ。地球人で日本人だ。ゴブリンがいてワイバーンのいるこの世の中はきっとファンタジーな世界だ。地球の過去でも未来でもないだろう。

そうすると俺は元いた世界に帰る事ができるのかできないのか。

今朝、俺は夢を見た。

夢の中でこの世界に飛ばされる直前の記憶を追体験した様な気がする。

あれは俺が異世界に飛ばされた、あるいは死ぬ直前の夢だったんだろうか。俺、死んだのかな。死んだんだったら、それは転生した事になる。死んでないなら転移だ。

しかしどうだろう。

俺は元のままの姿でこうしてこの世界にいる。記憶だって残っている。死んだとすれば俺は中年のままこの世界に生まれてきたのだ。

そういえば、俺が林の中でさまよっている時、どんな格好をしていたのか覚えていない。もしかしたら全裸で生まれてきたんだろうか……

生まれ変わったんなら、普通はあかちゃんからスタートだろ。

リセットしろよ神様！

たまらず俺は心の中で文句を言った。

「それならば覚悟を決めろ。この村で猟師への風当たりはとにかく辛いぞ。おじは大変苦労していた」

生活も、人間関係も。と、おっさんは小さく続けた。

「村社会における共同絶交か……」

俺はつぶやく。

どうして猟師が共同絶交にされるのだろうかと、俺は考えながらまた手斧を振った。

慣れたもので、少し前まで一週間あまり続けた作業だから今では体が苦に思わない。

ひとつは、生活収入が不安定で猟果がないと村にただ飯を食わせてもらわないといけないからだろう。

かつて狩猟採集で生計を立てていた人類は、やがて農耕を覚えたわけだ。

農耕生活はその日暮らしの狩猟採集生活よりも、ぐんと暮らしぶりが安定する。不作もあるにはあるだろうが例年蓄えておけばそれを不作の年に放出する事ができる。

生活が苦しければ、それだけ嫁のもらい手が居ないのかもしれない。

この世界にどこまで恋愛結婚が存在しているかわからないが、たぶんそんな自由はほとんど許されないだろう。

あってもそれは街での話だ。

ここでは俺とカサンドラの婚姻を決めたように、きっと女村長や親たちが取り決めるのだ。

だとしても若い娘を持つ親として、わざわざ生活の安定しない猟師に嫁がせようという人間はいないのかもしれない。逆にカサンドラの様な猟師の娘はもらい手がないのかもしれない。

なるほど、だから厄介者である猟師たちは共同絶交の対象なのか。

もうひとつは、たぶんこうだ。ッワクワクゴロさんの言葉を思い出してみると、猟師や木こりにはゴブリンが多いと言っていたはず。ゴブリンに娘を嫁がせたいヒトの親はあまりいないのかもしれない。

なるほどゴブリン差別か。

悲しいけれどゴブリンは村長を頂点としたこの村の階層《ヴィレッジカースト》で最下位にいるのだろう。

ファンタジー世界でもゴブリンは雑魚だもんな。ホブゴブリンになって出直してこいってか。

「村を出たいなら手引きをするぞ」

ふと、バラバラになった薪を集めている俺に向かって、オッサンドラがそんな事を口にした。

「村から出る？」

「そうだ。脱柵だ。よそ者のお前がこの村に居ついたところで誰もいい顔はしないだろうが、逃げ出したところで誰も気にもしないだろう」

「でもそれなら、残されたカサンドラの立場が悪くなるんじゃ……」

もらったばかりの嫁の事を考えて俺は返事をした。

「それも含めてしっかり考えるといい。逃げる気になったら、旅銭ぐらいは用意してやる。村に残るなら、覚悟を決めてお前が認められる様に頑張る事だ。あとはお前次第だ、よそから来た戦士よ」

おっさんはそう言って、鍛冶小屋の中に引っ込んでいった。


おっさんの言葉は何を意味するのか。俺は色々と考える。

俺は田舎の育ちだが、あいにく共同絶交の経験はした事がない。なぜなら祖父母がとても社交的な人間だったたからだ。

特に、誰にでも気さくな祖母は地元周辺ではよく知られた世話役で、漁業組合の副会長まで任されるほど顔の広さがあった。

おかげで家族は何不自由なく地元で生活をしていたもんだ。

けれども地元には、どの家族ともあまり親睦を交わさない一家がいた事を俺は知っている。

今にして思えば、あれが村社会における共同絶交というやつだったのかもしれない。

年の近い女の子がその一家にはいたが、普段からあまり一緒に遊んだ事はなかった。少女はいつも年の近い妹とふたりで遊んでいた気がする。俺たち兄妹も何かの遠慮が働いてあまり声をかけなかった。

そんな家の婿として俺がやってきたと思えばいい。

なるほど共同絶交は大変そうだ。

この村で生活をしていくなら、当然その覚悟が必要というわけだ。

そりゃ当然の事だな。だとすれば自分の暮らしをよくするためには地位を築く、つまり村人に認められるためには結果を出さねばならないわけだな。

そして俺は猟師だ。

少し前の事だが、俺はとあるマーケティングを専門にする会社でバイトをやっていた事があった。

その会社では、クライアント企業に新規の事業や、現在進行形のプロジェクトを改善を提案するのが主な業務内容だった。つまり、最近流行りのコンサル会社というやつである。

小さな会社だったので、バイトに過ぎない俺がそこの取締役の若い青年と一緒に営業回りをするのが日々の仕事だった。

その時に青年取締役が教えてくれた事がある。

コンサル屋が提案を持ち込んでクライアントを籠絡する方法はいくつかある。

まずは「これは面白い」と思われる事と「それが実際に可能である」と思わせる事だ。企画書の内容はその様に作ればいい。俺が苦手なパワーポ○ントで提案を作ると、いつもそれを青年取締役が清書してくれた。

面白い提案にはいつもクライアントが食いついてくれたものだ。

それと、クライアントの信頼を得るためにまずトップを取り込んでしまう事である。

担当部署のリーダーや、経営者そのもの。これを味方にしてしまえば大概の要求や提案はアッサリ通過してしまうのである。

では、この村にそれを置き換えると誰か。

村長だな。

あの女村長にまず認めてもらう事だ。彼女は確か騎士爵の位を授けられた立派な領主さまである。女村長さえ籠絡できれば、俺はこの村で共同絶交にされる事もないだろう。

たとえ不満があったとしても実績があれば表立って文句は言われないし、女村長が言わせない。そのはずだ。

そのためには実績が必要だ。

コンサル会社が求められる成果は、売上だろう。経営コンサルなら全体の、企画コンサルならプロジェクトごとの。

置き換えるなら、この村でなら暮らしぶりをよくするのか、あるいは猟師として大物を仕留めるのか。

そうすると、リンクスの一頭や二頭は簡単に仕留められるぐらいの腕前を磨かんといかんなぁ。

いろいろと考え事をしながら俺は額の汗を拭った。

空には雲ひとつなく晴天で風は穏やかだった。

春の小風は心地よいな、などと思っていると雲ひとつないはずの空に黒々とした妙な雲が見える。

その黒い雲は風の割りに翔ける様に俺の視界を横切っていき、降下していく。

「わ、わい、ワイ、ワイバーンだ！」

ワイはバーンやないで？

どこからともなく聞こえてきた誰かの悲鳴に、そんな頓珍漢な事を俺が思っていると。

次々に村の散在する家々から、村人たちが飛び出してくるのであった。

「あれワイバーンだ！」

ワイバーンは家畜を襲った。

◆

俺はワイバーンを目撃した。

元いた世界では想像上の産物でしかないものだったけれど、目の前で確かにその生物は動いている。

大きさはおおよそ全長がマイクロバス程度だ。

鱗に覆われた潰れた様な顔に牙がずらりと並んだ大口、そしてずんぐりとした胴体に長い尻尾だった。マイクロバス並の全長といってもその半分が長い尻尾だった。こいつも鱗がびっしりと張り付いていて、まさに空飛ぶトカゲの王さまだ。

そんなトカゲの王さまが、村の中心地より少しだけ外れた場所で放し飼いにされていた牛を襲っていた。

哀れなその牛は「ブモーッ」と悲痛な叫びを上げながら、抵抗空しく転がされて、ワイバーンはその脚で爪を立てていた。

強そう……

俺は確信した。

村人たちは口々に何事かを叫びながら指を差したり、物陰から様子をうかがったりしていた。

けれど絶対的な空の王者に近づこうとする者はいなかった。

そりゃそうだ。この村を構成する大半の人間が農民であり、その家族だ。

ワイバーンを相手にできるとすれば、カサンドラの親父さんほどのベテラン猟師でなければ不可能なはずだ。

そしてカサンドラの親父さんは今となっては亡きひとだ。

「外が騒がしいが、何事だシューター?!」

「あれを見てください、ワイバーンですよオッサンドラさん！」

炭を抱きかかえて外に出てきたおっさんに向かって俺は言った。

おっさんは抱いていた炭を腕から取りこぼして、唖然《あぜん》とした顔をしている。

「ワイバーンが、どうして……」

「わ、わかりませんが。突然飛来したんですよ……」

「なんという事だ」

茫然とワイバーンの捕食風景を眺めていた俺たちだったが、そんな中でも勇敢に空の王者に戦いを挑もうとする集団を目撃した。

ッワクワクゴロさんをはじめ、猟師のひとたちである。

彼らは少し前まで狩りに出かけていたのか、普段の狩猟スタイルのまま数名ひとかたまりとなってワイバーンを目指していた。

他にもワイバーンに向かう、別の集団がいた。

村長だ。あの妙齢の女村長とその義息子ギムル、それから他の武装した集団だった。最後尾には木こりッンナニワさんもいた。

ふたつの集団は村に点在する家々を遮蔽物《しゃへいぶつ》にしながらジグザグに向かっている。

先着しつつあったッワクワクゴロさんたち猟師集団が、ここで二手に分かれた。一方が複数の矢筒を手に持っていたグループで、もう一方が弓と手槍を装備している。手槍の集団がさらにひとつ先の遮蔽物まで駆けていった。

なるほど、ッワクワクゴロさんたちは援護射撃を受けながら肉薄攻撃をするつもりなのか。

空の王者はそんな襲撃者の存在など無視するかの様に、ムシャムシャと牛の腸を嘴《くちばし》で啄み、引きずり出していた。

グロいぜ……

モノの本によれば、大型の捕食哺乳類は相手の首に噛《か》みついて完全に仕留めてから捕食すると聞いていたが、牛はまだ弱々しい悲鳴を上げている。

これでワイバーンが哺乳類でない事は確定だな。

そうして女村長の従える戦士の集団は、弓を構えていた猟師の援護射撃集団のところに合流して、何事か激しく会話を交わしていた。

女村長は、いつものゆったりとしたドレス風の服の上から、簡易的な胸当てをしていた。

あわてて飛び出してきたので、とりあえずそれだけ装備したという感じだろうか。

そして腰には長剣、由緒正しい女騎士のスタイルだった。

これまであっけにとられて状況を眺めているだけだった俺だが、そこにきて脳が覚醒した。

このままワイバーンに捕まってしまった女村長に「くっ殺せ！」なんて台詞を言わせるわけにはいかない。

ワイバーンはもしかすると、女村長の言葉を待たずに喰い殺してしまうかもしれない。

俺がこの村で自分の立ち位置を築くためにも、少しでも女村長のために槍働きをするべきだ。

何より、美人は無条件に保護されるべき対象だ、間違いない。

「槍働き……」

自分でつぶやいた単語に、俺は振り返った。

「おっさん、鍛冶場に武器はありますか。長物なら何でもいい」

「武器はあるが。まさかお前どうするつもりだ――」

「何でもいい、貸してください。槍か薙刀《なぎなた》みたいなものはないんですかね？」

「長物がいいなら、槍とハルバートか、両手持ち《ツーハンド》のメイスがあるはずだが」

困惑したおっさんの背中を押して、俺は急かした。

「何でもいい、貸してくれ」

「お前ワイバーンに勝負を挑むつもりか？　どう見てもあれはオスの成獣だぞ?!」

「このままじゃ村長がくっ殺せとか言うだろうが。そんな展開、俺は望んでねぇんだよ！」

勝手に鍛冶場に飛び込んだ俺は、ドワーフの爺さんを突き飛ばしそうになりながらも屋内を見回した。

「オッサンドラこいつは誰だ！」

「俺の従妹の夫でシューターです、親方。武器を借りたいとこいつが……」

そんなやり取りを背中で受けながら、俺は振り返った。

「おっさん、武器はどこにある」

「そっちの奥にあるのが長物の武器だ。槍なら手前のヤツより奥のものが上等だ。メイスなら手前のを使え！」

「馬鹿者。オッサンドラよこの若者をつまみ出せッ」

ドワーフの親方を無視して俺は言われた奥の部屋に入り、武器立てにずらりと並んだ槍のうち最奥部のものを引き抜いて外に飛び出した。

吟味している場合ではない。時間が惜しい。

「お前が死んだらカサンドラが悲しむぞ」

「ふん、生憎《あいにく》俺は妻とまだ抱き合った事すらないんだ」

「だがおじもワイバーンと相打ちになっているんだ。また辛い思いをするぞ」

「ウンコしてるところはガン見したがね、情が湧《わ》くほど俺たちは夫婦生活をしちゃいないんだよ。死んだらあんたがもらってやれ。惚れてるんだろ？」

「いや俺は別に……」

俺を引き留めようとするおっさんの言葉が煩わしくなって、黙らせた。

そうこうしながら、槍の鞘を抜いていつでも駆け出せる様にする。

牛を啄んでいたワイバーンが、ふと潰れた顔を持ち上げて咆哮《ほうこう》した。

地響きの様な低い、空気を震わせるのに十分な恐怖が俺たちに伝播した。

その咆哮に耐え切れなくなったのだろうか、ッワクワクゴロさんたち弓で援護射撃する集団が一斉にその弦を引き絞る姿が見えた。

「くそ、俺もここで槍働きをしておかないとな。いつまでたっても共同絶交はごめんだ」

俺はニヤリとしておっさんを見返すと、駆け出した。

本心では恐怖がどこかにあった。

当たり前のことだ。俺が今までに相手した事のある連中といえば、焼肉店バイト時代に酔っ払いどもを数人と、空手で全国二位まで進んだ男と県大会でかち合ったぐらいである。

あとは素人剣士の青年ギムルか、インディーズプロレスの選手たちぐらいだな。

槍一本で虎を相手にしろと言われても、たぶん平常な状態なら大喜びで、いや即答で拒絶する。

しかし今は脳内に変な分泌物でも出ているのか、恐怖は頭の片隅に追いやる事ができた。

アドレナリンだ。

試合の時、自然と体にエンジンがかかった時だけは、恐怖心がぶっ飛んで、怖いもの知らずになるのだ。

俺が走っている間にも状況は動いていた。

ッワクワクゴロさんたちの射かけたのとほぼ同時に、呼応して突撃集団が一射だけ矢を放っていた。ッワクワクゴロさんたちはそのまま速射する具合で二射目にかかる。

見ていると正確に狙いをつけているわけではないらしい。

相手はマイクロバスの王様だ。適当に狙ってもどこかに命中するって寸法だろう。そして猟師の突撃集団がワイバーンに迫った。

ふたたび、ワイバーンが低い咆哮を村に撒き散らした。俺は走っている途中、たまらず腰を抜かしそうになる。

アドレナリンとは何だったのか。先ほどまでの絶対無敵精神は、一瞬にしてぶっ飛んだ。

俺が腰を抜かした場所は、ワイバーンまでおおよそ五〇メートルもないだろうという距離だ。

空の王者は数字上の全長以上に、巨大な存在に俺には見えた。

俺はとても怖かった。


異世界はとても理不尽だと俺は思う。

勇敢にもワイバーンに突撃していったひとりのゴブリンは、ただの一撃、空の王者が尾を振っただけで宙を舞っていた。

ひとが宙を舞うなんてものは、普通の人生を歩んでいるぐらいでは見れいないだろう。

俺はある。目の前でな。

それは、むかし俺がスタントマンのバイトをしていた時にやった様な段取りがあるわけじゃない。

名も知らぬゴブリンの猟師は理不尽な暴力によって、見事な放物線を描いて飛んでいった。

次に手槍を持った別の男が仲間の犠牲を利用して懐に飛び込んだが、これは巨大な翼を広げたワイバーンがバックステップした時に風圧で吹き飛ばされた。

器用なワイバーンは、バックステップをしながら潰れた顔の嘴で男を噛んだ。

男はどう見てもゴブリンではなかった。異世界流に言うなら俺たちと同じヒト族だ。

彼は悲鳴を上げながらすぐ死んだ。

むごい。

怯《ひる》んだ突撃集団の仲間たちは広く散開しながらワイバーンを遠巻きにした。

数射にわたって援護射撃をしていた弓隊も、もはや敵味方が接近しすぎていてそれも叶《かな》わない。

とても残念な事に、鏃はワイバーンの皮膚を捉えてもその鱗の表層にしか届いていなかった様だ。

そして女村長の一党が、とうとう抜剣してワイバーンを取り囲む一団に加わった。

ようやく自分を奮い立たせながら一団の後方にたどり着いた俺。

かっこいい事を言って鍛冶場から槍を持ち出した俺だったが、まったくもって情けなかった。

腰を抜かした姿は、きっと全てが無事に終わったら笑われるだろう。

いや犠牲が出ているのだから、冷たい仕打ちを受けるのだろうか。

「村長、下がってください！」

「わらわはこの村の支配者ぞ。ここで引き下がれるわけなかろう」

「ではせめて最後尾に」

そんなやり取りを義息子のギムルたちと交わす村長を尻目に、飛龍を狩る者たちたる猟師は果敢に二度目の突撃を加えた。

当然、空の王者は簡単に隙を見せなかった。

ぐるりと潰れた顔を回したワイバーンは、威嚇をしながら器用に尻尾を振り回す。

だがワイバーンを仕留める気概のある猟師は確かにいた。

ひとりのゴブリンだった。

他の猟師と明らかに動きの違う男は毛皮の服の上から革鎧の様なものを装備して、両手にそれぞれメイスを構えていた。

「目的はひとつ！　今はワイバーンに手傷を負わせてここから撤退させる事だ‼」

女村長が指示を短く飛ばした瞬間、そのゴブリンは真っ先に懐に入った。

たぶん、あれはいつかッワクワクゴロさんの言っていたッサキチョさんという猟師のリーダーじゃないだろうか。ギムルと揉《も》めた時に見た事がある。

彼の動きに合わせて、他の猟師たちが手槍や短弓を構えた。

俺もその包囲網に加わった。

「おお、シューターお前か」

女村長の声が聞こえるが今は無視だ。

飛び込んだ毛皮の猟師は、連続してメイスでしたたかにワイバーンの腹を叩く。

そして転がって離脱した。

痛みを感じないのかワイバーンは首をもたげて毛皮の猟師に噛みつこうとするが、その瞬間に弓矢がワイバーンの翼を襲う。

なるほど、鱗の鎧をまとった空の王者も翼は弱いか。

これにはたまらずワイバーンが甲高く咆えて、ふたたび翼をばたつかせた。

そして。いったん宙を舞ったワイバーンは、ヤツを取り巻く俺たちの集団の後方にいた女村長めがけ、鉤爪を立てようとした。

俺は映画の撮影所でスタントマンのバイトをした事がある。

アクションクラブの出身ではない俺だが、もぐりでそういう事を一時期した事があったのだ。さすがにワイバーンを相手にした事はないが、疾走する騎馬武者に蹴散らされた経験ならある。

今の恐怖はその時以上。

だが、恩の売り時は今だと俺は確信した。

大きさには違いがあるが、接近する相手をギリギリで回避するのにはワイバーンも騎馬武者もたいした違いなどないと自分に言い聞かせる。それに今回はもっと簡単だ。

槍を捨てた俺は一心不乱に走り出すと女村長に体当たりをかまし、身代わりとなる覚悟をした。

「グオオオオッ!」

ワイバーンは雄叫びを上げて女村長の前に飛び出した俺に爪を立てようとした。

女村長は俺に突き飛ばされて、尻もちをついたまま唖然としていた。

俺は、咄嗟にオッサンドラにもらった短剣を引き抜くと最後の、せめてもの無駄なあがきをしようとした。

こりゃ死ぬかもしれんね。

運が良くても重体か。やっぱ猟師の戦い方は、待ち伏せに限るね。

そんな諦めを脳裏に浮かべた時、毛皮の猟師がワイバーンの顔面にダブルメイスを振り込んでいた。

ダブルメイスは、確実にワイバーンの元から潰れた鼻先にめり込んだ。不気味な音を立てた事、そしてワイバーンが怯んだ瞬間を、俺は目撃した。

助かった！

まずはその気持ちが浮かんだ。

「お前、村長を早く！」

毛皮のゴブリン猟師は叫びながら俺に振り返ると、村長を助け起こすように指示した。

あわてて俺はうなずく。

片手で強引に女村長の腕を取って駆け出した。

女村長はこうして引っ張り上げてみると意外にも華奢《きゃしゃ》で、顔面蒼白のまま俺に従ってくれる。

くっ殺せなんて事には絶対にさせない。

「村長を頼んだぞ！」

毛皮の猟師は俺に叫び、そして改めてワイバーンに対峙するのだった。

頼もしいじゃねえか。俺の世話になっていた沖縄の古老、空手の師匠にも似たオーラが感じられた。

だが、それが彼の最後の言葉だった。

彼も油断していたわけではないだろう。相手は圧倒的存在たる空の支配者だ。

次の瞬間には、一瞬だけ怯んでいたワイバーンが怒りの咆哮を、それこそこれまでよりはるかに強烈な雷鳴の如くとどろかせたのだ。

ワイバーンの咆哮は何か人間たちを思考停止させる魔力でも持っているのかもしれない。俺は女村長を抱き直しながら振り返って毛皮のゴブリンを見ると、彼は両手を振り上げて果敢にワイバーンに挑もうとしたままの姿で立ち止まっていた。

けれど、この戦いの幕引きはあっさりとついた。

翼をめいっぱい広げ、恐ろしく巨大な鉤爪を大地から持ち上げたワイバーンは、毛皮のゴブリンをぐしゃりと掴み上げて、空高く舞い上がっていったのである。

「させるな、射かけろ！」

咆哮の魔力が解けたのだろうか、先ほどまでなすすべもなく茫然としていたッワクワクゴロさんが覚醒したかと思うと、号令をかけながら自らも短弓をつがえた。

しかしもうそれは手遅れだった。

放たれたいくつかの矢は空を切ってアーチを描きながら、空しく地面に降り注いだだけに終わった。

ワイバーンは天高く翔け上がると、村の上空をぐるりと一周した後に、遠くサルワタの森の先にある山へと飛び去っていったのである。


俺は今、女村長の屋敷にいる。

室内に招き入れられたのは今回がはじめてだ。

腰を抜かしてしまった女村長は自分で歩く事もかなわず、義息子の青年ギムルが手を貸そうとしたのだが「シューターに任せる」と小声で女村長が言ったものだから、そのまま村長の屋敷まで連れてきたのだ。

しかも女村長は失禁していた。

ワイバーンが毛皮の猟師を連れ去った後に改めてへたり込んだ女村長は、その場に黄金色の水たまりを作っていた。

さすがに義息子にそんな自分を触れさせたくなかったのだろう。

すでにお漏らし姿を見られちゃったし別にいいじゃんとは思ったが、それでも最後の尊厳が働いたのだきっと。

じゃあ俺に触らせるのはどうなのかとも思うが、俺はこの村のカーストの最下層だし人間扱いされていないのかもしれない。

「死者三名、重傷者一名、行方不明者一名。それから牛一頭の被害だ」

先ほどのお漏らしなんてなかった、という顔をした女村長は、自分の書斎に招き入れると俺たちを見回して状況確認を行った。

行方不明者というのは、毛皮の猟師の事だ。名前は俺が想像していた通り猟師たちのリーダー格、ッサキチョだった。

今この場に集まっているのは、ッワクワクゴロさんの他、猟師たち、村の主だった幹部たち、それにこの屋敷の人間たちである。

俺はたぶん女村長を運んだついでにいるだけだ。

部屋の片隅で壁に背中を預けながら、おっさんにご祝儀でもらった短剣を弄んでいた。

「善後策を決めなくてはならない。ッワクワクゴロ、ワイバーンからッサキチョを救出する事は可能か」

「……生きて取り返すというなら、不可能ですね」

「当然だ。せめて亡骸《なきがら》だけでも取り返す事ができるなら、それは可能か」

「……営巣地まで足を踏み込めばあるいは」

歯切れの悪いッワクワクゴロさんは、言葉を選びながらそう返事をした。

まあ牛を捕らえてお食事中だったワイバーンを邪魔したのは俺たちだ。せめてもの腹いせに、ッサキチョはお土産として持ち去られたんだろう。

もちろんそんなワイバーンの道理は村の人間からすれば知った事ではないし、取り返したいという気持ちはわかる。

人情ってもんだからな。と俺が思っていたところ、

「人間の味を覚えたワイバーンは、必ずまた襲ってくる。そうだったなッワクワクゴロ？」

「そうです。絶対に許しゃしねぇ……」

絞り出すようにッワクワクゴロさんはそう言った。

「もしも人間を子育て中の子供の餌にでもされようものなら、それこそまたわらわの村を襲いに来る。それだけは絶対に阻止せねばならぬ」

「しかし村長、村や周辺の集落の人間をかき集めても、あのワイバーンを倒すのは恐らく厳しいかと。あれは俺がこれまでに見た中でもひときわ大きいオスの個体だった……」

ッワクワクゴロさんは言った。

曰《いわ》く、ワイバーンというのはメスよりもオスが際立って大きいらしい。

この冬にワイバーンと相打ちになって果てたカサンドラの親父さんは、冬季に入ってエサが不足していたワイバーンを相手に、罠を使って仕留めようとした。

成獣でもメスであるなら、これは猟師が罠と地の利を駆使して勝つこともできるのだとか。

けれど成長した、ゆうに一〇〇年は生きている様な成獣のオスともなると、これは話が違ってくる。

人間の仕掛けた罠では対処できるにも限界があり、そもそも突然飛来するワイバーンを相手には有効な手立てがないのだというではないか。

「ギムルよ」

「ははっ」

「お前は急いで馬を飛ばし、街に冒険者を派遣してもらう様、救援を要請しろ」

「わかりました」

女村長は安楽椅子に腰掛けたまま義息子に命じた。

もはや村ひとつで、どうにかできる次元ではないと判断したのだろう。ギムルはうなずくと急いで部屋を退出しようとする。

去り際に、息子を弄んでいた俺に向かって小声で「こんな事を言えた義理ではないが」と青年が口を動かした。

「村長を、義母上が無茶をしない様によろしくたのむ」

「へいへい。しっかり護衛をするさ」

「チッ、調子に乗るなよ」

お願いしているのか喧嘩を売っているのか、どっちかにして欲しいぜ。青年ギムルは部屋を退出すると、既にでも向かったの様だった。

「このままただ手をこまねいているわけにもいかない。ワイバーンを仕留めるのは冒険者が到着してから手を打つとしても、以後は村の塔に監視を立てて、周辺警戒を怠らない様に。ッワクワクゴロ、細かいところはお前に任せるぞ」

「わかりました」

「それと、襲われた者の葬儀を行う。メリア、村人たちにすぐに手配する様に伝えてまいれ」

「はい、アレクサンドロシアさま」

女村長の下女が頭を下げると、こちらも部屋を飛び出していく。去り際にやはりギムルと同じ様に、ケツをかいていた俺をチラリと見やったが、こちらは無言で出ていった。

へぇ。女村長の名前、アレクサンドロシアさまというのか。長いな……

「それとシューターよ」

「はい」

「お前。血まみれの割りに平気そうだが。その怪我の具合はどの程度なのか？」

「え？」

「ん？」

どうやら俺は血まみれらしい。

これまでアドレナリンが出ていて気がつかなかったが、俺は胸に大きな傷を持つ男になっていた。

いったいどこで怪我したんだよ俺、ワイバーンには指一本触れてないはずだぞ?!

痛ぇ！

「すまない。わらわのせいだというのに」


俺は村に唯一ある教会堂に緊急入院した。

原因は簡単だ。女村長を助けようと突き飛ばした時に、村長の持っていた長剣が俺の胸をかすめていたらしい。

情けない。ワイバーン戦では何の役にもたたなかった上に、自傷しているってね。オウンゴールじゃねえんだからさ……

しかしここはファンタジーの世界である。

村唯一の教会堂には司祭さまと助祭さまが詰めており、そのうちの助祭さまというのが聖なる魔法のエキスパートだった。

裂傷の類は傷を塞ぐ事ができるのだとか。

俺はワイバーン戦で重傷を負った狩人たちとともに、治療をしてもらうべく寝台に横たわっていたわけである。

「血まみれになって平気な顔をしていると思ったら、皮一枚をすっぱり斬っただけだったんだな」

心配して損したぞ、と女村長は続けた。

そんな事言って、アレクサンドロシアちゃんはちょっと涙目だった。俺の前でジョビジョバしてもなかった事にできる強い精神力の持ち主なのに、俺の怪我ごときで涙目とはかわいいところがあるんじゃないの。

「いやまあ、おかげさまで助祭さまに助けていただきました」

「うむ。これからは戦士の力が必要だ。傷が大事なくこの程度でよかった」

デレた女村長は俺との会話もそこそこに、隣に寝たきりになっている猟師に先ほどの声音《こわね》で話しかける。

何だよ。

デレたかと思ったらリップサービスかよ。

村の支配者としてパフォーマンスしているだけという事が発覚したので、俺は悲しくなってしまった。

「しっかり傷も塞がってますね、それじゃ退院していいですよ」

「ありがとうございます」

「しばらく体の血が少し足りない様な事を感じるかもしれません。そういう時はお肉をしっかりと食べて、力をつけてくださいね。それと、」

「何ですか？」

「血まみれのチョッキは不衛生なので、こちらで処分しておきました」

またもや俺は全裸に舞い戻ってしまったのだ。

教会堂に併設されている診療所を出ると、そこには嫁のカサンドラを伴ったッワクワクゴロさんがいた。

「おう、もう退院か？」

「なんか肉まで深くは切れてなかったそうで、聖なる魔法で治療したら傷口も塞がっちゃいました」

「そうか、お前運がいいな」

俺とッワクワクゴロさんが軽口を言い合っていると、思い詰めた顔をした嫁が俺を見ていた。

「どうして嫁がここに？」

「俺が呼んだのよ。ワイバーン戦で怪我をして診療所に運び込まれたってな。そしたらカサンドラがあわてて来てくれたってわけよ」

「迷惑かけたな」

「……いえ」

うつむいてカサンドラが言った。

何だ、多少は心配してくれていたのは確からしい。

「カサンドラも親父さんの事を思い出して、いてもたってもいられなかったんだろう」

「あのう、それは……」

「気にしなくていいぞ、俺は簡単にワイバーンなんかにやられたりはしない。何しろ素人は邪魔だから端っこでじっとしてるだけだからな」

茶化すつもりでッワクワクゴロさんと嫁の会話に茶々を入れたが、嫁は真顔で返事する。

「そうですね」

「うん、そうなんだ……」

「そのう。それで兄さん、オッサンドラ兄さんは無事なんですか？　現場に居合わせたんですよね？」

「あーうん」

なるほどそういう事か。

俺はとても悲しい気持ちなったので、その気持ちを誤魔化すために親切丁寧に説明をした。

「死者や重傷者も出たって聞きましたが」

「無事だよ、鍛冶場にとどまってたからな。俺は槍を持って飛び出しちゃったから腰抜かして怪我もしたけど」

「そう、ですか。よかった……」

惚れてんだもんよ。両思いで。

俺は何も不満を口にせず「そうですね」とだけ返しておいた。

興醒《きょうざ》めしてしまった俺に比べると、ッワクワクゴロさんは違う。

「おい、嫁に他の男の事を心配させていいのかよ。男だろ」

「いやでもほら、おっさんと嫁は従兄妹同士だしいわゆるひとつの幼馴染ってやつでしょ?」

俺の元いた世界では幼馴染同士の恋愛事情といえばファンタジーなおはなしと言われていた。

そしてここはファンタジー世界だ。まあ、そういう秘めた事情なんだろうけどさ。

何か胸糞悪いよな。何でだろう。これは何で?

俺は自問する。

けど、つとめていい笑顔を作りながら、嫁を気遣った。俺は大人だからな……

「おっさんならまだ鍛冶場にいるはずじゃね?　行ってくるか」

「いえ、大丈夫です。それよりお召し物は……?」

「ああチョッキね。血まみれだし不衛生だからって、教会堂の助祭さまが処分してしまいました。ごめんね」

俺はいつもの癖でペコペコした。

「でも、チョッキだけで済んでよかったです。ご無事で」

本当によかったと小さくカサンドラはつぶやいた。

あ、デレた？

◆

村の共同墓地ではしめやかに三人の犠牲者の葬儀が行われていた。

ワイバーンによって命を奪われた勇敢な猟師たちの亡骸を前に、俺たちは司祭さまの聖訓を聞きながら黙禱を捧げる。

しかし参列者がわずかに十数名というのが解せない。何しろ村を襲撃したワイバーンを撃退するために命を落としたのだ、もう少し村人たちが集まってもいいはずだというのに。

女村長と亡くなった猟師の家族、そして猟師仲間だけ。

ここにも猟師たちに対する村の態度が表れている様に俺は思った。

猟師は鼻つまみもの、ッワクワクゴロさんは俺にそう言ったのを覚えている。

理由はわかる。

女村長の命令で放牧されていた家畜たちはそれぞれの畜舎の中に集められていたし、村人たちは遠出する事も禁じられていた。最低限の農作業を除けば、極力外出しないように村民たちはしている。

けれども葬儀ぐらい顔を出してもいいもんじゃないのかね。

よそ者の俺ですら嫁のカサンドラと参列して、亡くなった猟師たちに手を合わせているというのに。俺は薄情者の村人たちに心の中で文句を垂れながら、股間の位置を修正した。

葬儀に参列した者たちは、この地域の風習に従って首に紅のスカーフを巻いている。

それは喪章の様なものであり、死人《しびと》が無事に次の人生を見つけ異世界に渡っていくまで身に着けるのだという。

司祭さまの語る聖訓の一説を聞きながら、なるほどこのファンタジー世界の住人にも異世界という概念があるのかなどと感心した。

時間がある時に、司祭さまにその辺りの事、この世界の神話体系についてでも聞いてみようかと思った。

だが今は亡くなった先輩猟師たちの仇《かたき》を討つ事が、残された猟師たちと俺の役割だ。

葬儀を終えてカサンドラとともにいったん我が家に引き上げようとしていた俺に向けて、女村長が声をかけてきた。

「納得いかないという顔をしているな。村人が葬儀に参列しなかった事が気に入らないのか」

女村長は俺にそんな事を聞いてきた。

「いえ、そういうわけではないんですがね。何か事情があるのだろうと」

「当然ある。ワイバーンは自分の仕留めた獲物に対して執着する傾向がある、という伝承が残っている」

それが事実かどうかまでは定かでないと、女村長は続けた。

「つまり、亡骸を目当てにまたワイバーンが来るかもしれないと、村人たちが考えていると」

「あくまで言い伝えだが、確認するすべがないのだから村人たちは恐れているのだ」

よく言えば自分たちが二次災害に巻き込まれるのは怖い。

まして亡くなったのは村の鼻つまみ者である猟師たちである。ともすれば村人たちは迷惑にすら思っているかもしれない。

「どうしてここまで猟師たちは嫌われなくちゃならんのですかねえ」

「元々この村は、開拓のためにわらわと、わらわの夫であった先代の村長と二代にわたって切り開いてきた場所なのだ。そして猟師や木こりたちは、元々この土地で生活をしていた人間だ」

そうなのか？　と俺はうつむきながら隣で話を聞いていたカサンドラに振り返って聞いた。

「はい。わたしのお父さんは、もともとこの村ができる前からサルワタの森で狩りをして生活をしていました……」

「ユルドラは腕のいい猟師だった。昨日命を落とした猟師たちも、さらわれたッサキチョもまた、優れた猟師であった」

しみじみとしながら嫁の言葉を引き継いで女村長が言う。

ユルドラとはカサンドラの父親さんの事だろう。

「開拓のために移民してきた村人からすれば、猟師どもは赤の他人だ。それに村人どもは、猟師たちがワイバーンを仕留めそこなった事を責めるだろうな」

「そんな理不尽な。あんな化物相手に俺たちはどうすりゃいいってんだ」

つまり俺たちはスケープゴートにされるって事かよ。

「ワイバーンを仕留めねばおさまりがつかんのだろう。昨夜な、」

言葉を区切った女村長がコホンと咳払いをして髪の毛を耳にかけた。

おや。

いつもは腰まで長いストレートの髪を垂らしている女村長だったが、サイドの髪を耳にかけた瞬間にいつもは隠れているその耳が姿を現した。

村長の耳はやや先端が尖っていた。

エルフか？　エルフなのか？　エルフの女騎士で、村長なのか？

アレクサンドロシアちゃん記号てんこ盛りだな。

「殺された牛の飼い主のジンターネンが、わらわの屋敷まで苦情を言いに来ていた。牛の補償はいったい誰がやってくれるのか、外出禁止令が出ている間の牛の餌はどうするのか」

この村の牛や羊は普段放牧させる事でエサは勝手に食べてくれるものだとか。すると畜舎に繋がれている間は干し草を用意してやらなければならない。

なるほどワイバーン悪けりゃ猟師まで憎いという寸法である。

猟師が憎いのかよそ者が憎いのか、猟師は移民の村人にとっちゃ他人で先住民だ。つまり両方だ。

ジンターネンさんは恐ろしい人物で、俺にも敵愾心《てきがいしん》丸出しだったしな。

「わらわも村の支配者として、ワイバーンの危険は排除しなければならぬ」

「そうですね」

「そうしなければ村の統率が乱れ、わらわの施政に抗《あらが》う者が出てくる」

「そうなるかもしれませんね」

何と答えていいかわからない俺は、嫁と顔を見合わせながら適当に相槌を打っておいた。

カサンドラはこういう時、俺の背中に少し隠れるようにして逃げる。

俺を頼ってくれていると思えばかわいくもあるが、どう考えても逃げているだけだ。

ここで俺の服の袖でも摑んでくれれば、ちょっと萌えるんですけどねぇ？

あ、俺全裸だわ。

服ないから袖もないわ。

スカーフ、つまんでみます？　なんなら息子でも……

元気になった息子を両手で覆い隠しながら、俺は咄嗟に笑って誤魔化した。

「今度こそ俺が役に立ってみせますよ」

「期待しているぞ。よそ者の戦士よ。ところでッワクワクゴロはどうしている？」

「ああ、ッワクワクゴロさんなら、石塔で見張りについているはずですよ」

俺たち三人は村で一番の高さを誇る石塔に振り返って見上げた。

以前にあそこの地下牢にぶち込まれていた事がある。嫁ともそこで出会った。うんこガン見してたの懐かしいなぁ。今でもしてるけど。

あそこのてっぺんに見張り台があるのだ。

ッワクワクゴロさんたちは生き残った猟師、怪我のない無事な猟師たちと手分けして監視のローテーションを組んでいた。

もしもワイバーンが飛来すれば来襲を知らせる鐘が鳴る。

ワイバーンは基本、昼行性なので見張は夜明けとともにはじまり、夕陽が落ちるまで続けられる。

戦いで亡くなったり傷ついたりした者を除いて、五体満足な猟師で残った人数は俺を含めてもたった八人しかいなかった。

「今はふたりで詰めているはずですね」

残りの猟師った俺を含む六人は葬儀に出ていた。

そして猟師たちはみんな復讐《ふくしゅう》を誓った顔をしていた。

「おそらく今日の未明か、あくる朝にでも街から冒険者たちが到着する。ッワクワクゴロに伝えてもらえるか」

「ギムルさんが戻ってきたのですか？」

「いや、義息子が街を発つ前に伝書鳩を飛ばしてきた。できるだけ早く向かっているそうだ」

「なるほど。伝えておきます」

俺と嫁は女村長にペコリと頭を下げて、女村長を見送った。

去り際にひとつ質問。

「村長さまはもしかしてエルフなんですか？」

「ああ、この耳か。残念だがわらわはゴブリンハーフだ。ヒトとゴブリンの愛の子だよ」

「あ、愛の子」

「フフっ。エルフじゃなくて残念だったな」

「いえ、とんでもない」

なるほど、アレクサンドロシアちゃんが猟師や木こりに気を遣ってくれるのは、ゴブリンの血が入っていたからなのか！


冒険者は夜明けが訪れる前にこの村へ到着した。

いかにもファンタジー世界を実感できるような強烈な印象の冒険者たちを俺は期待したのだが、現実はそんなもんじゃやなかった。

全身を鎖帷子《くさりかたびら》でキメたヴァイキングみたいな集団だった。

手に持つ武器は様々だ。

槍に鉞《まさかり》のついたハルバートや、槍の先端がクロスボウみたいになっているもの、巨大な網にトラバサミ。トラバサミは国法で領主にのみ許可されるものと聞いていたが、彼ら冒険者は王とギルドの許可のもとに自由にそれを使う事ができるそうだ。

そして、切れ味よりも耐久性を重視した様な刃広の長剣をお揃いで腰に差していた。

傭兵集団か何かと見間違える様なものものしい武装だが、さもありなん。

時に領主間の紛争ともなれば、傭兵たちにまじって戦にも参陣するらしい。

彼ら冒険者たちは、猟師と同じ様にワイバーンの様なモンスター級の獲物を仕留める事も生業《なりわい》としているが、猟師たちが自分たちが熟知したフィールドで罠をはり、長い時間をかけた経験で狩りをするならば、冒険者たちは力技でモンスターどもをねじ伏せる。猟師は弓などのアウトレンジで獲物を仕留めるが、冒険者は近接戦闘だ。

頼もしいじゃねえか。

「遺体をエサにして、ワイバーンをおびき寄せるだと?!」

まだ太陽が昇り切る前に村長の屋敷前に集められた俺たちは、冒険者たちのリーダーが切り出した秘策を耳にして驚愕《きょうがく》していた。

素っ頓狂な声を出したのは、生き残った猟師たちの中でもっともベテランのッワクワクゴロさんである。

「お前たち、死者を冒瀆《ぼうとく》するつもりか‼」

怒声を上げるッワクワクゴロさんに、いつもの愛嬌の良さは欠片も無かった。

当然だろう、仲間たちの死体を掘り起こして、村の空き地に晒せというのである。

「そうだ。貴様たちもゴブリンの猟師であるなら、そのぐらいの事は理解しているはずだろう。ワイバーンは自分の仕留めた獲物に執着する。必ず取り戻すためにここへまた飛来するはずだ」

「それは当然俺たちも知っている。だが伝承じゃないか」

「事実だ。俺たちは何度もあのワイバーンと戦ってきた。もう一度言うが事実だ」

「……しかし、しかしその亡骸は俺たちの仲間だ。仲間だった猟師だ。簡単にはいと差し出せるわけがないだろう！　村長も何とか言ってやってください！」

説明をした長身の中年冒険者に向かってッワクワクゴロさんは食ってかかった。

助け舟を求めて女村長を見やったが、残念ながら彼女は眼を閉じて考え込んでいるのかすぐには返事をしない。

「もしかしてお前ら、死んだ猟師の死体がどれもゴブリンだからといってこんな計画を口にしたんじゃないだろうな。そもそも死んだ仲間たちの家族には何と言って説得するんだ。その役は俺たち村の人間がやる事になるんだぞ！」

「めちゃくちゃな事を言っているのは俺も理解しているつもりだ、ゴブリンの旦那《だんな》」

中年冒険者はため息交じりに言葉を続けた。

「それでも、確実にヤツを仕留める方法はこれしかないんだ。考えてもみろ、ワイバーンの営巣地まで俺たちが分け入って、ヤツの縄張り内で俺たちがどうやってワイバーンを仕留められるんだ。もしもそれをやるならば何日もの下準備をして、長期戦で挑まなければならなくなるぞ」

「それはわかっているが、しかし。人情というもんがあるだろう」

「放置すれば被害が増えるぞ。俺は依頼人に従うまでだから拒否するならば別の手を考えるが……」

そうしている余裕はこの村にはない。

ワイバーンの襲撃時に仕留め損なったせいで、村の人間はいつまた空の王者が飛来するのだろうかと怯えて暮らしていた。

すでに最初の襲撃から数日が経過していて、腹を空かせたワイバーンがまたいつ襲いかかってくるのかは知れない。

「いいんじゃねえか？　死んだ猟師も状況は理解してくれるさ。オレが犠牲者だったら喜んで自分の亡骸を差し出すさ」

ツワクワクゴロさんと冒険者たちが睨み合っていると、そこに横槍が挟まれた。

声の主は女で、ポンチョをまとい背中に長い弓を背負っている。

「もっとも、死んじまったら喋る事はできないがね。アッハッハ」

何がおかしいのか周囲の空気も無視して笑い出すその女に、ツワクワクゴロさんたちはしかめ面をしていた。

「おい、誰が鱗裂《うろこざ》きを呼んだんだ。アイツは昼間から酒を飲んでいる様なロクデナシだぞ」

「……いやぁ人手が足りないと思ってな。それにアイツの腕は確かだし」

小声でゴブリンの猟師たちが女の話をしている。

何者なんだポンチョの女。有名人か？　そんな疑問を俺が脳内で浮かべていると、

「だ、そうですな。そちらの女性は賛成みたいですが。説得は村長さん、お願いできますね？　高い金を払ってもらったうえに、俺たちだってこんな事は頼みたくないがね、成獣のワイバーンを短期決戦で仕留めるにはこれしかないんだ。最善の策であると進言します」

冒険者たちは女村長に向き直って言葉をぶつけた。

完全武装の冒険者たちの集団は、そこに存在しているというだけですさまじい圧迫感がある。

いずれも歴戦のツワモノというように面構えは恐ろしく、顔や腕など露出している場所にも傷だらけという具合で、とても逆らえる様な雰囲気ではなかった。

空気に飲まれそうになった俺たち猟師の雰囲気を切り崩す様に、女村長か口を開いた。

「わかった。わらわが全責任を負う形で、その作戦を許可する。死んだ猟師たちの家族はわらわが説得する」

「村長、それでいいんですかい?!」

「ツワクワクゴロよ、ワイバーンに埋葬した共同墓地を掘り起こされるよりも、それはわらわたちの手で

やった方がよい。そして何か失敗した時は、全てわらわの責任だ。首なり叙勲なりをかけてもよい」

苦り切った顔をした女村長はそう言って手を振ると、会見を打ち切ってしまった。

冒険者の応援とともに、女村長の支配権が及んでいる周辺集落からもぞくぞくと猟師たちがかき集められた。村の総人口は六〇〇人を超えるというなかなかの規模だったが、周辺集落はせいぜい五世帯、七世帯とまばらな家族の集まりがあるだけで、村との距離もそれほど離れていない範囲だ。

周辺集落より呼集された猟師の数も、合わせて一〇名そこそこだった。村の猟師、周辺集落の猟師、冒険者たち、そして俺。せいぜい三〇名に満たない面々が討伐隊となった。

埋葬されたばかりの亡骸は墓地から掘り出され、牛が襲われた牧草地へ野晒しにされた。

早くも悪臭を放ちはじめた亡骸をエサにするために、女村長が遺族の説得をした。

意外な事に、遺族たちは無言でその案を受け入れたのだ。

「どうして家族はあっさりと引き受けたんだと思う？」

どうしてもそれが理解できなかった俺が、俺と一緒に見張り台で監視役に立っていたカサンドラに質問した。俺たちは互いに背中を向け合って、互いに反対側の視界を睨みつけている。表情は知れないが、うかばない声音がそよ風に乗って聞こえる。

「……それは、もしも遺体を差し出す事を拒否したら、もうこの村に居場所がなくなるかもしれないからです」

嫁の言葉はかすれ声そのものだった。

「あんたもまさか、そういう理由で俺の嫁になる事を受け入れたのか」

「…………」

カサンドラは答えなかった。たぶんそういう事なのだろう。

「よそ者の俺のせいで、人生設計にとんだ不具合を生じさせて悪かったな」

「いいえ、大丈夫です。わたしは平気ですから」

「安心しろ。このワイバーン退治が無事に終わって少しは生活に余裕ができたら、今よりマシな生活ができるだろうさ。そのためにもワイバーン退治で、今度こそひと働きしないとな……」

「あのう、くれぐれもご無理はなさらないように……」

気を遣って俺の方を振り返ったカサンドラだったが、どうも嫌そうなのが顔に出ている。

やっぱおっさんと結ばれたかったよね、幼馴染だし。

そんな事を考えていると、次の瞬間に嫁は俺の腕にすがりついた。

「おいおい、まだ昼間だぜ？　仕事中にいちゃいちゃしてるのを村長に見つかったら……」

こまったちゃんだなカサンドラは、と言いかけたところで嫁はきっぱり否定した。

「違います！　見てください、あれ。空に黒い胡麻粒《ごまつぶ》が！」

何を言っているのかと思って嫁の指し示す方向を俺は凝視した。

俺には何も見えない。どこに胡麻粒がある？

よーく眼をこらしていると、確かに何か黒い粒がある。

ステルス機かな？

「あれ、カタチがしっかり見えてきました。ワイバーンです！」

普段は控えめで大人しいカサンドラが、俺の腕を何度も引っ張って声を荒げた。かなり遠目が利くのは猟師の娘だからかな。

「まじかよ。敵襲！」

俺はあわてて石塔の鐘を鳴らすべく、鐘からぶら下がるロープを何度も振り回した。

不規則に舌が鐘に当たると大音響で村中に伝わり、すぐさま村の罠の周辺に討伐隊の人間たちが集まってくるのだった。

ここで必ず仕留めてやる。

俺は嫁と心に誓った。

◆

塔の上から、今しも村の空き地に飛来したワイバーンの姿を見やりながら俺は息を飲んだ。

傍らの妻カサンドラが、ワイバーンのあまりの大きさと禍々《まがまが》しさに、恐怖一杯の顔を浮かべているのをチラリと確認した。

だからだろう、先ほどからずっと俺の腕にしがみついてずっと離さない。

誰かに頼られる事は悪い気はしない。頼られれば人はその気になるものだ。

ここで死ぬ気は毛頭ないが、可能な限り結果は出しておきたい。

恩の売り時だという事は大いに理解していたが、果たしてそれをどう成し遂げるかが問題だ。

「たぶんここは安全だ。君はここで見張りを続けて、もしもヤツが逃走を図ったらその方向を教えてくれ」

「わ、わかりました。シューターさんは？」

「俺は下の討伐隊と合流する。ここで槍働きをしておきたいからな」

「……でも、ご無理は」

「心配してくれてるのか？」

「ええと、そのう……」

「かわいいな、だがそういう態度はワイバーンを退治してから続けようぜ」

俺は妻に指示を出した後、最後に白い歯を見せてそう言った。

すると心配してくれていたはずの嫁が、とても嫌そうな顔をしたので俺は寂しくなった。

何だよ、やっぱりおっさんの方がいいのかよ。当然といえば当然だよな……

俺と嫁とは知り合って間もない間柄だからな。

悲しい気持ちを紛らわせるために俺は「じゃあ行ってくる」と断って、石塔の螺旋階段を駆け下りた。

俺が石塔から飛び出した時、その視界に飛び込んできたのは村の空き地に着地したワイバーンが、巨大な潰れた顔を振って周囲を睥睨しているところだった。

何者も恐れていないという、我が物顔の表情は大変ふてぶてしい。

空き地のすぐ先にある前回の戦闘場所、猟師たちの亡骸の置かれている場所に、潰れた顔が注目した。

周辺にある家や干し藁の束の中には、討伐隊の冒険者や猟師たちが潜んでいる。

来襲の鐘を鳴らした時に彼らが駆け込む姿は俺も見ていた。

本来は監視任務についていなければならないはずだったが、それはこの通り嫁に任せている。

これから向かうのは、見張りに出ていない時にワイバーン襲撃があれば分担する予定だった所定の位置だ。

周辺はまだ静かにしている。

冒険者たちも、まだ飛び出す機会をうかがっている様だ。

家の陰に身を潜めてワイバーンを見ている猟師たちも確認できた。

俺は、ゆっくりとワイバーンに背中を向けながら、ひとつの干し藁に向かった。

そこが俺の待機場所に指定されたところだった。

中には自分の手槍と短弓、それから鍛冶場から借りっぱなしになっていた長槍が仕舞ってある。

長槍は無理を押しておっさんから使わせてもらっているものだが、ドワーフの親方はかなりお怒りだったはずだ。

しかし槍働きをするためには、文字通り槍は必要だ。手槍もあるにはあるが、あれは扱いやすい長さである代わりに、巨大なワイバーンを相手にするにはリーチが短すぎるし、槍の刃もやはり短い。

天秤棒を応用できる長柄の武器はどれも俺の得意な獲物だが、やはり長槍は一番扱いやすいはずだった。

さて、藁束の中に潜り込んだ俺は、手槍を手元に引き寄せながら空の王者を観察した。

先ほどからずっと鼓動は高鳴りを覚えている。

はじめてワイバーンを見た時よりも、ずっと緊張している。当然だ。最初の遭遇の時はワイバーンを舐《な》めていた。相打ちとはいえ、猟師がひとりで倒せる相手だというから、どこかで俺でも倒せるとモノを見るまでは高をくくっていたのだ。

だが今は違う。

全裸に限りなく近い俺は震えていた。寒さからじゃない。恐怖からで。

空を切り抜ける様に翔けるワイバーンも、地上に降り立てば歩む速度は緩慢なものだ。

のし、のしといった具合に猟師たちの腐乱しはじめた亡骸に迫る。

俺は文字通り固唾を飲んだ。

くそう、美味そうに食ってやがる。バキバキと不気味な音が、静まり返った村の空き地で響いた。

まだか。

まだ罠は発動させないのか。

あの戸板に乗せられた亡骸の下は、落とし穴になっている。

そんな事も知らないワイバーンは続けてバキバキと咀嚼《そしゃく》をしてやがる。

はじめは巨大な空の王者が落とし穴の上の戸板に乗れば簡単に割れてしまうのではないかと俺は心配したが、それは杞憂《きゆう》だった。

聞けばワイバーンはその巨体に反してとても体の造りが軽いのだそうだ。

骨はその中身が空洞状になっていて、空を飛ぶために非常に軽量化された進化をしているのだとか。

なるほど、それなら多少戸板を補強しておけば問題ないのかもしれない。

ただし。

三体並べられた亡骸のうち中央を持ち上げると、戸板は崩落する。ワイバーンのいる箇所のもっとも近い蛸壺《たこつぼ》の中に身を潜めている冒険者数名が、その瞬間に有刺鉄線《ゆうしてっせん》状になっている分銅つき鎖を投げ込む手はずだ。

そして、その瞬間が来た。

周囲を警戒するでもなく熱心に亡骸を咀嚼していたワイバーンが、ガツリと中央のそれを持ち上げた瞬間、落とし穴の罠が作動して戸板が崩落した。

景気の良い崩落音を立てて地獄の入口のごとく落とし穴が開くと、鈍く震える咆哮を上げてまんまとワイバーンが罠にはまりやがった。

あの下には、村長の屋敷にあったものと冒険者が持ち込んだありったけのトラバサミが無数に配置されている。

そしてそれらトラバサミにも分銅つきの鎖や、打ち込んだ杭にワイヤーが巻きつけられていた。

カンペキだ。

この瞬間に身を伏せていた冒険者や猟師たちが飛び出した。

「かかれぇ！」

リーダーの中年冒険者のかけ声のもと、まずは遠距離で十字砲火になる様に配置されていた弓の使い手たちが、次々に矢を射かけていった。

そして続いて、号令とともに分銅を振り回していた数人の冒険者たちが、アーチを描く様にそれを飛ばした。

「接争《せっそう》！」

聞きなれない号令が飛び出したかと思うと。

槍の先にクロスボウを取りつけたような変ちくりんな武器を持った冒険者たちが、次々にワイバーンめがけて走り出した。

空の王者は地鳴りの様な悲鳴を上げた。

複数の有刺鉄線の鎖を被り、穴に落ち、恐らくは仕掛けられたであろうトラバサミのどれかに足を取られたのだ。

そしてクロスボウの付いた槍を手に近づいた冒険者たちは、苦しみながら首を振っている空の王者の顔面めがけて次々に矢を放った。

面白い機構だ。槍の先端から垂れるヒモを引くと、矢が発射されるのである。

俺はというと、暴れる尻尾を避ける様にして接近した。

俺はスタントの経験がある。

こう書くと大それた経験をした様に見えるかもしれないが、人手が不足している時は俺程度の空手を経験した事がある様な痛みにドMな人間が重宝されるのだ。

車にはねられ、馬に蹴散らされ、城門から落とされ、階段から転げ落ちた。回避と受身にはそれなりに自信がある。

どれほど効果があるのかわからないが、一撃を入れて離脱する事に関しては、やってできない事ではない。問題はその覚悟があるかどうかと、あとはリハーサルなしな点だ。リハ無しはかなり問題だが、打ち合わせだけはやっている。

俺は走りながら自分の覚悟を高めるためにも叫んだ。

「おおおおおっ！」

間抜けだがかけ声は何でもいい。とにかく自分を奮い立たせることだ。

そして握る手を引き絞り、体に腕を密着させる。

最後に槍を力いっぱい両手で繰り出した。

狙うのは顔や首、尻尾の辺りである必要はない。俺はベテランの猟師でも、歴戦の冒険者でもなく、ただのバイト遍歴だけが多い元スタントマン経験もある異世界人だ。

ならばやる事はひとつ。どこでもいいからこのバカでかいワイバーンに一太刀でも浴びせる事である。

俺はドテッ腹に力いっぱいブスリと差し込んだ後、槍を引き抜く手間も惜しみながら必死で逃げ出した。

側では俺と同じ様に襲いかかっていった人間が、槍や手槍を突き刺して、離脱する。

案の定、痛みと怒りで狂った様にワイバーンが暴れ出した。

穴から半分体を出す様にして身を乗り出し、巨大な翼をばたつかせ、俺の隣にいた数人がその翼で叩き伏せられてしまった。

やっててよかったスタントマン。

俺はギリギリのところで回転しながら受身を取り、すぐさま槍を構え直した。

普通の格闘技の受身とは違い、殺陣《チャンバラ》経験のあるスタントマンは、武器を持ったまま器用に受身を取る事ができる。

俺はもう一撃可能かどうかだけ見ながら、今度は暴れる翼の被膜に一撃加えてやるつもりで長槍を突き上げてやった。

「ワイバーンが落とし穴から出てくるぞ、全員下がれ！」

その言葉とともに、俺も転がる様にして退避する。

事実また隣のやつが本当に転がってしまった。

助けるために立ち止まって手を引っ張り上げていると、ワイバーンが怒りをあらわに落とし穴から完全に出てくるところであった。

潰れた様な顔をしかめ、嘴をすぼめ、そして怒号《どごう》を唸《うな》らせた。

ドオオオンという、これまでに聞いた事もない様な呻きだった。

その瞬間に全ての人間たちが硬直した。

ただその咆哮の直前、俺たちが離脱した瞬間の入れ違いに最後の放たれた矢の雨が、ワイバーンに降り注いだのである。

これにはワイバーンもたまらなかったのだろう。

ついに全ての自分に取りついた槍や矢、鎖やワイヤーを振り払う様に身震いをし、不安定な腰つきで巨大な翼を動かし始めた。

空《くう》を掻《か》くというのはこういう動きなのだろう。

もがき苦しむようにして周囲に風圧を撒き散らしながら、よたよたと助走しつつワイバーンは飛び去っていった。

後に残された空地には、滅茶苦茶になった猟師たちの亡骸と、無数の血だまりが広がっていた。

「ワイバーンは杭に巻きつけていたトラバサミのワイヤーは引きちぎったが、完全に脚に怪我を負った様だな」

落とし穴の中に入って見分していた中年冒険者たちが、そんな事を口にしていた。

家屋の中で待機していた女村長や青年ギムルも姿を現すと、それに向かって冒険者たちが報告する。

「見ろ、ワイバーンの鉤爪だ」

「でかいな。俺が過去見た中でもかなり巨大なオスの個体だったが、こうして目の前で鉤爪を見るとそれも納得だ。目が錯覚していたわけではなかったんだな」

「それから片目に矢が刺さったのも見た。そう遠くには逃げてないはずだな」

「逃げた方向は？」

落とし穴から出てきた冒険者たちが、俺たち猟師に向かって質問した。

それは俺の嫁がしかと見届けていた。

「あ、あの。サルワタの森の左側の方向に向けて飛んでいきました。営巣地のある方ではありません……」

たくさんの視線が集まって驚いているのか、カサンドラはオドオドしながら説明した。

時折、俺の腕をギュっと握ってくれるのが嬉しい。

もちろん俺に懐いてくれているわけじゃないんだろうな。なんとなくわかっているが、それでもこの場で頼れるのが俺しかいないんだろう。

「捜索隊を出すぞ。あの様子では遠くまでは飛べまい」

「そうだな、左翼に思い切り傷を入れた人間がいたはずだ。なかなか度胸のある動きだったがやったのは誰だ」

俺です。

「うむ。あれはいい手だった。たしか裸の、身軽な格好の猟師だったはずだが」

はいはい俺です。

この中にひとり全裸の男がいる。もちろんそれは俺の事ですぐに俺に注目が集まった。

「おお、シューターの手柄か。よそ者の戦士はさすがだな」

女村長が手放しに喜んでくれると、明らかに場違いな格好をした俺にいくらか当惑した冒険者たちが苦笑交じりに感嘆の言葉を続けてくれる。

「おう、あんたがやったのか」

「咄嗟の判断でいい動きだった」

「彼は村の猟師で、この村に来る前は戦士だった男だ」

我が事の様に自慢げな顔をした女村長が説明を続け出した。

しかし次のひと言で、少なくとも村人たちは俺に恐ろしい視線を向けてくる。

「だがまたも仕留め損ねた。手負いのワイバーンは手がつけられねぇ、もっとも厄介な相手だぜ」

さらに、どうしてあの場で倒せなかったのかと物言わぬ視線が俺に集まる。

チッ。また共同絶交モードかよ。

「……う、うむ。それでは急ぎ手分けして追撃隊を送り出そう」

「どうします村長さん、少数の班に分けて送り出すか」

「村の猟師ひとりに冒険者と周辺猟師のチームを作るのがよろしかろう」

空気を察した女村長がすぐに場の雰囲気を破壊した。

「おいお前、オレについてこい」

班決めをしている最中、俺はひとりの猟師のご指名をいただいた。

その猟師は村の周辺集落で生活をしている、普段は単独で狩りをするソロハンターだった。

名前は、ニシカ。

紫がかった様な異世界独特の黒髪をショートカットにして活発な印象がある。ついでに言うと片眼にアイパッチをしていた。

狩りで負った傷なのだろうか。なかなか勇ましい顔つきだが、一〇代で通る幼い表情もできる。

そして黄ばんでしまった古いブラウスの上から革ベストをまとっていて、こちらも革製なのだろう、ホットパンツの様なものを穿《は》いていた。

ただし、腕や太ももの見えるところを保護する様に、こちらも革製の手甲と脚絆《きゃはん》を付けている。ちょっとしたガーターみたいな格好を連想するとよいだろう。

エロいな。そう。

この猟師ニシカは、女だった。

女村長の長髪に隠れている耳も先端が尖っていたが、彼女のそれは完全なる長耳というやつだった。

「それはもしかして俺の事かな？」

「他に誰がいるよそ者の戦士。あの左翼を裂いたのはお前だろう」

「はあ、そうですが」

腰に手を当てた猟師ニシカは「お前変なやつだな」と言った。

その瞬間にベストを思い切り押し上げていた胸がばるんと揺れた。

でかい確信。

「いいか、抜け駆けするぞ」

猟師ニシカは俺にすっと近づくと、そう囁《ささや》いたのだ。

彼女のプランはこうだ。

今、手分けして班決めされた追撃隊は、放射状にサルワタの森へと入る予定だ。

水先案内人は地元の人間たる村の猟師であり、土地勘のある彼らを先頭に四、五名で森に入るのだ。

武器はこの際、新兵器が投入される。スパイクと呼ばれる、大型獣を仕留めるために使われる、槍の刃に螺旋状の溝が彫ってある武器だった。

スパイクの螺旋には毒が含まれていた。抵抗して引き抜く際に、毒が肉にまぶされるという優れものである。

これを持ち込んでいた冒険者たちに、こんないいモノがあるならさっさと出せよ！　と思った。

だがこれは重量があるので、ある程度ワイバーンが弱らない限りは使えないと、先ほどの襲撃では二の武器に指定されていたのだ。

使いどころが難しく、今回こそトドメをさすために有効である。という触れ込みだったが、

「あんなものは重いばかりで使い道がない。そんな事よりシューター、だったか？」

「はい、俺がシューターです」

「お前は武器は、何でも使いこなせるのか？」

「ええまあ大概は、槍やたぶんハルバートも、剣もそこそこなら使いこなせます」

ただしそれらは道場剣法か殺陣《たて》のはなしだ。

スポーツチャンバラの地域大会で優勝した事があるが、あれがせいぜい相手をチュ《ェ》ーブ《ァ》の剣で実際に斬りつけた唯一の経験だ。

「なら弓はどうなんだ。ん？」

「弓ですか。引き絞って射つだけならできますよ」

ただし命中はお察しだったと言い添えた。

「それは構わなねぇ。オレが仕留めてやる」

「？」

「お前は力も強そうだから、遠くまで飛ばせ。そしたらオレが後は当ててやる」

「ご自分の弓でしょう？　俺よりよほどうまく扱えるんじゃないですかね」

「馬鹿野郎、オレは矢を導くのに集中したいんだ。速射で弓を射てそれで矢を的に当てるという作業は、想像以上に大変なんだよ。だからお前がオレの代わりに矢を放て」

おっしゃる意味がまったくわからなかったが、俺はハァと返事をしてその場は納得しておくことにした。

というわけで、俺たちは抜け駆けに出た。

先ほども言ったように追撃隊は村から放物線を描く様に追手をかけていた。

だいたいの方角は嫁が指示した森の左側、西の村外れに位置する湖がある方向だと言っていた。

なのでその方向に向かって追撃隊が放たれたわけである。

冒険者や猟師たちは焦る必要はないと思っていたらしい。なぜならば傷を負っているワイバーンは失血でさらに体力を落とす可能性もあるし、夜になればいかにワイバーンといえど活動が停滞するらしい。

夜が明けると同時に追撃隊の包囲網は完成、というわけである。

「だがそんなのを待っていたら、たぶん余計に手がつけられなくなるぜ」

意味ありげに男口調の長耳猟師娘が言った。

「何でそんな事がわかるんですかねぇ」

「お前、オレを知らないのか？　オレはこの地域ではちょっと名を知られたニシカさまだぞ！」

「いや俺、よそ者なんで」

「チッそうかい。ッサキチョからは何も聞いてなかったんだな」

「というかッサキチョさんとはひと言しかお話しした事ないんですよね」

追撃隊が隊列を整え終えないうちに、俺たちはさっさとニシカされに従って森に分け入った。

ほんの数日前までリンクスを仕留めるのに仕掛けていた罠の辺りを通過して、さらに奥へ奥へと進んでいく。女村長が俺たちが抜け駆けに気づいた時は、もう後の祭りというわけだ。

俺は先ほどの遭遇戦でそこそこの活躍はできたと自負しているが、地元の猟師や冒険者たちもわれこそはと自分たちの事に集中しているはず。

激しい攻防が予想される手負いのワイバーンへのトドメともなれば、よそ者の俺は外されるかもしれない。

そこのところは想像でしかない。

しかし長耳猟師娘は、深い森を分けて先々と行く。

「何か、ワイバーンの行き先がわかっているみたいな足取りですね」

「当然だねえ。この森はオレ様にとっちゃ庭みたいなもんだからなあ」

「そうなんですか？」

「当たり前だ！　オレを誰だと思っている？」

「男口調のガサツな女？」

「ばっかちげぇ！　そうじゃなくてだなあ」

「女だてらに猟師さんをしている気丈なところもある巨乳」

「何言ってんだお前。ちょ、何で股間隠してるんだよ！」

からかい甲斐があったので、ちょっと調子に乗ってやった。

けれども、そんなやり取りをしながらも絶対に周囲への警戒心を解いていなかったのは理解できた。俺の空手経験でそれはわかる。

この耳長巨乳はできる。俺は確信した。

「オレの二つ名を教えてやる」

周囲を見回しながら手槍を杖代わりに森へと分け入っていく。

自分で二つ名とか言い出すとか、こいつは中二病でも患っているのか。アイパッチつけてるしさもありなん。などとは言わずにその先を促す。

「うかがいましょう？」

「オレの二つ名は鱗裂きってんだ。鱗裂きのニシカとはオレ様の事だ」

「鱗裂き、それはまた強烈な二つ名だ」

まさか魚捌きの名人という事はないだろうから、俺はこれ以上茶化すのをやめた。

「オレはこれまでに、猟師になって冬を越した数だけワイバーンを仕留めてきた。冒険者どももなかなか経験を積んだ連中みたいだが、オレは常にそれを単独でやってきたんだ。この土地のワイバーンの事なら何だって知ってる」

「だから迷わず森を進んでいるというわけですね」

「当然ここはオレのフィールドだからな、この森である限りはオレが一番ワイバーンを上手く相手にできるぜ」

村の中なら別だがね。

そんな風に白い歯を見せてかわいい顔が言ってみせた。

「じゃあワイバーンはどこに向かってるんですかね」

「お前の嫁が言ったろう、湖の方向だって」

「嫁！　見ていたんですね俺たちを……」

「公然と腕を組んでいる様な人間は目立つからな。イチャつくのもほどほどにするんだ」

別にイチャついていたつもりはないのだが、俺は黙り込んでしまった。あれは嫁がたぶん周囲の人間に注目されてオドオドしていただけだからな。

鱗裂きのニシカか。

彼女がたすきがけにして背負った長弓は、およそ和弓なみの大きさがあった。強烈に胸元を強調しているが、胸は弓を放つのに邪魔にはならないのだろうか。

「それでその弓は、短弓じゃないんですね」

「ふん。あんな命中だけがいい弱弓でワイバーンを仕留める事はできないぜ」

「鱗も貫けないかもしれません」

「そうだ。寝ているところを一撃で射抜くなら、この弓じゃないといけないからな」

「寝ているところを？」

俺は質問をした。

するとニヤリとして鱗裂きのニシカが白い歯を見せた。

「ああそうさ。知っているか、ワイバーンは魔法を使えるんだぜ」

「魔法を使えるんですか。獣なのに」

「獣だろうが、人間だろうが、世に生を受けたものなら、誰だって使える可能性がある」

「もしかしてあれですか、長生きしたワイバーンの成獣は、エンシェントドラゴンとかになるんですかね？　そしたら人間の言葉をも理解できるようになるとか」

「そんなわきゃないだろう。馬鹿かお前は」

手槍をグサリと地面に刺して、ニシカさんは振り返った。

「ヤツらはあの巨体だろう。あれを維持するためにとんでもない大きさの獲物を食べる必要があるんだ。そのうえ空を飛べば運動量も多い」

「そうですね」

「だから、自分の体力を維持するために普段は大物を襲う」

「なるほど理解できます」

ふんふんと俺はうなずいた。

「だから、相手に毛むくじゃらのマンモスやら、巨大な猿人間を選んで襲うわけだ。当然、相手も体が大きいから自分が返り討ちにあったり、手負いになる事もある。そこで自分で治癒の魔法をかけて、傷を癒す事ができるという次第だ」

どういう理屈かはわからないがな、とニシカさんは言う。

ただ人間ができる事を、ワイバーンができないとも限らないとも言う。

なるほど、ロープレゲームのボスみたいなヤツだな。

いや考えてみればこのファンタジーな世界ではボス並の存在で間違いない。

「湖の畔《ほとり》に、あのワイバーンが身を隠せるサイズの洞窟がある。あそこがヤツの休眠時のねぐらだ」

「その口ぶりだと、元からあいつの事を知っていたみたいですね」

「知っているさ。オレはこの森の事なら何でも知っている」

「そうなんですか」

「ここいらの村が開拓をはじめてオレたち人間も同じ獲物を狙う様になって、ヤツらも餌が不足しはじめた。だから連中は森の外に出てきはじめた」

だから嫁カサンドラの父ユルドラもまた、ワイバーンと遭遇して相果てたのだという。

ふたたび手槍を杖にして前進しはじめた鱗裂きのニシカに、俺はあわててついていった。

「背中の弓はお前が射かけろ。命中なんて気にせず、力いっぱい放ってくれ」

「命中しなけりゃ意味がないでしょう」

「そうだな。だからオレが魔法で、当ててやる。お前は貫通させる事だけを考えて力いっぱい引き放ってくれればいい」

これで手柄は等分だぞ。悪い話じゃないだろうとニシカさんは言う。

「ん？　乗るか」

「乗ります。乗らせてください」

「さあ、もうすぐ湖の近くに出るぞ。風下に回る」

たのもしニシカさんの後について、俺は唾を飲み込みながら緊張感を高めていった。


ワイバーンは傷ついたその身を湖畔に横たえていた。

力なくぐるぐると時折小さな唸り声を上げているが、恐ろしい咆哮の事を思えばかわいらしく感じてしまう。それに、俺は驚いてしまった。

「翼と射かけられた眼を再生する魔法を使った後、しばらく休眠する必要がある。ただヤツらはすぐに魔法は使えない、時間をかけてそれを再生するのだ」

「時間というと、どれぐらいですかね」

「半日という事はないだろう。もっとだ。だから今が狙い目だ。明日になればあいつは回復している可能性がある。休眠に入る前がもっとも厄介だ。気が立っているからな」

まだ、他の猟師や冒険者のグループは誰もたどり着いていない。

ニシカさんはこの森が自分の庭先だと言った様に、地元の猟師すらも知らない抜け道を通って、ここまでたどり着いたのだ。

ッワクワクゴロさんがリンクスを獲物にしていた様に、ワイバーンは彼女の普段から得意にしている獲物なのだ。

「よし、ここから先は会話はなしだ。お前にこの弓を預けるから、合図で打ち込んでやれ」

「狙うのはどこですかね」

「狙いは眼だ。視界が開けていて、狙いやすい場所にしよう。もう片方の眼を先に射潰して、それから肺臓か脳髄にぶち込んでやればいい」

「……一発必中で目潰しですか。いけますかねえ？」

「いけるかどうかじゃねえ。やるんだ」

そう言って長弓と矢筒を押しつけるニシカさん。

俺は黙ってそれを受け取ると、うなずき返した。

「オレは風を操る魔法にだけは自信がある。任せな」

「今度俺にも教えてください」

「機会があればな」

そう最後の言葉を交わすと、地べたに這《は》いずりながら湖畔の草原を進んだ。

ここは風下だ。

仕留めるべき獲物に匂いで悟られないために、風下に立つ必要があるのだ。

風下にいれば匂いだけでなく、音もまた相手に伝わりにくい。

捕食獣は必ず風下から獲物を襲う。そして数々のワイバーンを仕留めてきた鱗裂きのニシカは、間違いなくこの森の頂点捕食者だろう。本人の弁が嘘でなければ。

完全に腹這いになって肘と膝で前進する俺たち。

ニシカさんはもっとも狙いがつけやすい位置に、じりじりと体を動かしていった。

俺はそれに続く。

遮蔽物になる岩を見つけるとそこに俺たちは身を隠した。

矢筒から石の鏃を一本引き出した。黒曜石《こくようせき》の鏃というのだろうか、不揃いな石を叩いて切り出した様な鏃だった。

俺の引き抜いたそれを見て、ニシカさんは満足げにうなずく。

前にッワクワクゴロさんがやっていた様に、速射に対応するためもう数本を矢筒から取り出しておく。

岩陰に立てかけておいて、いよいよ腰を上げた。

距離はおおよそ五〇メートルを切っているだろうか。

ワイバーンがあまりにも巨体であるが故に、実際の距離よりもかなり近く感じてしまう。体感ではほんの二、三〇メートルではないかと思う。

これは距離を狂わせて、うまく射手が狙いをつけられない。そんな事を考えつつ、考慮しながら矢を握り、弦を絞った。

やれ。

ニシカさんが手をサッと振って合図すると、俺はめいっぱい引き絞った弦を放つ。

素人目にも弓勢《ゆんぜい》だけはあるけれど、当たりそうもない矢が放たれてシュンと空を切り裂いた。

すると、隣で何か小さくつぶやいた鱗裂きのニシカが、とても顔に向かっていそうもなかった矢を操ったではないか。

いや、違う。

矢はワイバーンの潰れた顔に吸い寄せられる様に飛んでいったのだ。

なるほど、摩訶《まか》不思議な魔法とやらに集中したいために、俺にわざわざ弓を任せたのだ。

狙撃班でいえば、射手《スナイパー》と観測手《スポッター》みたいなものかな？　いや違うか。

ドスリと刺さった。

いや別に音がしたわけではないが、そういう風に俺の脳が補完したのだ。

次の瞬間にワイバーンはけたたましい悲鳴を上げると、ぐったりしていたはずの頭をもたげ、のたうち回る。

「次だ、早く！」

言われるまでもなく俺は矢をつがえ、また放つ。

ふたたび空を翔けた矢が、今度もまた頭に吸い寄せられていく。

ドオオンという地鳴りの様な咆哮を空の王者が撒き散らした。

二本の矢のうち、どちらかは確実に眼を潰していたらしい。

首を右、左と振りながら、見えるはずのない周囲を見回している。

三射目を俺はつがえた。

「だいたいでいい、胴体を狙え。まだだ、オレがいいといったら。やれ今だ！」

ニシカさんの指示に従って矢を放つ。

三射目もまたワイバーンに吸い寄せられていった。狙ったのは肺なのだろう。

暴れるワイバーンが都合よくこちらに腹を見せていたからだ。内腹は柔らかいのか、思ったよりもドスリとまた深く鏃が突き刺さった。

もんどりを打つワイバーンは、やがて今までの暴れっぷりが嘘の様に、どかりとその身を横たえた。

先ほどまで俺の側にいたはずのニシカさんは、そしてもう俺の側らにはいない。

いつの間にか駆け出していた彼女は腰後ろに装備した山刀《マシェット》の様なものを引き抜くと、まだ息の根のあるワイバーンの首元に飛びつく。

大丈夫なのか、と俺は思ったが、そんな事など気にもしていないのか、一心不乱にマシェットを突き立てた。

逆鱗《げきりん》、とでもいうのだろうか、そこがワイバーンの急所でもあるのか喉仏あたりに深く。

僅かに抵抗すべく顔をもたげた空の王者も、肺を射抜かれ眼を潰されて、空しく小さな嘆きを上げて、くたばった。


動脈が断ち切られたのか、すさまじい勢いで血だまりが広がっていく。

そんな事など気にも留めていない鱗裂きのニシカは、俺に預けていた矢筒から一本の矢を引き抜いて弓を奪うと、空に向けてそれを発射した。

「今のは?」

質問しているうちに、笛のような響きをキーンと立てながら矢はどこかに飛んでいく。

「見たまんま、矢笛だね。お前ははじめて見たのか?」

「はじめて見ました」

「居場所を教えるための、連絡用の矢だ。しばらくしたら他の追撃隊が集まってくるだろう」

矢筒を受け取って背負い直しながら、あっけらかんとニシカさんが言うと、向き直って先ほどのマシェットでワイバーンをごりごり解体しはじめるではないか。

「うっわきつい。臭いっすね」

「歯も磨いていない様なケダモノだからな。当然だ」

さも当たり前の様に、ふくよかな胸を揺らしながら規則正しく腸にマシェットを差し込んでいく。

臓器をすばやく抜き取るのは、解体の基本だ。

ここはすぐに腐り始めるので、さっさと捨ててしまうに限るのだ。

それに今回は、食われた猟師たちの遺体を取り戻す必要があった。

それにしても鱗裂きのニシカとはよく言ったもので、ワイバーンの解体が手慣れてやがる。

時折、ぶしゃっと血飛沫《ちしぶき》が腸から飛び出して俺に飛沫がかかったが、ニシカさんは綺麗な顔を血まみれにしながら平気で続けていた。

「食うか？」

「いらねぇよ」

肉を一切れ切り落としたニシカさんが俺にそう聞いてきたが、丁重にお断りした。

◆

都合、六人の犠牲者を出して行われたワイバーン戦は、これにて終了だ。

最初の襲撃で命を奪われた三人と、二度目の襲撃で重傷を負った後に死んだ二人。

そしてワイバーンを解体した際に胃袋からゴブリンの勇者、猟師たちのリーダーであったッサキチョの遺体が見つかった。

未消化であった事がさらに悲惨さを誘った。

今はこの土地の風習に従って清潔な布に巻かれ、棺の中に収められている。

いずれもがこの村と近郊の集落から集められた猟師、あるいは若い労働力だった。

特に二度目の襲撃に加わっていた村の幹部青年が死んだのは、村としても痛手だっただろう。

「終わってみればあっけないものだな」

俺は二度目の葬儀に参列している。

場所は共同墓地の前。今度こそ、村人たちが総出で葬儀に参列していた。

まあ、そうはいっても手の空いた者たちだけであるが、それでも一〇〇人を超える大人たちが集まっている。

そして討伐に参加した冒険者らも。

俺、嫁、おっさん。身内である三人は並んで手を合わせていた。宗教上の理由で嫁とオッサンは指を組んで手を合わせ、俺は仏教式に拝むスタイルだ。

何に祈りを捧げようがこの際はどうでもいい。大事なのは犠牲者への哀悼の心だたぶん。

俺は、俺たち村人の代わりになって死んでいった者たちを懇《ねんご》ろに葬った。

少し離れた場所には、誰ともつるむ態度を示していない眼帯女がぼうっと立っている。

鱗裂きのニシカだ。

血まみれになった服を改めて、やはり黄ばんだブラウスと革のチョッキにホットパンツで、今日はハンドガードと革タイツは穿いていないが、代わりにロングブーツを履いていた。もちろん誰もが紅のスカーフを首に巻いている。

はじめて知った事だが、このスカーフの紅は、人間の血を模して染めたものなんだそうだ。

死者の血と糧は、俺たち残されたものに受け継がれていく。

血は次代に受け継がなければならない。そうでなければ滅びてしまうからだ。

「多くの犠牲者を出しながらも、村の民一丸となって凶悪なワイバーンを討伐できた事をわらわも嬉しく思う」

女神と犠牲者への祈りと毎度お決まりの聖訓を述べた司祭さまに代わって、女村長がみんなを見回しながら言った。

「何が村一丸だよ。お前らなんにも手出ししなかったじゃないか」

口の悪い眼帯女が悪態をついたその声が俺の耳にまで届いた。

まあその通りだ。俺たちが最初の襲撃でワイバーンを仕留め損なった時は、生活の事ばかりを気にして苦情を村長にぶつけていたぐらいだ。最初の葬儀にも参加した村人はいなかった。

村社会における共同絶交というのは冠婚葬祭を除き無視を決め込まれるものだ、というぐらいに俺は日本の風習から理解していたものだが、ここでの共同絶交は村九分九厘の無視でいいんじゃないか。

それでも今回撃退した事で、その中に猟師でもゴブリンでもない、連中が思っているであろう仲間から犠牲者が出たので、集まってくれたんだろうか。

「特にこの村にとってかけがえのない猟師たちの中から多くの犠牲者が出た事は、わらわはまことに遺憾である」

女村長は俺たち猟師とその家族の方を向いて言葉を区切る。

「先代から続くこの村の開拓は、道半ばである。ここで村にとって絶対不可欠な猟師を失ったままでは、今後の開拓に支障をきたす。よって、街に向けて、新たな猟師のなり手と開拓団の募集をかける事とする」

何を言っているのかよくわからないが、死んだ猟師の補充をかけるつもりなのだろう。

また、よりこの村の発展を続けるために、さらなる開拓団を呼び込むという事か。

「フン、また出来の悪い連中を連れてくるつもりか。態度ばかりデカいデクの棒どもを」

ひどい文句もあったもんだ。眼帯女は俺たちにだけ聞こえるか聞こえないかという風に巨乳を揺らしながら悪態を吐く。

だが嫁もおっさんも何も言わない。

猟師の家族からすれば、また新しく自分たちを虐《しいた》げる人間がやってくるだけの事だ。

聞けばここは辺境にある開拓の最前線になる村だ。

いずれは発展を遂げて辺境の中心地になるかもしれない場所だが、今は何もない寂れた寒村そのものだ。

してみると、街やその周辺の村から移民してきた人間など、猟師はやはり見慣れないだろう。

たぶん今いる連中と同じ様に、俺たちを格下扱いで見下すのだ。

「ああまったくだぜ。デカい面をしていいのは、覚悟があるヤツだけだ」

だから俺も鱗裂きのニシカの弁に乗っかってそう言ってやった。

嫁とおっさんは驚いた顔をして俺を見たが、それ以上のリアクションは何もしなかった。

本当に素っ頓狂なリアクションをしてしまうのは、次のタイミングだったのである。

「そこで、開拓団募集のために街へ人を派遣する。ついてはシューターよ、お前が派遣される幹部の護衛を受け持ってもらいたい」

言われてるぞ？　とニヤついたニシカさんが俺を見た。名前が飛び出して嫁とおっさんも俺を見た。

「お、俺ですか？」

「そうだ。お前はまだ森以外の村の外を見ていないだろう。いい機会だから、外の見聞を広げてこい。わらわが工面するぞ」

女村長アレクサンドロシアが張りのある声でそう俺に命じたのだった。

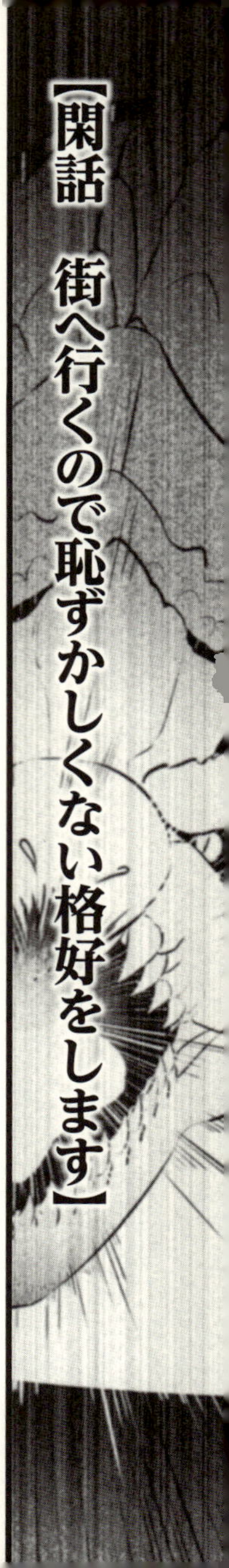

【閑話　街へ行くので恥ずかしくない格好をします】

ある日、ゴブリンの猟師ッワクワクゴロさんが朝から俺を訪ねてきた。

ちょうどいつもの様に荒れ放題の畑を耕していた俺に向かって手を振っているではないか。

「おーい、シューター。お前にいいものをやる！」

朝から何でそんなに上機嫌なのか、ッワクワクゴロさんは紅のスカーフをなびかせて白い歯を見せていた。

彼の足元には狼の親戚みたいな犬が大人しく従っていた。

「おはようございますッワクワクゴロさん。今日も相変わらず元気ですね」

「あたぼうよ、俺はいつだって元気はつらつだ。何しろワイバーンがいなくなったおかげで、毎日安心して仕事ができるからな」

「そうですか。本当はッサキチョさんの代わりに猟師のリーダーに命じられたから嬉しいんでしょ。俺は知ってますよ」

彼は先日のワイバーン戦で命を落としたッサキチョさんに代わって、新たな猟師のリーダーとして女村長から指名を受けたのである。

これからは猟犬の世話をしなくてはならず、食わせていくためにこれまで以上に大変なんじゃないかと思っていたが、そんな事はなかった。

聞けばリーダーになる事で、上納しなければならない税が免除されるだけでなく、親方手当がつくというので実のところはホクホクだ。

「これからは家族や兄弟に肉を食わせてやれるからな。そりゃ上機嫌にもなるだろう」

そう言ってッワクワクゴロさんは猟犬の頭を撫でた。

あまり懐いていないからなのか、猟犬は迷惑そうな顔をした後、あくびをしている。

「うちでとれた新タマネギだ、カサンドラに持っていってやれ」

「ありがとうございます。いいものというのは、このタマネギの事ですかね？」

ざるに積み上げられたタマネギを見て俺が質問すると、ニヤニヤしながら毛皮を差し出した。

「喜べ、この前お前とリンクス狩りに行った帰りに仕留めた狐、いただろう。加工が終わったからお前にやる」

「おおっ、あの時の狐ですか。哀れな姿になってしまって」

おどけたッワクワクゴロさんに俺も調子を合わせるが。

「何だ、あんまり嬉しそうじゃないな。そんなに全裸がいいのかよ」

「嫌だなあ、俺だって服ぐらい着ますよ。チョッキはおってるじゃないですか」

「だが股間がおろそかだ。街に行くんだろう。だったら村の恥になるから黙ってこれを着用しろ」

「いや全裸にこだわりがあるわけじゃないので、ありがたくいただきます。毛皮の腰巻きですか」

「猟師らしくていいだろう、それと清潔な布だ。カサンドラに渡して、下着にしてもらえばいい」

「ありがとうございます。ありがとうございます」

俺は毛皮の腰巻きとともに麻布を頂戴して、頭をペコペコ下げた。

猟師といえど、俺たちは毎日森に分け入っているわけではない。

特に俺はもうしばらくすると街に出かける予定があったので、ここ数日は先輩猟師の手伝いについていって、罠の回収をして回るぐらいの事しかしてなかった。

今から罠を仕掛けたのでは、街に出かけている間に獲物を回収できないのだ。

したがって午前中は弓の練習がてら、切り株を的に短弓を射かける作業をしていた。

ちなみにこの先輩猟師というのが、周辺集落に住んでいる鱗裂きのニシカである。

「馬鹿野郎、肘の位置がおかしい！　短弓は力で射つんじゃなく、胸の張りで射つんだ！」

こんな調子で、四六時中ニシカさんの罵声《ばせい》が飛んできた。

「お前、街まで護衛につくんだろうが。弓ぐらい使いこなせるようになれっての！」

「初心者なんで、手とり足とり教えてもらわないとですね……」

「貸してみろ、オレ様が手本を見せてやる」

そう言って強引に弓を奪ったニシカさんは、フンと鼻息荒く俺を睨みつけた後に矢をつがえた。

胸を張る。自分が言った言葉通りにニシカさんは胸を張る様にして弦をしぼるわけだが、そうすると当然の様に革のベストで抑え込まれていたたわわな胸が天を突く。

でかいんだが、やっぱり弓を使うには邪魔そうだ。

「いいか？　こう。そしてこうだ！」

バビュンと音がした気がする。

弓の放たれた音ではなく、胸が暴れた音である。もちろん響いたのは俺の脳裏だ。

放たれた矢は切り株に刺さった。お見事！

「やってみろ」

「はあ。じゃあまあ」

短弓を渡されて俺が矢をつがえようとすると、背後にニシカさんがやってきて俺の姿勢を正してくれる。

胸が当たる事をとても期待していたが、それよりもご褒美をいただいた。

俺よりもわずかに背の低いニシカさんの顔が、ちょうど俺の首の辺りに来るのだ。

そうすると彼女の鼻息が、首筋をくすぐる格好になる。

「いいか、もう一度言う。胸を張りながら引き絞る。腕の力に頼らずに胸の張りだ。そう」

「なるほど、いいかんじですね」

俺は押しつけられた豊かな胸にちょっといい気になりながら、ニシカさんのやる様に身を任せた。

が、それも一瞬の事。

「違う、そうじゃねえ！　前のめりになるなよ。何でだよ！」

何でって言っても、さすがにちょっと密着時間が長すぎた。

狐の腰巻きが張り詰めてきたので、どうしょうもないじゃないですか。

バビュンと矢が放物線《アーチ》を描き、あらぬ方向へ飛んで行った。

「ほれ見ろ、しっかり胸の張りで狙わないからこうなるんだ！」

「いやわかってるんですけどねえ。どうしても前のめりになる事情がありまして……」

俺が股間の位置を手で押さえていると、ん？　とニシカさんが微妙な顔をした。

しかし少しすると、顔を真っ赤にしてふたたび罵声を浴びせつけてくる。

「て、手前ぇ」

「ほんとすいませんねえ、生理現象なんで」

「新嫁がいるのにオレに欲情してたのかよ」

「いやすまんことですわざとじゃないんです。ほんの少し吐息が刺激的だったもんで」

ちょっと爆乳な胸を押さえながらニシカがいやいやをしてみせる。

「カサンドラに言いつけるぞ！　このケダモノが！」

俺は股間を蹴り上げられた。

とても痛かったので、俺はその場で悶絶《もんぜつ》した。

先輩猟師に頼まれて俺が雉の羽毛をむしっていると、夕方になっておっさんがソワソワした態度で訪ねてきた。

場所は表の作業台だ。

カサンドラの事を気にしているのか、おっさんは小声で話しかける。

「お前、気は変わらないか?」

「脱走の件か」

「今ならまだ間に合うぞ」

「まあ知らない土地にいきなり放り出されるよりはなあ。金もないし、もう少し様子を見るつもりなんですけど」

「少しは工面してやってもいいんだぞ」

「借金はしない主義なんですよねえ」

「……そ、そうか」

「そういう事なんですよ、わかったらお引き取りください」

「待て早まるな。その、」

オッサンドラは相変わらず、俺をこの村から放逐したいらしい。やはり嫁の事か。

「留守中、カサンドラの事は任せてもらいたい」

「そうかい。せいぜい気をつけてやってくれ、嫁はりんご酢が不足していると言ったぞ。あるなら俺の留守中に届けてやれば喜ぶかもね」

馬鹿らしい気分になりながら、嫁の機嫌取りのためのアドバイスを、おっさんにしてやった。

ここまで露骨な反応をしてくるとはな。


夕食はワイバーンの肉をベースに芋と豆、ケールの葉とタマネギを加えた鍋である。

解体されたワイバーンは亡くなった人間の供養のためにと、村人たちに振る舞われたのである。

俺と嫁はふたりで寝台に腰掛けて、小さなテーブルで鍋をつつく。

ふたりは無言だ。

箸がないので、おたまですくった鍋の中身は二叉のフォークとスプーンを使って食べる事になる。

しかしワイバーンの肉は不味い。

筋張っていて歯ごたえもありすぎ、脂身もないスカスカの味だ。この味をどうにかするためにぶどう酒に着け込んでひと晩寝かせてから鍋にしたのだが、柔らかくはならなかった。

きっとどの家庭でも不評だろうが、肉は貴重なので、しょうがなしに食べるのである。

「親父さんが亡くなった時も、ワイバーンの鍋をしたのか」

「……はい。あの時はたくさんのお肉が家に届けられて、しばらく食事には困りませんでした」

ふう、ふうしながらスプーンを口元に運びつつ、カサンドラが返事をする。

食事には困らなかったと言うが、生活はかなり苦しかっただろうに。親父の服まで手放して生計を立てていたのだ。男手がないから畑も放置していた。

嫁は果たして今、幸せなのだろうか。

俺がこの猟師小屋にやってきた事で、男手には苦労しなくなった。

見よう見まねで畑の手入れをしはじめて、今は芋と豆を栽培している。それから放置していても収穫できるハーブだ。

しかし俺の猟果がないうちは、食事も蓄えの持ち出しになる。

それに嫁には幼馴染の従兄がいた。おっさんだ。

聞いてはいけない事なのだろうけれど、ふと俺の口から言葉が飛び出す。

「今、幸せか……」

並んで座ったその隣、カサンドラはおずおずといった具合で顔を上げて不思議そうに俺を見る。

「食べるものに困らなくて、養っていただけて、これ以上の幸せは今のわたしには贅沢すぎます」

「そ、そうか。もっと頑張って立派な猟師にならないとな」

「そうですね。明日からは街へ出発します。しっかりお食事をとって、体を休めてください」

食事が終わる。空になった鍋に木の皿を入れて持ち上げたカサンドラを見送りながら、少し俺は考えた。

嫁は思考停止をしている。俺の知っている元いた世界の幸せの形は、いろいろあったはずだ。

けれどこのファンタジーな世界では、生きる事に必死なのだ。だから幸せについて考えている余裕なんてあるはずがない。

今が生きていけるなら、それは幸せな事なのだ。

本来ならばおっさんと結ばれる事が彼女にとっての幸せだったのだろう。

いや、女村長や亡くなった親父はそうさせるつもりがはなからなかったのかもしれない。

たまたまよそ者の俺が現れたので、俺がちょうどカサンドラの相手に選ばれたのだが、そうすればカサンドラの夫はおっさん以外の誰かだったわけだ。

考えると、ますますわからなくなってしまう。

俺は明日から村を出て街に向かう。

ワイバーン戦で数を減らした村の猟師を補充するために、街に募集をかけに行くのだ。同時に村の開拓に必要な新たな移民も募る。このまま村を出て、街で姿をくらますのもひとつの方法だ。

では残されたカサンドラはどうなるのか。

父が死んで夫にまで逃げられたら、ただでさえ村では鼻つまみ者の扱いを受ける猟師の嫁は、今以上に立場が悪くなるのではないか。

くそう。

考えても結論が出やしねえ。

不幸ですとでも言われれば、おっさんに話をつけて手引きをしてもらうつもりだったんだけどな。

嫁とおっさんが結ばれる未来があるのなら、それもありかもしれない。

何しろ俺は、まだ嫁の指先しか触れたことが無いのだ。

大変困った。

「あのう、シューターさん」

思考のるつぼに俺が陥り、狭い寝台に寝転がっているとカサンドラが声をかけてきた。

「ん？　何ですか奥さん」

「これはその、街でシューターさんが恥をかかない様に、下着を縫いました。ッワクワクゴロさんにいただいた布で」

「おお、パンツか。パンツは大事だな」

俺は寝台から起き上がって、カサンドラからパンツを受け取る。

ふんどしみたいなものを想像していたが、想像以上にヒモパンだった。

越中ふんどしみたいな前垂れのあるやつじゃなくて、女子がつけてるみたいなヒモパン形状だ。

「腰巻きが汚れないように、使ってくださいね」

旦那さまの大切な一張羅なんですから。

クスリと笑ってカサンドラが言った。

あ、かわいい。

美人のカサンドラだったが、たぶん俺ははじめて嫁が笑う顔を見た気がした。

「ありがとうございます。ありがとうございます」

言葉にできないうずきというか、急に抱きしめたくなるような感情に苦しめられながら、俺は新妻に感謝した。

嫁がフリーなら、たぶんここで押し倒してたと思う。

だが、おっさんの顔が脳裏をよぎった。


村長の屋敷の前。

そこには、一頭仕立ての二輪荷馬車が用意されていた。

村唯一の乗り物である。幌《ほろ》はない。

乗り込むのは青年ギムルと俺で、荷台にはワイバーンの骨が積まれている。ブルーシートはないので、防水予防に何かの獣皮でこさえたシートがかけられていた。

街で売り払って、少しでも外貨を獲得しなければならないらしい。ワイバーン退治の手痛い出費で、行商人が次に来るまでは待っていられないのだとか。

見送りで集まったのは女村長と木こりのッンナニワ、それからいつもの下働きの若い女だ。

「ではお前たち、しっかり交渉をしてくるように」

「お任せください村長」

女村長とその義息子が、妙に他人行儀な態度でやり取りをしている姿を俺は見ていた。

準備万端、旅装束はいつもの猟師スタイルに少し豪華な獣毛腰巻きがワンポイントだ。今日は下着だってある。

「委細はギムルに任せているが、荷物と義息子の護衛はしっかり頼むぞ」

「任せてください。むかし護身術のインストラクターをやっていた事があるので、暴漢撃退はお手のものです」

俺は過去のバイトの思い出を引っ張り出しながら、腰に差した短剣をぽんと叩いて返事をした。

「うむ。お前の勇敢さはワイバーン退治でも証明されている、期待しているぞ。家族との別れはよかったのか？」

「あー妻は恥ずかしがり屋さんなので、家にいるんですよねえ」

「じゃあ出発する。義母上、それでは」

「うむ」

最後だけは親子らしい会話を短くして、俺が荷台に飛び乗るとギムルが馬に鞭《うむ》を入れた。

荷馬車から俺もペコリと頭を下げると村長が手を振ってくれたので、俺はちょっぴり嬉しくなった。

村長の屋敷から続く道をゆったりと進む。

サルワタの森を除けば俺はこのファンタジー世界について何ひとつ知らなかった。

これからはじめて外の世界に踏み出すのだ。まあ、楽しみじゃないと言えば嘘になるな。

「お前の家がここから見えるぞ。嫁が顔を出してる」

御者台から振り返ったギムルの言葉に俺は驚いた。
見れば、カサンドラが手を振っている姿が目に飛び込む。
とても意外な気分だが、悪い気はしない。街に着いたら土産物でも買って帰ろう。
俺はおっさんに対して妙に勝ち誇った気分になりながら、手を振り返した。
妻は何をプレゼントしたら喜ぶだろうかねえ。

【3　俺たちの旅ははじまったばかりだ】

風に震えている草原の道を、荷馬車に揺られて街に向かう。

俺の名は吉田修太、三二歳。

異世界で猟師をやっている村人だ。

今は女村長の命を受けて、街へ向かう青年ギムルの護衛として同行していた。

「街まではどのくらいの距離があるんですかね」

御者台でのんびりと馬を操っているギムルに、俺は大声を上げた。

穏やかな小風日和だったが、お互いに背中を向けている格好なのでどうしても声が大きくなるのだ。

「このままのペースで行けば三日ほどだ。早馬なら一日ぶっ通しで駆ければ夜には到着するが、今回は急ぐ理由がない」

「なるほどな。宿はどうするつもりですか、村長さまからは何も聞かされていないんですけど！」

「野宿をする。雨は降らないだろうから近くの村で宿を借りる予定はない」

以前の青年ギムルはもっと身も蓋もない態度で「駄目だ」「我慢しろ」ばかりを言う男だったが、今回は大人しいもんだ。

理由はいくつかあるが、酔って暴れた際にぶちのめした事と、ワイバーン戦で俺がそれなりに村に貢献した事。

だが最大の理由は女村長が俺を何かと気にかけてくれるからである。

人間、組織のキーパーソンに認められれば周りも文句を言わなくなるのだ。

俺がずっと以前、コンビニ弁当を作る工場で働いていた時の事だった。そこではラインの責任監督者として若い社員がいたが、俺が常に気をつけていた相手はバイトリーダーのおばちゃんだった。

この道二五年のベテランで、若い社員が「おぎゃあおぎゃあ」言っていた時にはすでに工場で俵おにぎり弁当箱を詰めていた。

最初、友達に誘われて短期バイトで入ってきた俺は、周囲から浮きまくっていた。髪も染めていたので明らかにそこでは異邦人扱いだった。今とあんま変わらんな。だから、認めてもらうために俺はバイトリーダーのおばちゃんの言う事だけはしっかり守った。若い監督者の話よりもだ。

こういう時に絶対に八方美人になってあちこちにいい顔はしない。俺も村では女村長の事だけはしっかりと観察して、取り入る様に努力したわけだしな。

おかげでギムルは今、大人しい。

もしも俺が村で八方美人をかましていたら、今より立場が悪かった可能性がある。

ギムルに取り入らなくてよかったぜ。

あの時の経験を活かして、今後も女村長だけは裏切らないようにしていきたいね。

「ところでギムルさん」

「何だ！」

御者台から振り返ってギムルさんがどなり返してきた。

「さっきから、ずっと後をつけてくる人間がいるみたいなんですよね」

「どういう事だ⁈」

手綱を引っ張って馬車を止めたギムルが、俺の方に身を乗り出してきた。

「ほらあそこ。街道に出てしばらくした辺りで、誰かがつけてきたんですよ」

「本当だな。あれは誰だ」

「わかんないですねぇ。盗賊かな?」

「こんな辺境に盗賊がいるわけがないだろう。商人がもっと行き交う街の向こう側の街道なら話は別だが……」

そう言いながらギムルは腰の長剣を手にかけて警戒した。

田舎育ちとはいえ、嫁のカサンドラほど視力がよくないのだろうか。小さな人影を判断できないギムルは不機嫌に鼻を鳴らして俺に一瞬目くばせをした。

「俺の剣を使うか」

「いいえ、おっさんにご祝儀でもらった短剣があるので十分ですね」

俺は一時期スポーツチャンバラをかじっていた経験があり、小太刀のエア剣は使い慣れていた。短剣はちょうどその長さと同程度なのでいける。

どういうわけか空手経験者はスポチャン経験者が多いが、俺もそのひとりである。

「弓は使わんのか」

「いやあ、まだ練習中の身分でして。当たらない弓よりも剣の方が確実です」

そんな会話をしながら俺たちは警戒を強めた。

ところが、よくよく見てみると近づいてくる小さな人影が、手を振っているではないか。

「誰だ、知り合いか?」

「みたいですねえ。手を振ってますよ」

「馬鹿め、俺だってそれぐらいはわかる」

俺たちが顔を見合わせてそんな話をしていると、駆けてくるその姿がこう叫んだ。

「おい、オレを街に連れてけ！」

後を追ってきたのは旅装束をしたニシカさんだった。

いつものブラウスと革ベスト、革ホットパンツの上からポンチョ姿である。

小さく息をしながら俺たちの荷馬車に強引に乗り込むと「さっさと出発しろ！」と命令をしてきたもんだから、途端にギムルは不機嫌になった。

鱗裂きのニシカといえば村周辺に知られたワイバーン狩りの名人で、つい先の戦闘でも活躍した長耳娘である。村に貢献した人間だけに頭ごなしに拒否するのも難しく、青年ギムルも扱いに困ったのだろう。

俺が息子の位置を修正しながら知らんぷりを決め込んでいると、

「シューターだけ街に行くのがだんだん羨ましくなってきてな。街は行った事がないんだ」

荷馬車の揺れに合わせて乳を揺らしながら、ニシカさんが興奮気味に語った。

「いやギムルさんも俺も村の役目で行くわけですからね、遊びじゃないんですよ」

「オレもせっかくだから見物に行く事にした。護衛の役はひとりよりふたりの方が頼もしいだろう？　そういう事だからよろしく頼むぜ！」

などと手前勝手な事を言うから大変だ。

俺の話を聞いちゃいねぇ。

ギムルは「駄目だ」とか「引き返せ」とか最初のうちは御者台で抵抗していたけれど、眼帯娘が荷台から御者台に身を乗り出して、

「お前、男の癖にケチ臭い事を言うもんじゃない。嫁のもらい手がなくなるぞ」

そんな事を言ったものだから押し黙った。たぶん押し黙った原因は肩に腕を回された時に、顔が揺れる巨乳に押し潰されて嬉しくなったからだろう。羨ましい。

そういう事があって再出発した俺たちだったが、道中は限りなく暇である。

定員がそもそも何人なのかは知らないが、大の男ふたりに女性にしてはかなり大柄なニシカさんに加え、ワイバーンの骨まで山積みなのだから、一頭曳《ひ》きの二輪馬車はトロトロ走るわけである。

暇潰しのついでに俺は前々から気になっていた事をふたりに質問してみた。

「前から聞こうと思ってたんですけどね」

「何だよ、狩りの事なら何でも聞いてくれ。ワイバーンはオレの獲物だ」

「違います。ワイバーンの事から離れてくださいね？」

「じゃあ何だ。オレの好みの男か？　残念だがシューターは好みじゃないな」

聞きもしない事をニシカさんは言ってきた。

その間、ギムルは御者台に座って完全に黙ったままだった。どうもニシカさんが苦手らしい。

「そうじゃなくてですねえ。何で村の人たちは朝飯を食べないんですかね。どうせ二食しか食べれないにしても、朝飯を食った方が元気が出るじゃないですか」

このファンタジー世界にやってきてから、どうも慣れないこの土地の習慣である。

「そりゃお前。朝飯を我慢したら、昼飯が美味いからに決まっているだろう」

ニシカさんは何の疑問も抱かずに即答してきた。

すると御者台に座っていた無言のギムルが噴き出したらしい。咳払いを何度か繰り返してから、彼は振り返った。

「その女の言っている事は嘘だ。朝に飯を抜くのは、そうすれば飢えに強くなり体が栄養を蓄えるからだ」

「へぇなるほどねえ。だそうですよ、ニシカさん？」

「ももも、もちろんオレ様だって知っていた。知っていたが、ちょっとシューターをからかっただけだ。お前は見事に騙されたな！」

さすが村長の義息子というだけあって上流階級は学があるね。

それに比べてこの男口調の眼帯女は……

つまりアレか、意図的に飢餓状態を演出して、体が飢えに強くなる様に習慣づけているという事か。

モノの本によれば、現代人は朝飯を抜きがちだが、最後に食べた飯から睡眠をとりいきなり労働すると、軽い飢餓状態になるのでやめた方がよいそうだ。

つまりそれをわざとやって、耐性を得るというわけなのね。過酷な異世界生活が故の生活風習という事なのだろう。

「これもう効率がいいのか悪いのかわからんな」

俺は妙に納得してひとりつぶやいた。

道中の飯は、基本的に保存食である。最初の飯は嫁の用意したお弁当を食べたが、夜はそれもなくなって、いよいよ不味いビスケットと燻製肉だ。

ギムルはとにかく硬いワイバーンの燻製肉《くんせいにく》を、必死になってかじっていた。苦々しい顔をして、俺が意外にも平気な顔で食べているのを見たギムルが話しかけてくる。

「お前はワイバーンの肉を美味そうに食べるな」

「んなわきゃぁない。ただ狸《たぬき》の燻製肉を食べた経験があるので、これぐらいは想像の範疇です」

獣肉のうち、狸ほどあたり外れのある肉はない。とにかくその狸が何を食べて育ったかで、肉の味が変わってくるのだ。俺が食べた事のある狸はどれも不味かった。

それこそこのワイバーン並に硬くてがさがさして筋張っていた。

ニシカさんは何の問題も感じないのか「うまい、うまい」と言ってワイバーンを食らっていた。さすがワイバーン狩りの専門家。

こうして野宿を二泊繰り返しながら、俺たちは街へと向かった。

夜のうちは交代で荷台に潜り込んで寝る。

三日目、さすがに野宿の連続で疲労がたまってきた辺りで、お目当ての街に到着した。

辺境伯の統治する街ブルカである。


「なかなかデカいなおい」

開口一番、俺の素直な感想だった。

もっと村の規模をひと回りほど大きくした様な想像をしていたが、なかなか立派な造りではないか。

「街全体が城壁で囲まれているのか。人口は何人ぐらいいるんですかね」

「街とはこういうものだ。ここで一万人以上もの人間が生活している。俺たちの村と周辺の集落を合わせた数の一〇倍はいるだろう」

「へえ、そりゃ都会だな」

もちろん俺が元いた世界からすれば小さな小さな町だろうが、このファンタジー世界ではきっと大都会なのだろう。

実際、城門の前を活発に出入りする人々を見て、俺の知るものとは違った意味でエキゾチックかつ都会的な空気を感じた。日本生まれの俺にとって、石畳と石造りの街は新鮮だからな。

一方のはじめて街にやってきたニシカさんは、片眼を点にして口をあんぐりと空けていた。

「おい。この街には森で見た鹿の大群より人間がいるぞ！」

ニシカさんはちょっと狩猟から考え方を切り離しましょうね。

◆

ブルカの街に入る検問を前に、俺は自分の身だしなみを改めた。

上着は嫁の亡き父から受け継いだお下がりのチョッキ（残り二枚のうちのひとつ）、下は嫁のこさえたヒモパン、プラスで狐皮の腰巻きである。

その他に旅装束としてポンチョを羽織っており、それからいつもの狩猟道具を最低限持っていた。短弓と短剣は持参だが、手槍は街で不必要と判断して持ってきてはいない。

季節は春。少々薄着すぎるんじゃないかと思うが、全裸だった以前の事を考えれば立派な村人猟師だ。街でもたぶんきっとおかしくないはず。

俺が自分の格好を気にしながらファッションモデルよろしくグルリと回っていると、馬車の御者台に座っていたギムルが胡乱《うろん》な視線を送ってきた。

「馬車からわざわざ降りたと思ったら、何をやっているのだお前は」

「いや、この格好は変じゃないですかね？」

「全裸男だった分際で、何を今さら言っている」

「そんな事言ったって俺は好きで全裸だったわけじゃないですからね。ツンナニワさんに身ぐるみはがされたから全裸だったたんだ」

「馬鹿を言うな、お前は最初から全裸で森をさまよっていたぞ」

「えっ？」

それは知らなかった。

俺はてっきり異世界に迷い込んだ時に、元着ていたシャツに作業ズボンの格好をしていたとばっかり思っていたのだが。

すると俺は異世界にやって来た時、全裸になって登場したのか。やっぱり転移じゃなくて転生だったのかな。

おっさんで生まれ変わるとか……神様ひどい。人生しっかりリセットしてから生まれ変わらせて！

「だからてっきり、お前は全裸を貴《たっと》ぶ部族の生まれだと思っていたぞ」

「そんなわきゃあない。俺が元いた場所じゃ、全裸は犯罪でした」

「なら、街でも気をつける事だな。全裸でうろついているのは奴隷身分の者たちか、頭のおかしい賢者どもだけだ」

呆れた顔をしたギムルが忠告をくれた。

しかし、頭がおかしいのに賢者とはこれいかに。

ただまあ、全裸でも国法に触れるというわけじゃないのだけはありがたいな。いつまた何時、全裸になるか知れないしな！

などと糞真面目に俺が考え事をしていると、

「おい、このまま街に入るのか。オレはまだ心の準備ができてないぜ」

鱗裂きのニシカともあろうひとが、その身を震わせながら俺にしがみついてきた。

片眼を潤ませて、俺の腕に豊乳を押しつけてくるの、やめなさい。

この世界にはブラジャーなんてものはないんだから、衣服を通しても限りなくお肉の感触が俺へとアプローチしてくるのだからな。

俺の股間が御柱祭《おんばらまつり》になりそうになったので、あわててフォローした。

「落ち着いてくださいニシカさん。堂々としていないと飛龍殺しの名が泣きますよ？　それでギムルさん。この検問で何をするんですかね？」

「通常なら税を納めるのだが、俺たちには村長の委任状があるので関税の類は免除される。簡単な持ち物チェックで通過できるはずだ」

説明してくれたギムルになるほどと返事をして、行列の先を見た。

三〇人あまりが街をぐるりと囲んだ城壁の入り口に向かって並んでいる。

それぞれが荷物を背負った旅人であったり、馬車を使った商人たちであったり、幌つきの立派なものも見かけるのであるいはお貴族さまもまたいるらしい。

しばらく震えるニシカさんを宥《なだ》めていると、俺たちの持ち物検査の番になった。

「どこから来た」

「サルワタの開拓村だ。村長の命令で冒険者ギルドに用がある」

短くギムルが応答しながら馬車を降りて俺たちの隣に並んだ。

検問の番兵は俺たちの体をべたべたと触って、持ち物検査をしていく。

ギムルの時は事務的に、そしてニシカさんの時は熱心にだ。

胸の谷間には隠せるスペースがあるのではないかと番兵さんが言い出したり、女は女だけに隠せる場所があるとか妙な事を言い出したり。

しかし徐々に人間ばかりの空気に慣れてきたニシカさんが、飛龍殺しの眼光をひとつ飛ばしてやると、番兵さんは途端におとなしくなって、ひとしきりサラリと触り心地を堪能した後、問題なしと解放された。

もうちょっと熱心に仕事しろよ番兵さん！

武器の持ち込みは辺境伯への反逆と取られるので厳しく制限されているのだから、番兵が熱心に持ち物検査をするのも理解はできるんだけどね。

とはいっても護身用の武器程度なら問題はないらしく、大がかりな魔術の護符や呪いがかかっている様な武器の類が禁止項目にあたるらしい。

ちなみに俺は全裸の呪いがかかっているはずだが問題なく通過した。男に触られるのは嫌なのでこちらはウィン＝ウィンだね。

「先に予定を言うぞ。このまま荷台のものを、村と取引のある商会に持ち込んで売り払う。それから馬車を馬車預かり所に入れて、宿を探す。こちらも村の人間がいつも使っている場所にする」

「わかりました」

「冒険者ギルドにはその後で向かう」

「そんな事より街の見物行こうぜ！　な！」

俺とギムルが今後の予定を話し合っていると、空気を読めないニシカさんがまた余計な事を言い出した。

街を見回せば、びっしりと石造りの家が大通りの周囲に所狭しとひしめき合っている。

元いた世界で言えば観光地のお土産屋の並びみたいになっていて、昼間という事もあって往来がさかんだった。

まさに地元の商店街の賑《にぎ》わいだ。

村に唯一という俺たちの乗ってきた荷馬車の事を考えれば、ここでは馬車は当たり前で、俺たちの村のものよりずっと立派だった。

ひとつの商会の前で、荷馬車は止まった。

荷台から俺がまず降りて、防水加工の革シートを引きはがす。

ニシカさんが飛び降りるタイミングでぶるりんと胸が荒ぶった。

いいね！

そんな事をしていると、商会の中から出てきたゴブリンとギムルが何かの交渉をはじめたではないか。

「久しぶりだな」

「ご無沙汰しております、サルワタの次期村長さん」

「次期村長は時期尚早だ。義母上が再婚した場合は俺でなくなる可能性がある」

「またまた。あなたは先代村長さんの嫡子でしょう。それにアレクサンドロシアさまは不妊だったはずではないですか？」

「馬鹿野郎、声が大きいぞ」

ギムルは俺に目くばせをして、俺はその中からワイバーンの骨を数本取り出した。

肉をはいだ後に洗浄して、しっかりと手入れが行き届いている。

よくあるファンタジーの世界では、この骨が何か武器や防具の素材になる事を想像していたのだが、どうやらそれは違うらしい。

何しろこれは鳥と同じ様に、骨の中身がすかすかのスポンジ形状だ。飛ぶために軽量化して進化した産物なので、こんなのを削って武器にしたところで、知れている。すると何に使うのだろうと疑問に思っていると、何と薬になるのだとか。

モノの本によれば漢方薬の材料として、恐竜の骨も重宝されたというから、さもありなんだ。

一方の飛龍の鱗革については防具として活用できる。

軽くそして丈夫だ。その防御力に関しては戦って体験した俺が身をもって保証できるぜ。

「骨は顔を除く部位が揃っている」

「顔はどうされたんですか？」

「村の武威《ぶい》を示す目的で、義母上が手元に残した。鱗の方はしっかりと持って来ているので、改めろ」

「こちらは最終仕上げを済ませれば良質な防具になるでしょうね」

うちではやりませんが。とゴブリンの丁稚《でっち》が笑って納得していた。

荷台の上に乗ったゴブリン丁稚が、その他の部位を改めながら骨やら何やらをひっくり返している。

「いくらで引き取るか」

「顔の剥製《はくせい》まであればきっといい値段になったんですがねえ」

「そうか」

「まあ、ブルカ辺境伯金貨二〇枚と、修道会銀貨で五枚といったところでしょうか」

「わかった。それでいい」

ふたりのやり取りを俺が見ていると疑問が湧いてくる。ギムルは商会のゴブリンと交渉らしい交渉をひとつもしなかったのだ。

もう少しごねておけば取り分の金貨は増えたのじゃないだろうかと思うわけだ。

商売気がなさ過ぎて不安になっている俺の隣で、まるで興味がなさそうなニシカさんは暑いのかブラウスの胸元を少し広げてバタバタしていた。

ガン見してやると、ニシカさんはとても嫌そうな顔をしたのでバレたらしい。

「おい、あんま見るなよ」

「見せるためにやってたんじゃないんですか。サービスだと思いました」

「んなわきゃねえだろ。ジロジロ見られるとこっちも気になるんだよ」

おっぱい大きいの気にしているのだろうか。

「気になるといえばですよ、ギムルさんは交渉とかしないんですね。もう少しふっかけてやればいいのに」

「馬鹿お前、ブルカ伯金貨で二〇枚といえば大金じゃねえか。柔らかいパンと肉のスープが一〇年間毎日食べられるんだぞ！」

「そうなんですか。それってどれぐらいの価値なんすか」

「飛龍の防具一式が何と二〇セットも作れるぐらい大金だ！　だから十分もらっているはずだ」

「本当っすか？　ニシカさんは狩りの事しか知らないから、怪しいなぁ」

「お、オレを馬鹿にしたな？　オレだって金の数え方ぐらい知っている‼」

よくわからない例えを言ってニシカさんが興奮していた。興奮するたびにばるんばるんいいよるわ。俺も興奮しちゃうね！

そんな俺たちに、ゴブリンが店の奥に入っていくのを見届けてからギムルが振り返った。

「交渉をしなかったのは、大人しくここで相手の要求を飲んでおくと、取引材料にできるからだな」

「あーなるほど。今ここでは損して得取れというわけだったんですね」

「村で入用な道具は基本的に全てここで仕入れているからな。いつもは安く買い叩かれていても、いざという時にこちらの無理難題を聞いてくれるのは普段使いの商会なのだ。一見の店ではそうはいくまい」

なるほどな。ゴブリンが言っていた様にギムルはさすが次期村長という事もあってよく勉強しているのだろう。

俺はむかしとあるベンチャー企業で、決済代行システムを組み込むプロジェクトのメンバーだった事がある。当たり前だがただのバイトでプロジェクトチームが使うフロアの後始末をするだけの簡単なお仕事だったのだが、そこでひとつ上司が言っていた言葉を思い出した。

手数料をあえて高く設定しようとするのには理由がある。土日も充実したサポートをするためだ。

競合他社が安い手数料を売りにしている時、土日も審査を行う事で決済審査の待ち時間をなくせるのだと。

手数料の安い競合他社にはできないサービスである。

なるほどなるほど。この商会を使うという事は、いざ村の危機でもあった時に融通を利かせてくれる事を期待してるんだな。

「安いには理由がある。高いのにも理由があるか。損して得取れ、ひとつ賢くなったな」

俺がそんな事をつぶやいていると、ギムルがおやっと不思議そうな顔をして俺を見ていた。

「何ですか、俺のファッションが猟師スタイルすぎておかしいんですか」

「馬鹿め。小知恵が回るなと警戒していただけだ」

ギムルはそう言ってそっぽを向いた。


場所を移して馬車を預けられる馬車預かり所に持っていく。駄賃を管理人に払うと、今度は宿屋に向かった。

「しかしこうして見ると、ヒトとゴブリンばかりですね。他の種族はいたりしないんですかね？」

「そうだな。オレと同じ長耳がいるかと思ったんだが、同朋はひとりもいねぇ」

馬車を預けて身軽になった俺たちは、人ごみをかき分けながら青年ギムルを盾にして道を練り歩く。

表通りは馬車が走るために広く作られていたけれど、一歩裏路地に入ると、そこは所狭しと露店が並んでいて、よりエキゾチックな雰囲気だった。

ニシカさんと俺が顔を合わせて雑談していた様に、世の中ゴブリンがいっぱいである。

だいたいが使用人として働いているのだが、中には立派な格好をした戦士の様な男たちもいた。

あれがッワクワクゴロさんの言っていた「優れたゴブリンが街にやってきた」結果なのだろう。

冒険者でもやってるのかもしれんね。

「長耳というのは珍しい人間なんですか?」

「いや、エルフは普通に村周辺の集落にいる」

俺の質問にギムルが答えた。

あぁやっぱり長耳はエルフだったのか。

しかしニシカさんは白人っぽいエルフというより黄色人種みたいなエルフだ。紫がかってるけど髪も黒いしな。

黄色エルフね。

「ただブルカの街では珍しいだろう。この辺りのエルフは大概がサルワタの森周辺にいる」

「するとあれですか、エルフというのは街で生活をするのを嫌がって深い森や山野で生活をしていると?ドワーフともめちゃくちゃ仲が悪かったりして」

「お前は馬鹿か。中央に行けばエルフはいっぱいいる。王家はエルフの血を引いているぐらいだぞ」

だそうである。

何で?　って顔をしてニシカさんを見たら、

「お、オレたちの部族はちょっと特別なんだよきっと」

あんたが特別なの黄色いお肌と巨乳だろ。

「それでこのブルカの街は、中央とは離れた辺境都市だからな。高貴な家柄や都会派のエルフはいない」

「なるほど、黄色は蛮族と」

「蛮族じゃねぇ!」

ところで俺は宿屋に何か妙な期待感を込めていたのだが、これは果たして宿といえるのだろうか。

旅館やビジネスホテルなんて贅沢は言わない。せめてちょっとだけゆったりしたカプセルホテルを想像していたのだが、現実は簡易宿泊所だった。

喜びの唄亭というのが俺たちが泊まる宿の名前だ。

村長の義息子ギムルだけはひとり部屋だが、俺とニシカさんは、狭い三畳一間の二段ベッドである。しかもベッドはどう見ても編上げのハンモックの親戚みたいな造りである。

やっとゆっくりできると思ったのはギムルだけで、俺は不慣れなハンモックである。

差別だ！　格差社会だ！

モノの本で読んだ事がある木賃宿だった。

「とりあえず旅荷を解いたら、飯を食いに出るぞ。貴重品は持ってくるんだ」

「裸一貫で村から出てきた俺が、狐皮の腰巻き以上に豪華なものなんて持ってませんよ」

「黙れ、その短剣は持ってくるのだ」

俺はあんたの護衛だからね、一応肌身離さないよ。

◆

午後の昼下がり。俺たちは宿屋、喜びの唄停を出て飯にする。

食堂の様なところに行くのかと思ったら、屋台の買い食いだった。

空き樽に腰掛けて、硬いパンに肉を挟んだだけのサンドイッチみたいなのと、野菜の煮込みスープを回し飲みした。

この世界の豆知識だが、野菜は絶対に生で食べない。寄生虫や病原菌が恐ろしいので、必ず火を通すのである。

アテが外れたのかニシカさんはご不満の様だ。

「都会の飯はもっと美味いと思ったが、たいした事ねぇな」

「いい店に入れば、いいものが食えるんでしょうけどね。酒場とか行ってみたいですねぇ」

「酒場！」

ばるんと胸を揺さぶってニシカさんが歓喜したが、あえなくギムルが否定する。

「駄目だ。まだ時間があるので、これから冒険者ギルドに行く」

「おい馬鹿言っちゃいけない。酒の一杯ぐらいは引っかけたって問題ないだろう」

「駄目だ。お前は無一文でここに来ているのだ。誰が宿賃を払っていると思ってるんだ」

ふたりのやり取りを見ながら、俺はぶどう酒をすすった。

「何でシューターだけぶどう酒を飲んでるんだ！　オレ様にも呑ませやがれ！」

「いやこれは自分の金で飲んでますから」

いきなりニシカさんに絡まれたのできっぱり否定する。金は女村長が手間賃といって工面してくれた銅貨である。誰がやるか。

「おい、何だっけ。こ、こういう時は損して得取れだぞ。ここはひとつ黙ってオレに酒を奢《おご》れ」

「何言ってるんだあんたは」

「ここで損した気分になるかもしれないが、オレに後で何か要求しろ。そしたらお前は幸せになれる」

「はあ、さっきの商会の話ですか」

「だから今はまずオレをだな。幸せにさせるんだ」

ワイバーン狩りで見せた頼もしさはどこへやら、鱗裂きとは思えない様なセコい口上を口にしたニシカさんに俺は呆れて、ぶどう酒の瓶を差し出した。

「もういいです。後はニシカさんが飲んでくださいよ。俺はもう喉を潤したんで」

「いいのか？　本当にいいのか?!　あっ後で返せとか言ってももうオレのもんだからなっ」

「言わないですよ。その代わり後日、得を取ります」

ニシカさんは大変嬉しそうに瓶を受け取ると、ひと息にグビグビ呷《あお》った。

クックック、今度何してもらおうかな。

「うまい！」

「この女は赤鼻のニシカなんて二つ名があってな、酒が好物なんだ」

「その様ですね。それにしても赤鼻のニシカか。鱗裂きよりそっちの方がぴったりですね」

「しかも酒にだらしない。あまり飲ませるなよ」

さて、俺たちはお仕事にとりかかりましょうかね。

冒険者ギルドに行き、腕利きの猟師とか紹介してもらわないといけない。

「おい、冒険者ギルドには酒場があると聞いたぞ！　ギムルそこで飲もうぜ！」

赤鼻のニシカ駄目だこれ……


冒険者ギルドという場所は、はじめ俺の頭の中で西部劇の酒場風のイメージがあったのだが、半分あたっている様で半分間違っていた。

銀行の窓口みたいな場所だ。

何でも、元々冒険者ギルドの出発点は、職業案内所だったそうだ。

日銭暮らしをしている無頼の傭兵や冒険者たち、はたまた雇われ人足や猟師たちの集まる場所だったのだ。

建物の造りは西部劇の酒場か娼館《しょうかん》みたいな風になっているんだが、壁とその他にパーテーションがあって、そこに所狭しと掲示板が張り出されている。

カウンターはモンスターをハントするゲームの様に受付嬢がいるわけではなく、どちらかというと商人風の口の立つ男性が多い様だった。

このカウンターと別に、相談員みたいなのが座っている場所があって、そこにも人間が何人かいる。

もっと村にやってきたバイキングみたいな冒険者どもがひしめき合っている場所を想像したのに、普通の民間人の老若男女も結構集まっていた。

なるほど冒険者ギルドとして機能しながらも、かつての職業案内所としても引き続き機能しているのか。

「酒場はどこにあるんだ。酒の匂いがしないぞ？」

キョロキョロと辺りを見回しているニシカさんを無視して、俺たちは予定を詰めた。

「これから俺は相談員のところに事情を話しに行く。しばらく時間がかかるから、隣でニシカの相手をしているといい」

「事情というと、猟師と開拓団の話をですか。どっちかというと俺もそっちの方が気になるんですよねえ」

「しかし赤鼻をひとりにもさせられないだろう」

「おい、酒場に行くのか？　なぁ少しだけでいい、飲んでもいいだろう？　なあ」

「確かにそうですね。赤鼻さん行きますよ、場所は隣の建物でしたね？」

俺の腕をグイグイ引っ張るニシカさんを連れて、ギムルと別れた。

「おい知ってるかシューター、街ではビールが飲めるらしいぞ。村ではぶどう酒と芋酒ばかりだからな。オレはいい酒が飲みたいぞ」

「一杯だけですよ？　俺だって金の使い道は決まっているんだから」

皮の巾着袋をジャリンと言わせて、しなをつくって上目遣いをしてくるニシカさんをけん制した。

「わ、わかってるって。噂《うわさ》のビールを、一杯だけな。あと何かツマミがあればオレはそれで満足だ」

「へいへいわかりました。その代わり今度、風の魔法も教えてくださいよ。さっきの貸しとは別にです」

「いいだろう。お前が使いこなせるならな」

本当は村長の命令で、新しく猟師たちのリーダーになり忙しくなったッワクワクゴロさんに代わって、ニシカさんが俺の教育係になっているのをちゃん俺は知っていた。

こんなビール一杯で取引をしなくたって、本当は当然の権利として狩猟技術を教えてもらえるはずなのだが、ここはひとととひとの関係である。

というわけでギルドに隣接する建物に来ると、カウンターで代金を払い酒と味の濃い干し肉を受け取った。

俺たちはそのまま丸太を加工して作ったテーブルと椅子に座る。

不味い。

ビールはぬるくて不味かった。不純物も多く、何だか濁っているのもいただけない。

ジョッキは樽と金具でこさえた、いかにもドイツかどこか風の雰囲気のあるものなのだが、そもそも俺はラガービールで育ったのだ。あるいは贅沢をする時にベルギービールを飲んだりするのが楽しみだった。

しかしこれは、よくわからない発泡した麦酒にサクランボを漬け込んだ謎のドリンコだ。

「いいじゃねえか。このビールってのは芋とぶどう以外の味がついてるぞ！」

「そうですかよかったですね。俺のも飲みますか？」

「マジかよ。じゃあありがたくもらおうか」

遠慮の欠片もないニシカさんにビールを差し出して、俺は味の濃い干し肉をぼそぼそと噛んだ。

ビーフジャーキーを期待したが、こっちもスルメみたいな味でがっかりだ。

悲しくなった俺は、ニシカさんがテーブルに置いた水筒の水を飲んで噴き出した。

「焼酎だコレ！」

さすが赤鼻ニシカ。侮れないぜ。

しばらくすると。

しかめ面したギムルが、自分のジョッキを持って俺たちのところに合流してきた。

「要件は済みましたか？」

「ああ、欲しい人員の募集を貼り出してもらう様に手配した」

「それは何よりですね。これで村に戻るんですか？」

「そうしたいのだが、このまま村の開拓を本格的にやっていくのなら、村にもギルドの出張所を置くべきではないかと言われた」

「冒険者ギルドの、ですか」

「そうだ。毎回街に人を派遣してもらうより、何人か常駐の冒険者を置く方が都合がいいというのだ。例のワイバーンの事もあるしな」

ぐびぐびとビールを呷って泡を服の袖で拭いたギムルを見て、俺は返事をした。

俺の隣のニシカさんは、相変わらずビールを「うまい、うまい」と言って飲んでいるので無視をする。

「今後も開拓を続けると、ワイバーンと遭遇する機会が増えるかもしれませんしね。ユルドラさんでしたか、妻の父親の事もありますし」

これは飲んだくれのニシカさんが以前言っていた事だったか。開拓が進んで獲物がバッティングする様になったワイバーンと人間が、こうしてたびたび遭遇しているのだと。

「そうだ。そこでお前の出番だ」

「？」

「村の基盤となる敷地と開墾は、すでに三〇年をかけて義母上と死んだ親父が成し遂げた。後は開拓を推し進めるために移民を募る必要があり、移民を護衛できる冒険者も村に欲しい。だが誰でもいいというわけではない」

「すると俺が冒険者になるというわけですかね？」

「それもいいだろう、村長が許すならばな。だがそれよりも、お前の戦士の腕を見込んで、何人か面接をしてもらいたい」

「はあ」

「ようは試合の相手をすればいい」

「え？　俺がですか？」

俺は素っ頓狂な声を出した。

ニシカさんは隣で干し肉をかじっていた。

「どういう事ですか試合って」

「言葉通り、お前が軽く揉んでやって相手の腕前を確認してくれればいい。簡単な仕事だ」

ビールをグビリとひと口含んだギムルに向かって、俺は抗議した。

揉んでくれとか簡単な事を言ってくれるじゃないの！　相手は冒険者なんだろ？

「いいですか、俺は妻の胸もまだ揉んだ事がないんですよ！　荒くれどもの冒険者の相手だなんて冗談じゃない。揉むどころか揉まれて死にますよ。ニシカさんも何とか言ってくださいよ！」

「お、お願いされてもオレの胸は揉ませないからなっ！」

酔った赤鼻のニシカさんはおかしなことを言っていた。

「何をビビる事があるか。お前は以前、天秤棒で俺を倒した事があっただろう。あれと同じ事をやればいい。

面接では全力で志願者が襲いかかってくるから、それを倒せばいいのだ」

全力の相手に天秤棒なのかよ。

「他の武器はないのですか？」

「心配するな。相手が怪我をしても、新鮮なうちはギルドの司祭が治療してくれるからな」

こいつ意趣返しのつもりか。以前俺がボコった事を根に持ってるんじゃねえだろな?!

俺が不信感いっぱいの視線をギムルに送ると、筋骨隆々の肩をゆすってギムルが白い歯を見せた。

「お前は強い。我が村一番の優秀な戦士だからな、期待している」

その白い歯の意味はどっちだよ?! 恨みか？ 期待か?!


俺は今、天秤棒を持って立っている。

「おう、いつでもかかってこいや」

そして目の前にはバイキングの様なヒゲ面の中年がいる。上半身裸だが、ムキムキである。アメリカのプロレスラーみたいな体型だった。

ここはギルドの裏にある練兵場、俺は猟師スタイルで武器は天秤棒。

相手は鉞《まさかり》だ。

ちょっと武器が違いすぎやしませんかね？ 天秤棒じゃバキっと折れてしまいませんかね？

「よし、シューターよ。軽く相手をしてやれ！」

お前ギムル他人事だと思って適当こいてんじゃねえよ！ お前がやれよ！

ニシカさんはビールジョッキを片手に「うまい、うまい」と言っていた……

助けてよ！

「お前から来ねぇなら、こっちから行くぞ。おらぁ！」

上半身裸の男が鉞まさかりをぐいんと頭上で山をきって、咆えた。

でかい、この男やはりアメリカのプロレスラーみたいな体格だ。身長は一九〇センチは間違いなくあるんじゃないだろうかという巨漢で、のっそりとした動きで攻め立ててきた。

冗談じゃない！

むかし俺はある空手団体の強化選手のスパーリングパートナー兼トレーナーをやっていた事がある。

強化選手といえば全国大会でも優秀な成績を残せる猛者《もさ》だが、そんなのを相手に朝から晩まで練習に付き合わされたのはとてもいい迷惑だった。

何しろ俺は県大会三位止まりの雑魚だからな、しかも型の方が専門だ。

しかし型が得意であるという事は自分自身の所作が基本に忠実であり、裏返せば選手の動きをしっかりと指摘できる。

確かに俺が村のために常駐させる冒険者選びを任されたのは正しい適材適所なんだろう。

だが、痛いのは誰だっていやだ。

強化選手のスパーリングパートナーをやっていた頃、俺は打ち身や筋肉痛に耐えかねて、象やサイとか大型草食哺乳類に使うという動物用軟膏が手放せなかったものだ。

大型動物用軟膏だぞ?!

と、警戒していたが拍子抜けだった。

鉞はもちろん、本物の武器である。

半裸冒険者はタッパもあり、筋力も優れていた。それを最大限に生かす武器として鉞はよく考えられた得物だといえるだろう。

格闘技や武道が大好きで、さまざまな経験をしていた俺が応用が利く棒術に頼るのと似ているだろう。

ただしこの半裸冒険者は普段めっぽう力任せの戦い方をしていると見えて、やや動きが粗雑で、腰の落とし具合も緩慢だ。

冷静になれば最初の初撃は避けられた。

「殺す気か！」

それでもあたれば腕一本ぐらいバッサリやられかねないので、こちらも必死だ。

怯えが出るとこちらも一気に動きが硬くなるので、自分に俺は大丈夫だと言い聞かせながら一歩踏み込んで戦う事にした。

鉞は、言わば棒の柄の先端に斧刃がついているロングリーチの武器だ。相手の懐に入ってしまえば、先端の重みで一撃を決めるタイプのあの武器は威力半減である。

足払いで転ばすのもいい。

そんな事を考えながら、俺は無意識に体を動かしていた。

むかし取った杵柄というやつで、何度も練習した動きは簡単に体から抜け落ちないらしい。

袈裟《けさ》にぶるんと振り回されると、一歩下がりながら天秤棒で払い、前に踏み込み返す。

相手が胴薙ぎにもう一撃かまそうとするところを、棒の柄で脇腹を突く。

痛かろう。「ぬおっ」とか悲鳴を上げた冒険者に、俺はそのまま体重を乗せて押し込んでやった。

冒険者は転がった。

「やったなシューター！　お前、さすが戦士だけあって強いじゃねえか！」

まるで他人事、ビールジョッキを天に突き上げて喜ぶ赤鼻ニシカさんを無視して、俺は冒険者を助け起こした。

「いつつっ、すまん助かる」

「あんたもなかなか剛腕だったな。もう少し足腰を鍛えると縦深の戦い方が楽になるぞ」

「そうか。足腰か」

「足腰は武器を扱う基本だからな」

そんな短いやり取りを半裸の巨漢と交わして、握手した。

こんなタイプの男はたぶんゴロゴロいるだろうから、採用するかは保留だ。

ちょっと面接官をやるのが楽しくなってきた俺は、ギムルと目くばせして「これでいいか?」と確認の視線を送った。

「次は女だ。細剣の使い手だが、お前はそのまま天秤棒でいくのか」

「マジかよ女かよ。いや、腰の短剣でお願いします」

でっかい半裸中年冒険者に代わって、今度は女だ。

村に現れた冒険者がバイキング仕様だったので、女冒険者は珍しいのかと思っていたが。

うん。ヴィーナスやヴァルキリーという言葉で想像できる女性像を期待してはいけないな。

アマゾン。アマゾネス。いやカマゾネス?!

痩せてはいるが短髪で、男みたいな体格だ。顔も男だ。

よく見たらヒゲが生えているんじゃないかと疑ってしまう様なオトコマエだ。そのおっぱいは大胸筋プロテクトと呼ぶべきだ!

「あんたを倒せばあたしは採用なのかい?」

「お手柔らかにお願いします」

「フン、あたしに勝とうなんて思っているのか。一〇年早いよ!」

言葉とともに斬りかかってくるカマゾンさんの一撃は鋭かった。

やばい。

突きを主体として足捌きも軽やかに。攻守の連係ができている。俺はあわてて縦深の攻撃に対応する様に体捌きの動きを心がけた。円だ。相手が来たら、相手の斜め前に出る。

これで逃げ切るぞ！

と思っていたら、チョッキの前を細剣が走り抜けた。

「どうした。攻めてこないのかい？」

「ひい。このひと殺す気マンマンなんですけど？」

「逃げ続けるなら服をズタズタにしてやるよ！」

「冗談じゃねえ！」

カマゾネスはその体格に似合わない細い剣で、今度は確実に喉元を狙ってくる、と見せかけてフェイントだ。

今度は脇腹辺りに剣先を差し込んできた。

俺は咄嗟に短剣で払ったが、大事な狐毛の腰巻きのファーが数十本切り取られた。

やめろ！　やめてくれ！

また服が台無しになってしまう。俺の一張羅だぞ！

「待った、タンマ、ストップストップ!!」

「どうした降参かい？　案外あっさり負けを認めたね」

「違うんです。ちょっとタイムです。まず服を脱ぎます。それから次に俺も本気を出します！」

あわてて両手を広げてオトコマエな姉さんの動きを封じると、チョッキと腰巻きを外した。

愛妻に縫ってもらったヒモパンは絶対に失わせない。

せっかくのヒモパンが台無しになったら、妻に合わせる顔がないじゃないか。

「よしこれでいい」

脱いだ服を丸めてニシカさんに渡すと、酔っているのか鼻先だけでなく頬まで赤くなった彼女が驚いた顔をしていた。

「早く受け取ってくださいよニシカさん。相手を待たせてるんです」

「え、だってでも。何でパンツをオレに渡すんだ。脱ぎたてだぞこれっ」

「いいから早くく」

俺は身軽になったその姿で、首に紅スカーフと短剣一本という出で立ちで改めて勝負を再開した。

「お待たせしました。さあ、いつでもどこからでもかかってきなさい！」

「キャァー変態!!」

都会の女冒険者は案外ウブらしい。


という具合に冒険者を相手し終わった。

宿屋に帰る道すがら。

ギムルと相談しながら誰を選ぶのか、あるいはもっと他を探すのか話し合った。

「冒険者に求められる基準か？」

「そうです。ただ強いだけなら、たぶんあのカマゾン……いえメスゴリ……お名前何でしたっけ」

「エレクトラだ」

「そう、あの細剣の遣い手のエレクトラさんが一番だと思うわけですよ」

ただ腕っぷしがあるとか、対人戦に優れているとかだけじゃ駄目なんじゃないかと思う。むしろ冒険者には村周辺のモンスターの相手もしてもらわなくちゃいけない。

「そういう意味では問題を起こさない人間を雇い入れるのがいいな」

「けどよぅ、冒険者ってのはどいつもこいつも荒くれ者なんだろ？」

「確かにそうだ。贅沢は言えない」

ギムルとニシカさんが言い合う。

冒険者はやっぱり荒くれ揃いだよな。確かに贅沢は言えない。

「まあ、あのふたりは面接をした後の態度も悪いものではなかったですよ」

「うむ。エレクトラはそれどころではなかったが」

喜びの唄亭の前に到着する。

「では明日、採用の話をあの二人に告げよう。後は引き続きもう少しだけ使えそうな人間をあたってくれ」

「わかりました。俺たちいつまで街で過ごすんですかね。帰るなら妻にお土産を買いたいんですよ」

「そうだな！　まだブルカに来て一日だし、オレ様もまだ街の観光を十分に堪能してないぞ」

ニシカさんが名残惜しそうに言った。

「俺は冒険者ふたりと先に村に戻る。お前はこの街にしばらく残れ」

「え？」

「さっきも言ったが、冒険者を探すのに専念しろ。猟師と開拓移民については、すぐに集まるものではないのでこのまま冒険者ギルドで募集をかけてもらう。だが、よそ者を招き入れるのは慎重でなければならない。お前の眼で、できるだけ村でやっていけそうな人間を見定めてくれ」

「え、ええそれはもう」

「猟師と開拓団については進捗があれば、伝書鳩を使え。冒険者ギルドに鳩舎《きゅうしゃ》がある」

「わかりました……けど、ギムルさんの護衛はどうすれば？」

「これから雇う冒険者がいるだろう。護衛は問題ない」

そう言ってギムルが皮の巾着袋を俺に出した。

ずっしりと重い。

中を見ればさすがに金貨というわけではなかったが、修道なんとか銀貨と呼ばれていたものと、また別の銀貨、銅貨が詰まっていた。

「滞在の駄賃だ。足りない分は自弁で何とか稼げ。ここで仕事をこなせば、村長から別の報酬が出るだろう」

「いいんですかこんなに」

「逃げるなよ。逃げれば追っ手をかける」

「……しませんよ、そんな事」

俺は脳裏に、おっさんに逃げる計画を持ちかけられた事を思い出してぞっとした。

ギムルが頭の上で腕を組んでいたニシカさんを見やった。腕を持ち上げると、胸が天を突いておるわ。

でかい迫真。

「赤鼻、お前はどうするつもりだ？」

「しばらくブルカを観光して堪能したら、集落に帰るぜ」

「金はどうするんだ？」

「シューターが持ってるだろ？」

「これは俺のですから……」

ニシカさん、今後も俺にたかるつもりだったのかよ！

「お前は自弁で何とかしろ」

「えー何でだよ！　差別だろ絶対！　何でシューターだけいいんだよ?!」

「駄目だ。これは公金だ」

ニシカさんはとても悲しい顔をして、宿の相部屋へと戻っていった。

悲し顔したって、絶対同情しないんだからなっ。酒は奢ってやらないんだからな！

◆

喜びの唄亭に戻った俺たちは、それぞれの部屋に入った。

ギムルは四畳半ほどだがちゃんとしたシングルの部屋。木でこしらえたベッドに、机と椅子がちゃんとあるまともなビジネスクラス。

俺たちの部屋は三畳一間に釣り床二段ベッドだ。机と椅子なんて豪華なものはなくて、部屋の中には灯りもない。

唯一部屋に光源をもたらしてくれる窓は、まだまだ宵の口とばかりに人々の往来と喧噪を風に乗せてもたらす。道沿いの灯りがわずかに俺たちの足元を照らしてくれた。

「どっちにする。オレは断然上がいいぜ！」

「どっちでもいいですけどね。俺は下がいいかな」

何の話かといえば、上下段どちらで自分が寝るのかである。

むかし俺がとある料理屋の住み込みをしていた頃の話だが、先輩料理人は必ず二段、三段ベッドの下を使っていた。

寝ぼけている時に、小さなはしごの上り下りはとても面倒臭かったからだ。必ず悪酔いする人間が出てきて、ベッドに登れないやつが現れる。

先輩たちはそういう事を経験的に心得ているから、新しい部屋割りになるとすぐに下の段を希望する。あるいはベテランの料理人が抜けると、ベッドの下段にお引越しをするわけである。

ところでこの喜びの唄亭の二段ベッドには、はしごがなかった。

とても不親切だが、もし選べば自力でこの上に登らなければならないわけである。呑むなら下の段の方が楽なんだよね……

「じゃあオレ様が上だ！　シューターはオレ様に見下ろされながら生活をするわけだぜ。あっはっは」

「馬鹿と何とかは高いところが好きなんて言葉が、俺の故郷にあります」

「ばっ馬鹿と何とかって何だよ！」

「阿呆だったかな？　間抜けだったかな？」

「何だテメェ、オレを今馬鹿にしたな？　オレはサルワタ一番の飛龍殺しだぞ！　オレ様の二つ名を言ってみろ！」

「赤鼻かな？」

「キーッ!!!」

そう返事した俺にとても怒ったニシカさんがぽこぽこ拳を振り回すのを無視して、俺はぬるま湯の入ったオケを廊下から持ち込んだ。

「何だお前、何で服を脱ぐ」

「体を拭くんです」

受付カウンターにいたゴブリンの番台さんに、代金を払って湯を購入したのだ。

清潔な布とへちまのたわし、そして湯は体を綺麗にするためのセットである。

ニシカさんが落ち着くまで相手にしていたら、せっかくのお湯がもったいない。そう思って俺はさっさと服を脱ぎ出した。

普段から村では全裸だったので、今さら見られたってどうってことはない。

ついでにニシカさんを軽くからかってやるつもりだったのだ。

「そうだな、湯が冷めないうちに体を洗わないと風邪ひくもんな」

「おっえ？　ええええ？」

ところが同時にニシカさんまで脱ぎ出した。

チョッキを脱いで釣り床に放り投げると、革のホットパンツに手をかけ、そしてブラウスのボタンを外す。

よく見るとブラウスのボタンは小さな獣の牙を削り出したものらしくおしゃれだった。ブラウスのボタンを外し終わったところで、ぴたりと手を止めた。

お、先にパンツを脱ぐか。重畳。

ヒモパンはこのファンタジー世界では標準装備なのかと思っていると、最後にブラウスを脱いだ。

ぶるりん。裸と裸のお付き合い。

そんなわきゃねえ！

「おい、背中を流してやるから座れ」

「えーでも俺。妻を村に残している身分ですので」

「だから小綺麗にしとけって言ってるんだよ。おう、帰る前に街で服を買うといいぞ」

「そうですね。妻への土産と自分の服と、って。やばくないですかね」

「いいから座れ！　湯が冷めちまう」

椅子もない狭い部屋なので、桶のふちに腰を下ろした。

ケツに食い込むが少々のガマン。

前髪をピンか何かで留める様にして腕を上げたニシカさんのわきが見えた。わき毛だ。異世界人はわき毛を処理しないらしい。

俺は新しいフェチに芽生えそうになった。

「前は自分で洗えよ」

「わ、わかっています」

湯を絞ったへちまのたわしをひとつ、ニシカさんが寄越した。

そして俺の背中にニシカさんのたわしが這う。

「あの、あんまり優しく撫でられると気持ちよくなってしまうんですけど」

「体を洗ってさっぱり気持ちよくなるのは当たり前だろうが。こそばゆいなら我慢しろよー」

「同じところを何度もやるのは、何でなんでしょうね」

「しっかり垢《あか》を落とすためだよバッカ。しかしシューターー、お前無駄に背中デカいな」

「男ですからね。男の背中はデカいもんです」

この部屋は暗いからいい。

暗くなければもっと俺は興奮したかもしれない。いや、暗いので余計に今興奮しているのかもしれない。

しかしこれはこの世界で普通の事なのだろうか。

俺は恥ずかしながら大人になってこのかた、浅い関係の女性とひとつ屋根の下で過ごした事はない。

つまり浅い関係の異性と浅からぬ仲になった事がないわけだ。

遊びダメ絶対、というよりも遊ぶ金モッタイナイ。

フリーターはお金に余裕がないのでこれはしょうがないのだ。

「よし交代だ。今度はお前がオレの背中を洗っておくれよ」

「え、いいんですかね。俺頑張っちゃいますよ？」

「当たり前だろ、ギブアンドテイクだぜ。やれよな」

振り返りざま。暗がりの中でニシカさんの暴力的な胸が見えた。

暗いのが憎たらしかった。

「俺、何やってるんでしょうね。妻の柔肌にも触れた事がないのに、ニシカさんの背中流してるんですよ」

「こんぐらい普通だろ。別にやましい事やってるわけじゃねえし、お前なんか全裸を貴ぶ部族出身のくせに」

「ご、誤解ですよ。裸は女性に限るのです！」

最後に足を湯につけて、よくほぐしながら洗う。

そんな事をやっていると、ドンドン、と宿部屋のドアを叩く音がして、勝手にドアが解放された。

ちょっと待って俺たち今全裸なんですよ特にニシカさん全裸！

プライバシーもへったくれもない異世界人は誰だとあわてて視線を送ると、犯人はギムルだった。

「ぎ、ギムルさん?!」

「おう。シューターお前に話がある」

「ようギムルの旦那。オレたちゃ風呂の最中だからちょっと待ってくれ」

「わかった。後で俺の部屋に来い」

ギィバタン。

何もおかしい事はないという風にギムルは去って行った。

「へ、変な誤解とかされてないでしょうね。俺には新妻がいるんです」

「何か問題があるのか？」

「問題があったら問題なんですよ！」

俺はとても恥ずかしい気分になって桶から飛び出すと服を着た。

◆

青年ギムルの部屋を訪ねる。

時計のない生活を続けているので時刻は定かではないが、体感的には陽が落ちて一、二時間というところだから、春なら八時頃だろうか。

ドアをノックして「入れ」という言葉を聞いてから、中に入る。

「失礼します」

「待っていたぞ」

「先ほどは恥ずかしいところをお見せして……」

「全裸のお前でも恥ずかしがる事があるんだな。驚いた」

「ちょっとやましい気持ちがあったから、ですねえ」

俺はテレテレしながらドアを閉める。

青年ギムルは筋骨隆々の体を縮こめて、安っぽい机に向かっていた。手元には蝋燭《ろうそく》と紙。

「冒険者ギルドに提出する書類を書いていた」

「遅くまで大変ですね。おふたりを受け入れる件ですか？」

「違う。それは口頭でいい。まあ座れ」

寝台を指示したギムルに従って俺は腰を下ろした。

「お前をギルド会員に推薦する書状だ」

「……あれ、村長さまのご許可をいただいてからという話だったんじゃゃ？」

「お前が残るなら、日銭を稼ぐ必要がある。それにお前も冒険者を経験しながら人集めをした方がいいんじゃないか。義母上には俺から言っておくので安心しろ」

「なるほど、お気遣いありがとうございます」

「書状は、ギルドには俺たちの村出身のコミュニティーもあるので、ギルドとそこへの顔繋ぎだ」

青年ギムルは俺に紙面を寄越した。ここはファンタジー世界なので羊皮紙を期待したところだが、再生紙みたいな出来の悪い麻紙だった。いや再生紙よりも程度が悪いな。

モノの本によれば、エジプトのパピルスは非常に手間のかかる工程を踏むので、あまり量産には向かなかったらしい。してみると、これは別の技術で作られているのだろうか。

ところで俺には、見せられた紙面の文字が、

「読めません。何と書いてあるんですか？」

「サルワタの開拓村で猟師をしているシューターという男と、ニシカという女をよろしく頼むと書いてある。ふたりは出稼ぎに来ているのでしばらく街に滞在する費用を稼ぐ必要があるとな。それから俺の代理人である旨も書いてあるので、悪さはしないように」

「も、もちろんです。ギムルさんにご迷惑はおかけしない様にします」

俺はあわてて苦笑いした。

「それで、もしよろしければなのですが。妻に伝言をお願いしたいのです」

「ん、何だ言ってみろ」

「妻はその、字は読めないでしょうか」

「お前の嫁なのにそんな事も知らないのか。読めないだろう」

「何しろ新妻ですので……」

「チッ、夫婦揃って無学め」

もじもじしながら俺が返事をすると、ギムルは悪態をついて新しく小さな紙を用意した。インク壺に羽根ペンをつけて俺に向き直る。

「言え。俺が代筆してやる」

「え、でも。妻も読めないんですよね？」

「俺が代読してやる。早く言え」

とんだツンデレ青年である。

本当にデレて欲しいのは女子だけなんだけなんだがなぁ。

「前略、カサンドラはお元気ですか。こちらはよろしくやっております。ブルカの街はとても大きいです。夜も灯火があちこち溢れて、都会の雰囲気に圧倒されますが、飯はカサンドラの作ったものが一番です。ところでギムルさんの命令で街にしばらく滞在す――」

「長い。紙は貴重だ、短くまとめろ」

「は、はい……」

「早くしろ」

所用により滞在延期となりました。早く逢いたいですがこれも役務です。愛する妻へ
「こ、これでいいですか。てれてれ」

「いいだろう」

「明日、妻に土産を買いますのでそれと一緒に渡してやってください。何がいいかな？」

そう言って手紙を乾かすために放置すると、ギムルは向き直って酒の瓶を出してきた。

「さて、話があると言ったが」

「き、聞きましょう?」

青年ギムルが改まった顔をするので、俺はちょっとビビった。

もしや前々から俺の事が気に入らなかったとかそんな事を言い出すのではないか、と思ったのだ。俺が村にやってきた頃のギムルは、俺を警戒して、確実に嫌がらせをやっていた様な気がする。今でも、女村長が俺に目をかけている事について、あまりいい気分ではないのかもしれない。

何か釘《くぎ》を刺されるのだろうか。

「呑むか」

「いただきましょう」

「いつぞやぶどう酒を奪ったわびだ。遠慮なく呑め」

「ああ、あれはギムルさんの顔が潰されておあいこだったじゃないですか」

「それでは俺の気持ちがおさまらんからな」

ずいとぶどう酒の瓶を勧めてきた。

ここまでされたら呑まないのも悪い。この世界のビールはまだ馴染まないので、皮粕だらけのぶどう酒の方が俺の口には合う。

「俺たちの村は、荒れ放題の山野から親父と跡を継いだ義母上が三〇年にわたって切り開いてきた場所だ」

ギムルが酒を舐める俺を見ながら突如語りだした。

「ええ、伺った事があります」

「赤鼻に聞け」

「何もなければ、俺か、弟か妹が継ぐことになるだろう」

「まあそうですね。ギムルさんにはご兄弟がおられましたか」

「今はいないが、後日はわからぬ」

「あれ、失礼ですが村長さまは不妊なのでは……」

「義母上が言ったのか？」

ジロリと見られて俺は萎縮した。

確か商会のゴブリンも言っていたし、この事はッワクワクゴロさんも知っていた事だ。

顔をそらした瞬間に、筋骨を揺さぶってギムルが面をしかめた。

「あの猿人間が言ったのだな。口の軽いゴブリンめ」

「も、黙秘します」

「いい。だがそれは事実ではない。もしかすると義母上は言い寄る人間を避けるために、そういう噂を流したのだろう」

「するとギムルさんは村長さまが不妊ではないと？」

「当たり前だ。もし不妊ならば教会堂の助祭が治療にあたっている」

言葉を区切ったギムルが、自らも酒の瓶を口に運んでひと息ついた。

「はっきり言う。俺はよそ者が嫌いだ」

「………」

「村は俺たちの家族が育て上げてきたものだ。村人は俺たちの家族だ。よそ者はそれを、俺たちから奪おうとしている」

押し殺した声でギムルが言ったのを聞いて、俺はとても恐ろしくなった。

何か過去の経験がそう言わせているのだろう。

「義母上がまだ若いというのをいい事に、周辺の領主や村長たちが、義母上に言い寄ってきた事もある。騎士と名乗って己を売り込んできた馬鹿者もいた。それらは俺が力ずくで排除した」

ギムルは剣の腕こそ素人剣法だったが、この通り筋骨隆々で腕っぷしは確かだ。称号だけは騎士の下手な男よりは確かに強いだろう。

「だから俺を警戒していたのですか」

「その点はすまん事をしたと思った。お前はただの全裸だった」

「ただの全裸でしたね。何の意図もなく林の中をさまよっていましたから……」

「俺に協力しろとは言わん。義母上に協力してくれ。俺は亡き親父と義母上を敬愛している。村の開拓は俺たちの手で成さねばならん。誰にも、渡す気などない」

なるほどこの男。前々から思っていた様に相当のマザコンだった。

まあ美人で切れ者の義母上だ。齢も近ければお姉さんとしての憧れも相当だろう。

そして俺に協力しろかぁ。

俺にできる事なんて、たぶん猟師ぐらいじゃないのかな。あと空手の指導ができます。

妙に熱い視線を送ってくるギムルに俺がきょどきょどしていると、

「バッカそれじゃまず、お前が嫁さんもらって義母ちゃんを安心させることだな。孫ができたら村も安泰だぜ」

突然ドアが開いて、赤鼻もとい鱗裂きのニシカが入ってきた。今は黄ばんだブラウスにヒモパン一枚だけのラフな格好である。

「と、突然何を言い出すのだ。貴様はどうしてここに来た。これは男同士の話だ！」

「お前ケチケチしすぎなんだよ普段から。よぉシューター、これ豚鼠《ぶたねずみ》の団子な、下の食堂でもらってきてやったぜ。あとビールだ！」

その金は誰が払うんだ。もしかしてツケか。俺のサイフをちょろまかしたのか?!

乱入してきたニシカさんは団子とビールの小樽をかかえてドカリと寝台に座ると、

「なんでオレだけノケもんなんだよ。酒飲むなら誘えよなぁ！」

「赤鼻さん酒の匂いには敏感ですね」

「お前はお呼びではない。帰れ」

「うるせぇ！　男はみみっちい事をうだうだ言うな。シューターにわびるのか、協力してもらいてーのかしっかり決めやがれ！」

ニシカさんが俺にウインクひとつ飛ばして笑ってみせた。

ウィンク？　あれ、ニシカさんアイパッチ外してるわ。

「あれ、ニシカさん眼帯は？」

「あー顔洗った時についでに洗って干してきたわ。んな事はどうでもいい」

「いいんですか……」

「それよりこの男、義母ちゃんを他の男に取られるのが嫌なんだぜ。笑っちゃうな！」

とても嫌そうな顔をしたギムルをニシカさんが茶化していた。笑うたびに、ぼよよん揺れよるわ。やめろ、俺の肩に腕を回してくるな！

こうして蝋燭一本で遅くまで酒を呑み、俺たちははじめての街の夜を明かした。

◆

このファンタジー世界に来て、俺は久しぶりに夜更かしをした。

蝋燭は貴重品で、薪もランタンの燃料も貴重品だ。だから村の猟師小屋で生活している時には、陽が落ちるとともに夕飯を食って、さっさと寝仕度をしたものだ。

それが、街で初日の夜を明かしたのは、たぶん元の世界で日付が変わる前後頃だったはずだ。

不思議なもので、したたかに酒を飲んだはずだったがそれでも朝は夜明けとともに目が覚める。

いや、目が覚めたのは俺だけの事だった様だ。

部屋の隅で焚《た》かれている乾燥した草の匂いで目が覚めた。お香なんて贅沢品ではなく、ただの除虫菊を焚いていただけである。蚊取り線香の原材料で、情緒もへったくれもない。

吊り床の下段で目を覚ました俺は、狭苦しいその場で大きく欠伸《あくび》をして、抱き枕をむにゃむにゃとやった。

むにゃ。

柔らかいそれはもうひと寝入りを誘うのに十分だったが、すぐにも俺は覚醒した。

この狭い部屋に抱き枕なんてものはない。

果たしてそれは鱗裂きのニシカだった。ニシカさんの爆乳の片割れだったのだ。

「同衾《どうきん》かよ！」

ひと咆えした俺は飛び起きて、転がる様に吊り床から出た。

確か俺はべろべろに酔ったニシカさんを肩に担いで連れ帰り、無理やり上のベッドに乗せたところまでしっかり記憶がある。

ちゃんとボロボロの毛布をかけてやったところまで記憶にあるので間違いない。

それが、何で、ニシカさんは、下の段にいるんだ！

「おいシューター、酒もってこい！　ふぁ……むにゃ」

夢の中でも酒に溺れているニシカさんは、そんな寝言を言いながら俺がのいた事でできた空きスペースに寝返りをうって、片足を吊り床から放り出した。

よく見ると、このファンタジー世界ではおなじみの糞壺に水溜まりがあった。

ニシカさんが恐らく、トイレのために起床してここで用便した後、俺の吊り床に潜り込んだのだろう。

ラッキースケベなシチュエーションは大いに嬉しいのだが、俺は新妻をもらったばかりの新婚さんである。まだ嫁とも床を共にした事がないのに、ムラムラして間違いがあってはいけないのだ。

「間違い、起きてないだろうな?」

しっかりと装着したヒモパンを確認した。

大丈夫だ、問題ない。

朝から疲れるるシチュエーションに小さくため息をつくと、俺は吊り床に引っかけていたチョッキと腰巻きを取って装着した。

「まったく、朝からびっくりするぜ。あんまり無防備だと襲うからな。いつまでも我慢していられるほど枯れてないいんだぜ……」

「ふん。意気地なしのくせによく言うぜ。むにゃ……」

そんな寝言に俺はドキリとした。起きてるのか?!　とも思ったが、ニシカさんは口を開けて「くかー」といびきをかいている。

冗談半分、本気半分というつもりで口にしたのだが。

それにしても飛龍殺しの長耳女はだらしのない姿だった。

上段の吊り床から垂れ下がる洗濯したアイパッチ数本とヒモパン。

そういえばニシカさんは昨日、眼帯を外していたが酒を見て両眼をキラキラさせていた気がする。

やっぱりファッション眼帯なのだろうか、あるいはふたつ名を名乗るぐらいだから魔眼がどうのという中二病をこじらせているのだろうかね。

馬鹿な事を考えていると、ドアがノックされた。

ギイバタン。

「起きていたか。冒険者ギルドに行くぞ、ついて来い」

いつもの貫頭衣に袖を通した青年ギムルの姿だった。

ちゃんと腰には長剣を差していて、背中には旅荷の詰まったズタ袋が背負われている。

「ニシカさんまだ寝てますけど」

「この女はうるさいので放っておけばいい、先にギルドで冒険者に会い、街の商店で買い物をする」

「わかりました。では俺も荷物は置いて出かけますね」

「その前に連泊する事はカウンターで伝えておくといい。先に料金の前払いだ」

ギムルとそんな話をしながら入口に向かい、連泊の料金を払い終えると冒険者ギルドに向かった。

陽が昇ってまだ一時間と少しくらいしか経っていないというのに、街の人々はすでに盛んに動き出していた。野菜を露店に並べる者、魚や肉を並べる者。鶏の籠を用意する者。

村では見られない光景にちょっとしたエキゾチックさを感じながら、馬車を避け人ごみを回避して、ギルドへと入る。

「昨日、そちらの紹介で面接を行ったふたりについてだが、採用しようと思う。連絡は取れるか。名前はエレクトラという女と、巨漢のダイソンだ」

ギムルがカウンターの受付に話を切り出していた。

その間俺は、せっかくだからギムルに書いてもらった紹介状で冒険者登録でもしようかと思ったが、よく考えればニシカさんがいない。

　チッ、出直すか。

「そのお二人でしたら、いつも午前中にこちらに顔を出しますよ。もうじき来られるでしょうから見かけたらここで待っている様に伝えます」

「そうしてくれ。俺たちは村に戻る前に買い物をしておきたい。市場に出るのでしばらくしたら戻る」

「わかりました。午前中の待ち合わせという事で」

「頼む」

　そんなやり取りを終えて、ギムルが俺に話しかけた。

「朝から食糧以外の土産品は手に入りますかね。妻に何か気の利いたものを買いたいんですよね」

「職人も朝は早いからな、問題ないだろう」

　冒険者ギルドを出ると、先ほどの食糧を売り出していた露店の辻《つじ》とは別の場所を通った。

　こちらは小間物というのだろうか日用品や雑貨、化粧品の類を売る通りだった様だ。

「お詳しいですね、ギムルさん」

「以前、義母上に土産物を求めた事がある」

「なるほど。親孝行ですなぁ。でも一番の親孝行はやはり嫁をもらって孫の顔を見せてあげる事ですよ」

「黙れッ」

　顔を赤くしたギムルがうつむいて小さく吼えた。

　フフン。

　俺も孫の顔を見せていなかったから、お前さんの気持ちはよくわかるぜ。などとは言わなかった。

　うちは上の妹が早くに結婚したおかげでそこは安泰だったしな。ただし子供はしばらく作らない家族計画だったので、そこだけは心配だ。共働きでしばらく貯金を作っておくと言っていたか。無計画な俺と違って、妹夫婦はとても素晴らしいぜ！

思考を巡らせてとても悲しくなった俺は、気持ちを切り替えるべく次々に小間物屋通りを回っていった。

そして。

「……手鏡か」

装飾の施されたかわいらしいもの、シンプルだがとても綺麗な光沢のもの、あるいはその中間のもの。

猟師小屋には鏡はなかった。

まずもって鏡が必要になる生活をしていなかったが、妻もまた女性である。

あればあるで、困るものではない。そんな事を考えながら、いくつもの手鏡を手に取って俺は吟味をはじめた。

女性にプレゼントをするのはどれぐらいぶりだろうか。

革の巾着袋の中身を改めた俺は、売り子の娘に「これをください」と差し出した。修道会銀貨で二枚。決して安い額ではないが、これくらいの贅沢は貧乏暮らしの妻にプレゼントしてもいいだろう。

うん。

「決まったか」

「はい。この手鏡を購入しました」

「見ていたが金は大丈夫なのか」

「そ、村長さまよりいただいたお駄賃をはたけば、たぶん銀貨二枚ぶんぐらいになるはずです。ただ、これで俺の服を買う代金は自分で稼がないといけませんね。滞在費も馬鹿になりませんし」

少し金の計算をしながら手鏡をギムルへ渡した。

べっこう柄の手鏡。少々地味ではあるが、もともとここは異世界なので俺の感覚とこの世界の感覚は違うはずだ。

妻はあまり派手な格好をしていなかったし、例えそれが貧乏暮らしが故の事だとしても、これぐらいの方が妻には似合う気がする。

半ば無理やり女村長の命令で結婚を決めた俺たちだ、少しずつ信頼関係を築いていけばいい。

ただ、おっさんの事は頭の片隅に引っかかっているが……


冒険者ギルドで新しく雇い入れるふたりの男女と合流し、馬車の預け所に寄った俺たちは、村唯一の乗り物を引き出してブルカの城門側まで向かう。

そこでギムルと挨拶をして別れる事になった。

帰りの馬車には冒険者ギルドから連れてきた鳩舎の伝書鳩が入った籠が積まれている。

「それでは引き続き冒険者探しをよろしく頼む。何かあれば伝書鳩を飛ばせ」

「わかりました。おふたりの冒険者さんも、ギムルさんの護衛、しっかりお任せしますよ」

ギムルの言葉にうなずいた俺は、新しい村の仲間に頭を下げた。

「わかっているわ。あんたほど強くはないけれど、あたしは対人戦にはちょっと自信あるんだ」

「そうだな。ここから先の辺境に向かう街道ならコボルトぐらいしかいないだろう。俺たちでも何とかなる」

カマゾンさんと巨漢レスラーさんは笑って俺に返してくれた。

よし、後は妻にくれぐれもことづけを頼んでおけばいいか。俺、嫁を大事にしていますアピールがしっかりできるはずだ。

「では、妻にくれぐれもよろしくお伝えください」

俺は混雑を避けるために、確かこの路地をギムルも通っていたなと思い出しながら、裏の細道へと入った。

通りの往来は朝にも増してごった煮状態である。

そろそろ時刻は午前九時ぐらいだろう。

さて、村へと戻るギムルたちの馬車と別れた俺は、ひとまず喜びの唄亭へ戻る事にした。

最後に俺の言葉を制止した青年ギムルだったが、その顔には白い歯が浮かんでいた。

「黙れ。それ以上のろけるな」

「真っ先に渡してくださいよね！」

「心得た」


こちらは夜の歓楽街という感じの場所で、午前中はほとんど人通りもない。

汚らしく空の酒樽が転がっていたり、捨てられた野菜くずが木箱にたんまりと積まれていた。

時折見かける人影も、どうやら朝まで飲んだくれていた様な景気の良いお兄さんたちか、あるいは酌婦のお姉さんだった。多少、治安が悪そうな気もするが、俺も一応は帯剣しているのでイザという時は斬り抜けられるはず。

むかし俺は、とある治安の悪い歓楽街のストリップ劇場で支配人代行をやっていた事があった。劇場の支配人は基本的に週に二日の休みをもらっているが、その彼がいない間を受け持つのが俺の役目だった。

雇われたのにはいくつか理由がある。俺自身がいろんな接客業をバイト経験していたので安心できると思われた事と、それなりに長い空手経験があるからだ。

いざ暴力沙汰になった時に、俺が出ていって制圧できるとでも思って誘われたのだろう。

ひとつだけ恐ろしい体験談を口にする。

俺が支配人代行として働き出した初日の事。表の受付側で、親切にも落とし物のサイフを拾った青年が、因縁をつけられた事である。いかにもガラの悪そうなおっさんが「俺のサイフを盗みやがったな！」と親切な青年を殴り飛ばしたのだ。その上、慰謝料を寄越せと暴れ出した。

俺の初仕事、初勤務についてたったの五分後の事である。

あんときゃあまいったぜ！

ダンサーのお姉さんは「ここはうちの敷地の外だから、支配人サンは手を出しちゃダメ！」って言うし、すぐさま誰かが警察に通報してパトカーが飛んでくるし。事情聴取をされて、初日から仕事がまともにできなかった記憶がある。

とんでもない思い出だが、それも元の世界で起きた過去の出来事だな。

うん。

などと過去を懐かしんでいたら、俺はガラの悪いおじさんたちに肩をぶつけてしまった。

その拍子に何かの壺を落としてしまう。

チッ朝から酔っ払いどもめ。

そう思ったのは一瞬の事、俺はいつもの様に低姿勢で頭を下げるべくペコペコした。

「どうもすいません。以後気をつけます」

「んだとおらぁ！　手前ぇ何してくれてるの殺すぞこらぁ！」

怒声を浴びせかける姿を、ペコペコしつつも視線だけは絶対に外さない様にチンピラどもを観察する。

男は五人、態度は最悪。鎖帷子を羽織った冒険者たちだった。

ついでに間の悪い事に、男のひとりが手から取りこぼしたその壺は割れていた。

何が入っていたのかな？

ほんの一瞬だけ壺に視線を送った事を俺は後悔した。

まったく挙動の察知できない素早さで、咆えた男の腕がフック気味に俺の顎を捉えていたからである。

俺は一撃でぶっ飛ばされた。

【4　俺の共同絶交が街でも継続されるわけがない】

意識のトンネルを潜り抜けると、そこは異世界の牢屋だった。

「前にもこういう事があったな」

薄暗い石造りの部屋に、廊下に面して鉄格子がはまっている。

村の石塔地下にぶち込まれた時よりましなのは、手枷足枷をつけられていないという事だろうか。

しかし全裸だ。

あいつら、俺の装備を全部奪いやがった畜生め！

いや、畜生の扱いは俺の方だ。枷こそはめられていないが、檻《おり》に繋がれた家畜人間である。

せめて妻に土産を送った後に暴力沙汰に巻き込まれた事を感謝しなければならない。

俺は腫れ上がった顎を触りながら胡坐をかいた。

まずここはどこだ。

周囲を見回しても、位置情報を得られるものは何もなかった。

せいぜい同じ様な造りをした石牢が廊下に沿って対面で並んでいる事だろう。

老人の呻き声の様なものがこの石牢長屋に時折響いていた。

不気味だ。不気味すぎて怖い。

鉄格子に身を乗り出して観察すると、ゴブリンが対面の石牢にいた。汚らしい格好で寝そべっている。俺の視線に気がついたのか顔だけ少し持ち上げてチラリと見てきたが、それも一瞬の事だけ。すぐにもまた姿勢を調整したら寝入ってしまった。

何だこいつらは、奴隷か何かなのか。

しがみついていた鉄格子を離して、俺も姿勢を楽にした。

牢屋の背後には小さな蓋つきの窓があって、光が差し込んでいる。たぶんまだ陽の明るい時間帯だ。してみると、俺はチンピラ冒険者にボコられてから、まだ数時間しか経過していないという事だろう。あるいは丸一日が経過してしまったのだろうか。

考えてもはじまらんと思った俺は、向かいのゴブリンを見習って寝そべると、体力温存に励むことにした。

村で家畜小屋暮らしをしている時もそうだったが、無駄な体力を使うと翌日の活動に支障をきたす。飯も水もまともに配給されるとも限らないからな。

しかし、昨晩したたかに酒を呑んだのもきっと今日不覚をとった原因のひとつかもしれない。

以後気をつけよう。

そんな事を考えてじっとしていると、金属の扉が開くような錆《さ》びついた音響が石牢長屋に響き渡った。

誰か来たな。

耳だけで俺はそんな事を考えながらも、相変わらずじっとしている。

するとコツコツと連なる複数の足音は俺の牢屋の前で止まった様である。

足音からすると三人、いや四人か。何人かつま先から足を下ろして歩いているところを見ると、何かの格闘技術の心得があるヤツがいる。

冒険者含む、だな。

「起きろ若造。旦那、こいつ寝てやがりますぜ」

「水でもぶっかけて起こしてやれ」

「へい」

いらっしゃいませ。ご指名は俺かな？

そんな風に考える余裕もなく、鉄格子越しにビシャリとバケツをひっくり返した水に見舞われた。

野郎何しやがる！　という時代劇ででも口にしそうなセリフが浮かんだが、俺はそれでもだんまりを決め込んでじっとしていた。

不意打ちを食らったとはいえ、朝に一方的にやられたのが癪《しゃく》にさわったのだ。じっとしていれば牢の鍵を開けて、俺を起こすなり引っ張り出そうとするなり中に誰かが入ってくるはずだ。

「どうします、こいつピクリとも動きませんぜ」

「引っ張り出せ！」

男の質問と同時にガチャガチャと錠前をいじる音がして、ギイと鉄格子のドアが開いた。

気配が近づく。つま先から足を下ろしたな。こいつは冒険者だ。

そして俺の腕を掴んだ。

「さっさと起きやがれ！」

その瞬間、強烈な蹴りが尻にぶつけられるが、それと引き換えに俺は相手の腕を掴み返してやった。

尻などは多少蹴られたところで痛いだけでどうにでもなる。

だから俺はぐっと力を入れて、男が抵抗して腰だめになったのを確認したらぐいと腕を引き込んで立ち上がってやった。

そのまま頭突きを相手の顎に入れてやる。

「ぐお、手前ぇ！」

「おらどうした、お返しだよ！」

ガツンと一発脳天に相手の顎が刺さったが、今は復讐する気まんまんで痛みは我慢できた。

そのまま横蹴りで檻の外側まで冒険者らしい男を蹴り飛ばしてやる。

連中の仲間だろうか視界に三人の男たちが見えた。

高価そうな赤のベストを着た男と、鎖帷子の冒険者がふたり。彼らのうち冒険者のひとりが蹴飛ばされた男を抱き留めていた。

目の前の蹴飛ばしてやった男は見覚えがあった。

「おう、あんた。さっき俺の顎を殴ったヤツだな」

「てっ手前、殺してやる！」

と、男は剣を取り出した。

「何だ、さっきは拳ひとつで殴りかかったくせに、今度は剣とは物騒だな」

蹴られた男はやや痩せたスキンヘッドの男だ。

香港映画のスターみたいな筋肉をしてやがるが、こいつは俊敏なボクサータイプなのだろうか。

ちょっと厄介だ。

「ヌプチャカーンさま。こいつぶっ殺してやりまさぁ」

「待て、こいつには話があるんだぞ。それに大切な商品だからな」

「へへっじゃあ半殺しで勘弁してやる。覚悟はできたか」

丸坊主ボクサーが啖呵《たんか》を切ったが、さてどう処理する。

むかし俺は護身術の稽古に通っていたことがあるから、型だけならナイフ捌きは理解できるが。

「いいぜ。俺は丸裸だ。服なんか捨ててかかってきやがれ！」

俺が考えなしに余計な事を言うと「上等だおら！」などと安いセリフを飛ばして剣を放り投げ鎖帷子をご

丁寧に脱ぎ捨てると、殴りかかってきやがった。

逆上している。動きが緩慢だ馬鹿。

こんなところで長く暴れてもいい事は何もないので、相手の心臓をかき乱してやる。

相手は俺を最初に倒した時と同じ、振り込む様なフックの一撃。

一発もらうのは覚悟して、俺はみぞおちの上にある胸骨の中央下に一撃だけ拳を差し込んでやる事にした。

これで相手は動悸《どうき》が著しく乱れる事になるだろう。しばらくまともに運動もできない。

へへ、ざまぁ。

ドンッと丸坊主野郎の胸骨下部を打ち抜くと、ほぼ同時にフックが俺の後頭部をかすめた。

どうやら俺の方が一歩前に踏み込めていたらしく、間一髪で一撃をもらわなくて済んだ。

代わりに倒れた丸坊主と入れ違いにふたりの冒険者たちが牢屋に飛び込んできた。

当たり前だが俺はあっけなく制圧された。

空手家は一対一、冒険者は多数対一が基本だもんな。数発ボコられて軽く抵抗したものの、高貴そうな服を着たおっさんの前に強制土下座をさせられてしまった。

「ヌプチャカーンさまの前だ、頭が高いぞ」

「今回はなかなかイキのいいのが手に入ったじゃないか。でかしたぞ」

「ありがとうございます。まさか拳一発で伸びたやつが牢屋の中で暴れるとは」

「冒険者か何かか」

「いえ。所持品を確認したところ、辺境の開拓村から出稼ぎに出ていた猟師という事です。もうひとり女がいるそうなので、そいつも捕まえれば儲《もう》けもんですねえ。げへへ」

「そうか。まあイキのいい奴隷は高く売れる。顔のいい女はもっと高く売れる。しかし国法は守らなければならん」

こいつら、奴隷狩りをしていたのか。

何が国法だ、俺を牢屋にぶち込んでおいて……

「お前、名前は何ていうんだ？」

「……シューターです」

元来こういう時にすぐペコペコする習性が飛び出て、俺は迂闊に名前を口にした。

そうすると高貴な男がしゃがんできた。

俺の顎を引き上げると、声をかけてくる。

「わたしの名前はルトバユスキ＝ヌプチュセイ＝ヌプチャカーンだ。わかるか？　ん？」

ぬ、ヌプなんだって？　長たらしい名なので覚えられず、俺は焦ってしまう。

「……ルトバユスキさん」

「ルトバユスキ＝ヌプチュセイ＝ヌプチャカーン、さまだ。馬鹿野郎！」

せき込みながら起き上がった丸坊主に腹をしたたかに蹴り上げられた。

ぐぅ痛い。いつか仕返ししてやる。

「お前は、わたしの大切にしていた骨董品の壺を台無しにしたそうだな。ん？」

「そうですかね」

俺はあいまいに返事をした。

確かに丸坊主とぶつかって小さな壺を落とした事は確かだが、あれがそんなに高価なものには見えなかった。もちろんファンタジー世界の価値観なんて知らない俺の見当違いかもしれないがね。

ただこれは絶対に、俺が元いた世界で当たり屋商法と呼んでいた様な詐欺まがいの方法だった。

「あの壺は大変気に入っていてね、無理を言って昵懇《じっこん》にしてた商会から譲ってもらったものだったのだよ。しめて辺境伯金貨で一〇枚、それがあの壺の価値というわけだ」

「な、なるほど」

絶対そんなわきゃねえ。

二束三文に決まってる、銅貨で数枚程度だ。あれは百均で売ってる壺みたいなもんだ！

だがそういう詐欺手法なのだ。

こんな異世界で価値もわからない俺に、それを確かめるすべはない。

「もう一度質問する。君は、わたしの壺を割った。間違いないね？」

「…………」

俺は言葉に窮した。俺が壺を割った事は間違いないだろう。しかし不可抗力だ。

ぶつかった拍子に割れたのであり、俺が割ろうとして割ったものでは断じてない。そればかりか、最初から割れてくださいと言わんばかりにあっさりと割れてしまったのだ。

ここでイエスと言ってしまえば、言質を取られてしまう。その後に待っているのは、とんでもない借金をふっかけられるという事実である。

「言え、言わなければツレの女に迷惑がかかるぜ？」

しかしこの現状、俺は否定するだけ無駄だと悟った。

俺がどう反応したところで籠の中の鳥、逃げられるものでない。ニシカさんにまで手を回されても困る。

「まあ、事実です」

「そこで君には代金を弁償してもらいたいんだが、金貨一〇枚払ってもらおうか」

「ざ、残念ながら今の俺には手持ちがありませんでね。そうだ、俺はこれから冒険者になろうと思っていたんですよね。少し、ほんの少しでも待っていただければ稼いでお返ししますよ」

「そう言って逃げる人間もいるからねえ……」

ルトバユスキは薄ら笑いを浮かべて俺を見た。

「君の持ち物を改めさせていただいたところ、身分を証明するものはおろか、所持金はわずか銀貨数枚というところだった。街の門で発行された通行手形だけだ。つまりこの街に戸籍がない」

「確かに街の人間ではありません」

「他の荷物は短剣とギルド紹介状。その手紙には猟師とあったが違いないかい？」

「はい。今は猟師見習いの身分でしたが、以前はえっと、戦士でした……」

みんなが俺の事を戦士と言っていたので、まあ間違いはないだろう。

「すると冒険者じゃないんだな？　ん？」

「冒険者じゃありません。冒険者登録をする前に、こんな事になっちまいましてね。へへ」

俺は愛想笑いを浮かべてそう言った。

冒険者になっていたらギルドが守ってくれたのだろうかね。するとルトバユスキは革の巾着袋を弄びながら中にある貨幣をジャリジャリといわせた。

「そ、その銀貨は村の公金なんですよ。へへ、それを使い込んだら村長さまに殺されてしまいます」

「本当に公金なのかね？　言い逃れをするために言っているのではないかね？　だがそれを調べるすべはないので、ひとまずわたしが預かっておこう。そうすると君はどうやって弁償してくれることになるのかな。壺を。ん？」

「…………」

あんなものは元いた世界じゃ梅干しの入っている壺。こっちの世界じゃ糞壺だ！

言い訳を考えろ。せめてこの場を切り抜ける方法を考えろ。こいつらさっき、奴隷どうのこうのと口にしたはずだ……

「そこでわたしから、君にひとつの提案があるのだけれどね」

「何ですかね」

お前たちは奴隷商人なんだろ……？

どうせロクな提案なはずがねえ。

「君の身代《みのしろ》を代価に、壺の弁償をしてもらう、というのはどうだろうか。君はイキだけはいい様だから労働奴隷にはもってこいだろう」

「そ、そんな無法がまかり通るのかよ……」

「金が払えなければ、自らの体を差し出して金を作る。国法によっても認められている行為だよ？　君の村ではなかったかね、余剰労働力を奴隷として差し出すという事は」

「いや、あいにく景気のいい村だったんでね……」

「そうか、それは幸せな村で君は過ごしてきたんだね」

ワイバーンとの戦いで多くの犠牲が出たぐらいだ。

人手はまるで足らない。奴隷を売るよりも買いつける側じゃないかね、あの村は。

「しかし困ったねえ。君が奴隷となる事を拒否するというのなら、連れの女というのにでも肩代わりしてもらわないといけないわけだが……」

ニヤリとしたルトバユスキは居場所を言えと催促した。

馬鹿め誰が言うか。

「残念ながら街に出てきてからはぐれてしまいまして。そちらの冒険者さんたちと出くわした時には、女を捜して途方に暮れていたところなんですよ。へへへ」

「本当かね？」

「もちろん本当ですとも。そ、それに女は同じ村の出身というだけで、特に関係があるわけじゃないですしね。あの女は俺の事なんて助けてはくれやしないですよ。すいませんねぇ」

疑いの目を向けるルトバユスキに、俺は必死で抗弁した。

ニシカさんに迷惑をかけるわけにいかない、というよりも、そこから情報が村に流れて居残っている妻に迷惑がかかるのも怖い。

だが、これもルトバユスキの手法なんだろう。俺が自分から奴隷になる事を言わせるための。

「わかりました、俺を奴隷にしてください。自分の体で代金を支払います」

だが飲むしかない。

こんな調子で田舎から出てきた人間を奴隷にはめ落としているのだとしたら、サルワタの森以外を知らないニシカさんは、余裕で奴隷堕ちしてしまうか、暴れて官憲のお世話になってしまうのは目に見えている。

「では契約は成立だ。君は自身を代価に壺を弁償した、奴隷契約書を作ろうか。これにサインしてくれたまえ」

「字は、読み書きできません」

「なに簡単だ。拇印《ぼいん》を押してくれればそれでいい」

冒険者たちが俺の右手を出させ、親指を短剣で斬られた。

血が滲《にじ》むと、ルトバユスキの持っていた羊皮紙の様な紙に捺印させられる。

「もういい、用は済んだ」

「こんの田舎者が！」

俺が愛想笑いを浮かべてルトバユスキを見上げたところ、彼は奴隷契約書をヒラヒラとさせて部下の冒険者に指示を飛ばす。

ドカリと顔面を蹴り潰されて、ふたたび俺の意識は暗転した。

「喜べ、さっそくにもお前の買い手候補のお客さまが見つかったぞ」

鏡を見ればさぞかし立派なイケメンになったであろう俺は、水をぶっかけられて目を覚ました。

今度はありがたい事に手枷足枷がはめられている。腹いせにこの前暴れたからな。

無理やり牢屋から引きずり出された俺は、廊下を急かして歩かされて外に出た。石牢長屋を去り際に、牢に繋がれた何人かの視線が飛んできた。連中は塩漬けにされていた奴隷だろうに、何で来たばっかりの俺が売れたのだろうか。連中は可哀想なものでも見る様に俺を眺めていた。畜生め。

庭に出ると大量の水を桶でぶっかけられて、蹴飛ばされるとモップで体を洗われる。

次に俺は庭に刺さっている一本の柱に縛りつけられて、頬の無精ヒゲを剃《そ》り落された。

まだ体も乾かないうちに引きずられて、客の待つという部屋に全裸で連れていかれたのである。

むかし俺は派遣会社に登録して、来る日も来る日も配送センターで荷物を運ぶ仕事をしていた。集配の荷物を一時預かりする中継基地だ。主に盆暮れのお中元お歳暮の季節によく働いたものだ。

場所はその時々でまちまちだったが、安い賃金で働かされる俺たちは不満のひとつでも言おうものならすぐに派遣先から会社に苦情が行ってクビになってしまう。

ある時、バイト帰りに俺が派遣先近くの居酒屋で飲んでいた時の事だ。派遣元と派遣先の会社の担当者が揃ってビールを不味そうに飲んでいる姿を目撃した。

その時に派遣元の若い担当者が言った言葉は今でも忘れない。

——世の中、一番儲かる商売は人身売買つまり奴隷商売なんですよ。合法のね、それが人材派遣会社です。

俺は恐ろしい言葉を聞いたとその時思ったものだが、きっとそれは事実なんだろう。

たぶんルトバユスキだったか、あの高貴な男の商売もとても儲かるはずだ。壺を潰して弁償のできない俺壺を潰して弁償のできない俺みたいな人間が、何とか代金を稼ぐために身を落として稼ぐのだ。

壺代は二束三文。元いた世界で払えない家賃や税金も、せいぜい長い年月で見れば安い金だ。だがそれが払えなくて、俺たちは奴隷身分となって、人身売買されていく。

「へぇ、これがイチオシ奴隷戦士さんですか？　しっかり体が引き締まっていて、タフそうだなのです。少々傷があるのが考え物だけど、これくらいはガンギマリーが治せるのです」

甲高い声が背後から聞こえた。

連れてこられた部屋に、買い手のお客様が見えたのだろう。

女？　子供？　わからない。もしかしたらそういう種族なのかもしれない。

ルトバユスキの部下に頭を押さえられて首を垂れていると、お客さまの方が正面に回ってきたらしい。

「どれぇ！　お名前は何というのですか？」

少女。もとい、ようじょだこれ！

◆

愛らしいようじょは、小首を傾げて俺の顔を覗き込んだ。

金髪碧眼《へきがん》、ふわふわのカールが柔らかくかかった背の低い女の子。耳は女村長と同じく少しだけ先端が尖った外開き。胸元が編上げになっているワンピースタイプのドレス姿だ。

金貨一〇枚もする奴隷を購入するのだから、それなりに身分卑しからぬ立場なのだろう。

「お、俺の名前はシューターです。よろしくお願いしますご主人さま」

俺は気がつけばいつもの低姿勢でペコペコと自己紹介をした。しかもつい口をついて「ご主人さま」なんて言っちゃった。

「いいですねぇ、ッヨイの名前はッヨイハディィ＝ジュメェだょ」

おっと来ました読めない名前。ッからはじまるという事は、ゴブリンかゴブリンハーフのようじょだ。

人間の子供の様な容姿をしているが、それはきっと背の低いゴブリンの血筋が濃厚だからだろう。その辺りは女村長と対極的である。

「はじめまして、ッヨイ……さま。どうぞわたしをお買い上げください」

「こら、ッヨイハディィ＝ジュメェさまだ！　名前をしっかり覚えないか！」

無理だ、いちいちこのファンタジー世界の住人は名前がややこしい。

丸坊主野郎に叱咤されたけど、発音できないものは発音できないのだ。

「いいですよ。ッヨイはあまり気にしないので、細かい事は。どれぇはどこの出身なのですか？」

「辺境の、出です……」

異世界人ですなどと言って余計な警戒をされてはいけない。

面接は心象第一だ。いけすかないルトバユスキの元に残されるよりは、高貴な身分のゴブリンにもらわれた方が絶対に幸せになれるはずだ。

しかも相手はようじょ。隙を見て逃げ出す事もできるかもしれない。

俺には妻が村で待っているのだ……

「ふむ。ッヨイが求めているのはダンジョンに潜って戦う事のできる優秀などれぇなのです。どれぇは戦う事ができるのですか？」

「は、はい。槍や剣は多少使えます。弓は、修行中です……」

「なるほど。戦士というのは本当なのですね？　このどれぇはいくらですかぁ？」

ふんふんうなずいていたッヨイさまは、微笑を浮かべていた赤いチョッキの奴隷商人ルトバユスキに向き直った。

「さすがッヨイハディ＝ジュメェさまはお目が高い。ブルカ辺境伯金貨二〇枚と騎士修道会銀貨一八枚、大変お買い求めやすいお値段となっております」

「うん、悪くない。けどちょっと高いかなあ……」

流暢《りゅうちょう》にようじょのフルネームを呼んでみせたルトバユスキは、揉み手をしながらようじょに胡麻をすった。

あの奴隷商人め、俺の価値は金貨一〇枚とか言っておきながら、倍近い値段でふっかけやがって。

人身売買は割のいい商売だな！

ッヨイさまは値段が高いと拗《す》ねた顔をしてしまったが、こんなところをさっさとオサラバするためにも、自分で自分を売り込んでおかなければならない。

ただダンジョンに冒険者という言葉が気になって仕方がなかったが、そこは今聞いたところで教えてもらえるものでもないだろう。

「よ、ッヨイさま。どうかこの俺をッヨイさまの忠実な奴隷としてお買い求めください。何でもしますからッ」

「ふむ。いま、何でもしますからって言った？」

「言いました！」

「さっきも言ったけど、ッヨイはダンジョンに潜るつもりなのです。だからどれぇにはお仕事をいっぱいしてもらう事になります」

「何の問題もありません。肉体労働のバイト経験はいっぱいありますから。へへ」

満面の笑みを浮かべて俺は返事をした。

笑った瞬間に潰れた俺のイケメン面が痛みで悲鳴を上げたが、今は我慢だ我慢。

「……ねえ、どれぇ商人。もう少しお値段はまかならないのですか？」

「そうですねえ。少し体が傷物である事を考えて、金貨一九枚と修道会銀貨八枚。これでどうでしょう」

「うーん。いい戦士は欲しいけど、他にはいないですか？」

「他と申しますと、若いゴブリンの男なら何人でもいますよ。その奴隷の代わりにゴブリンをふたり購入するのもありでしょう。でしたらこの半値でふたりが購入できます」

「ゴブリンは嫌だなぁ。だって安いしゴブリンだし」

自分の事を棚に上げながらッヨイさまは思案していた。ゴブリンは嫌いなのだろうか。

ゴブリンの奴隷相場は安いものと決まっているらしい。

「ゴブリンがお嫌でしたら、元冒険者という中年の男がいますねえ。こちらは三〇歳と少々年齢がいっていますのでお安くできます。金貨一二枚と、銀貨五枚といったところでしょうか」

「中年はすぐ病気になるから、いらないです」

残念ながら元冒険者はお断りされてしまった。

いや、問題はそこじゃねえ。俺はその中年冒険者より年配なんだが、それはいいのか。

黙っていればわからない事なので俺は聞かなかったことにして無言を貫く。

それにしても、ッワクワクゴロさんも言っていた気がしたが、俺はこの世界で若く見られるのだろうか？

こちらに来てから伸ばしっぱなしだった無精ヒゲを剃ったからかも知れないな。

「うーん」

「わかりました。それでしたら辺境伯金貨一八枚と銀貨二枚、これでいかがでしょう」

「それでいいです。どれぇ契約書を」

「賜りました」

満面の笑みを浮かべたルトバユスキがパチンと指を鳴らして、契約書とやらを取りに走らせた。

俺はブルカ辺境伯金貨一八枚と騎士修道会銀貨二枚で売却が決定したのである。

「よろしくね、どれぇ！」

「ッヨイさま、ありがとうございます。ありがとうございます」

俺は全裸でようじょに平伏した。


俺は全裸で街を歩いている。

首には首輪が巻かれており、そこから鎖が垂れてその先端をようじょが握っている。

まるで犬だ。散歩をしている犬の様だな、などと俺は思いながらブルカの街を歩いていた。背中には元々俺の所持品だった短剣とポンチョを入れたズタ袋がある。残念ながらチョッキと腰巻きはルトバユスキの手下どもに乱暴されて、ズタボロになってしまったらしい。愛妻ヒモパンは行方不明のままだった。

畜生め！

しかし。

てっきり複雑な奴隷契約の過程があるとばかり思っていたが、実際にはルトバユスキとッヨイさまが契約証を取り交わしてサインをしただけだ。

後は俺の血で拇印を取っただけ。この契約書に何か魔法的な呪縛があるというわけではない。

奴隷が主人を殺せば殺人罪、逃亡は追手がかかり、見つかれば殺される。

だがそんなのはうまく逃げればいくらでもやりようがあるだろうさ。代わりに俺のヘソに奴隷である事を示す外せないピアスをぶち込まれただけである。

吉田修太、三二歳はこの歳で初へソピアスをしました。

イケてるかい？

「ッヨイはね、冒険者なのです」

「ほう、ッヨイさまは冒険者だったのですか」

「そうです。これからはダンジョンを攻略するために、護衛ができて荷物運びができて、いざという時に盾になってくれる冒険者のどれぇが必要だったのです」

「荷物運びはお任せください。護衛もお引き受けした経験がありますよ。いざという時の盾は、未経験ですが……こちらは頑張って善処します」

ダンジョンというのがどういう場所かは知らないが、古代遺跡とか天然の洞窟迷宮とか、そういうのを想像すればたぶん大きくは外れていないはず。

「だからまず冒険者ギルドに行って、どれぇの冒険者登録をします」

「おお、冒険者登録！」

「今日はその後にどれぇの武器と冒険者道具を購入するよ。それからあいぼーを紹介します」

「ありがとうございます、ありがとうございます」

本来ならば今頃、ねぼすけニシカさんとふたりで紹介状を持ってギルドに足を運んでいた頃だろうか。

ニシカさん、今何しているんだろうな。

宿代は一〇日分ほど前払いしておいたので寝床には困らないが、ニシカさんはほとんど無一文だったはず。

持ち込んだ携帯食料がなくなれば飢える。

アイパッチやヒモパンを換金してもたいした金にはなるまい。落ちぶれて繁華街の裏をさまよう鱗裂きの眼帯女を想像して、ちょっと俺は心配になった。

それにしても。

こうして街を歩いていると、ひとつ気がついた事がある。俺と同じ様な全裸姿のゴブリンが、時折だが目につくのである。あれがギムルの言っていた奴隷身分という事なのだろう。多くはゴブリンだが、中には首輪だけつけた裸の男女も見かける。彼らはぱんぱんに詰まった麻袋を荷運びしていたり、高貴な身分の人間に付き従ったりしている。

しかし、全裸に武器を装着している姿はかなりシュールだぜ。

そしてこの辺りは高貴な身分の人間ばかりが多いという事、それは見落としてはいけない点だろう。ブルカの街に入ってきた時には気がつかなかった発見だ。そしてこの界隈《かいわい》は、街に到着して二日目ではじめて足を踏み入れたエリアでもある。

猥雑で汚らしい感じの初見感想を持ったブルカに対して、ここは人々の行き来こそ多いが、やや清潔で整然とした街並みだった。ぎちぎちに石造りの建物が並んでいる点は同じだが、それでも建物の高さはどこも三階建て以上という感じ。

「大変失礼な事をお聞きしてしまうかもしれませんが、ッヨイさま」

「何ですかどれぇ？」

「ッヨイさまは高貴なお方なのでしょうか？　その、決して安くない金額で俺を買い取ってくださいました。冒険者というのはそれほど儲かるのでしょうかね」

「うんと。ッヨイは元々魔法使いなのです」

「魔法使いですか」

「うん魔法使いは希少価値だからね。どこに行ってもお仕事に困らないのです。それに冒険者は成功すれば儲かるのです」

魔法使いというとあれか、ニシカさんみたいに風の魔法を操ったりするのかな?

いやニシカさんが使っていたのは風の魔法だけ、とすると魔法使いの定義は複数の魔法を使いこなす事なのだろうか。

「ッヨイさまはいくつもの魔法が使えるのですか」

「んと、そうです。ッヨイが得意にしているのは土の魔法。それから火の魔法や水の魔法も使えます」

「風の魔法はどうですか?」

俺もニシカさんみたいに弓矢を駆使して獲物に一撃を与えてみたいものだと常々思っていた。可能ならば教えてもらう事はできるのだろうか。

「土の魔法ほど得意じゃないけど、できますよ?」

「おお、そうですか。それはすばらしい!」

「だから、冒険者パーティーでは火力の中核を担っていたのです。エッヘン」

立ち止まったようじょが腰に手を当て胸を張った。

ない胸は、何の主張もしなかった。

「さ、さすがですねッヨイさまは。ぜひ俺にも教えていただきたいものです」

「ふむ。どうですかねぇ」

歩きながら考え込んでいたッヨイさまだったが「まあそのうちね」と返事を短くした。今の俺はこのようじょの奴隷だ。まあ、悲しいけれど学ぶ時間はあるるだろうさ。

しかし奴隷か。

この世界における奴隷とはどの程度の過酷さなのだろうか。

モノの本によれば、一概に奴隷といっても様々な形態があったというのは読んだ記憶がある。古代ローマの時代では奴隷はわりと余裕があったらしく俺たちの元いた時代、元いた世界の派遣労働者みたいなものだったはずだ。

しかし翻って大航海時代らか産業革命にかけての奴隷とはすり潰されるための労働力だったはず。

理由は簡単に推測できる。

戦争捕虜や破産したり食い詰めたりして奴隷となった連中というのは、自国や隣国など基盤となる生活圏とその周辺に存在する人間だからな。

しかし、大航海時代以後の奴隷というのははるか遠くアフリカ大陸やアジア、南北アメリカにそれを求めて、植民地での消費が前提だったものだ。

鉱脈や荘園の運営に、これら単純労働者の使い捨てはとても便利だったのだろう。

してみると、俺は奴隷ライフにワンチャンあるかもしれない。少なくとも奴隷を使った鉱脈採掘なんて事をさせられるわけではない。

たかがダンジョン行きのパーティーで荷物持ちか、いざという時の捨て駒だ。

「普段はあいぼーとふたりでダンジョンに潜っているんだけど、それだと出かけられるダンジョンも限られるし、あまり深層に向けて前進できないのです。だからどれぇが頑張ってくれたら、きっといい結果を出せるのです」

「はい。時には荷物を運び、時には剣を取って戦います！」

ようじょは金貨一八枚も払って俺を買ったのだ。

金貨二〇枚でワイバーンの骨や皮一式。ニシカさん曰く一〇年贅沢な飯が食える額と言ったかな。

だとしたら捨て駒で終わってしまうわけにはいかない。もちろん捨て駒にされるわけにはいかない。

そして、ようじょには悪いが何とか逃げる算段でも考えるべきか。

俺たちは冒険者ギルドにやってきた。

◆

「あれ？　俺が来た事がある冒険者ギルドと違いますね。造りは似たような感じですが、場所が違う」

「そうなんですかぁ？　ギルドの出張所は街の何か所かにあるから、別の場所に行ったのかなあ」

俺の鎖を引きながら小首を傾げるゴブリンようじょ。

まるで犬の散歩の様なありさまでも、周囲の人間は別に気にもしていないらしい。もしかしたら成功した冒険者が奴隷を使役するのは、俺が思っている以上に普通の事なのかもしれないな。

そのまま案内カウンターに行き、冒険者登録の作業に入る。ギムルが使っていた質の悪い麻紙ではなく、ここでは保存に適した羊皮紙の書面に俺はサインを求められた。

「すいません。ッヨイさま、俺は字が書けません」

「じゃあ、ッヨイが代筆したげますから拇印だけ押してね」

ようじょ主人を持ち上げて、カウンターの書面に代筆してもらった。そして朱肉で拇印。

すると若いセールスマンみたいな受付の男が説明してくれる。

「はい、これで冒険者登録が完了ですよ。今から冒険者タグを作成しますので、しばらくお待ちください」

「冒険者タグ？」

「そうですね。ふたつセットになった首から下げる小さな金属板ですよ。登録情報が彫ってあるものです」

こういうものです、と受付の男がサンプルを見せてくれる。

なるほど、若者が集まるアメ村やアメ横的な露店で手に入る、軍隊が使っている様な認識票。ネームタグ、ドッグダグというやつかな。

俺はジャラリと冒険者タグを持ち上げて吟味した。

続けて話を聞いていると、対になった冒険者タグの片方を、所属したギルドの出張所に預けておき、もう片方は自分が所持しておく仕組みになっているらしい。

冒険者が旅に出て別の冒険者ギルドの出張所に拠点を移す際は、これを元の出張所から回収して別の場所に持っていく。

現在の俺はブルカの街にある冒険者ギルドの西門前辺りの出張所にいる。

聞けば青年ギムルとともに俺たちが最初に訪れたギルドは、東門近くにあるギルド出張所だったわけだ。

別に魔法的なすごいシステムで一元管理されているわけではなく、たったひとつの冒険者タグで管理をしているらしい。とても原始的だ。

なるほどなぁ。

では作成に入ります、と言って記入した羊皮紙の登録用紙を手に奥へ引っ込んだ受付のひとを見届けると、俺たちはギルド内にあるベンチへと移動して待つことにした。

「どれぇは文字が読み書きできないのですか？」

「はい。俺は辺境の生まれなので、文字のことはよくわかっていませんね」

「それじゃあ、自分の名前は書ける様に練習しておくといいのです」

「そうさせていただきます」

ベンチに向かいながらそんなやり取りをした。

このファンタジー世界で生活をしていくためには、確かにそろそろ文字の勉強をした方がいいかもしれない。ギムルによれば妻も文字を読むことはできないらしく、多少のいびつさはあるものの、文明度合いが中世欧州と同じぐらいの発達である事を考えると、農民たちの識字率はあまり高くはないはず。

三十路を過ぎての学習ともなれば覚えは遅いかもしれないが、最低限、自分の名前を書ける程度と、簡単な文章ぐらいは読める様になっておきたいと思った。

冒険者になるなら、掲示板に張られた依頼の募集告知ぐらいは読める様になっていないと、誰かに騙されかねない。ルトバユスキの様な人間は絶対に他にもいるはずだ。

だが、この世界でひとつだけ読める文字があるぞ。それは「冒険者ギルド」だ。

今回でギルドの建物に来るのは三度目だから、看板の文字は読むだけなら覚えたぜ。

俺は自分の学習能力も捨てたもんじゃないな、などと考えながらベンチに腰を下ろそうとしたところ、

「こぉら。何をやってるのよお前は！」

いきなり女の声がしたかと思うと、蹴り飛ばされた。

あわてて受け身を取りながら、ズタ袋に突っ込んでいた短剣の柄に手をかける。冗談じゃねえ！　また冒険者に絡まれたのかよ！

俺は警戒しながら、蹴った主を見た。

果たして女だった。

「手前ぇ何をしやがるんだ！」

「何をやってるというのはこっちのセリフよ。奴隷の分際で、ご主人さまの許可もなく椅子に座ろうとするのはどういう了見かしら？」

女は腰に手を当てながら不機嫌な顔をして、俺を睨みつけていた。

黒い髪のストレートにどんぐりの様な眼、そしてメガネ。メガネをかけた異世界人を目撃したのはこの世界に来てたぶんはじめてだ。体にフィットした様なノースリーブのワンピースの上から革か何かの鎧、それにポンチョを羽織っている。腰には長剣。

「そ、それは失礼しました。ッヨイさまごめんなさい」

「いいょ。気にしないのです！」

俺は咄嗟にようじょへ謝罪し、ようじょは笑って許してくれた。

それにしても誰だこのメガネ女は。初対面で俺を蹴り飛ばすとか、異世界の女はおっかねぇ。

「ふん、ッヨイが許すってんなら別にあたしは気にしないけれどもね。以後は気をつけなさいよ」

「ありがとうございます。ありがとうございます」

「ガンギマリーも来てたのですね？」

「午後からギルドでって約束だったでしょ。それにッヨイも奴隷をちゃんと購入できたみたいね」

「そうなの、元々田舎で戦士をやっていた猟師さんのどれぇなのです。近接武器全般と、弓が使えるらしいよ」

「あ。弓は練習中です……」

ふたりのやり取りを聞きながら、俺は最後に補足説明をした。

それにしてもこの女、まるで日本人みたいな顔をしているな。かわいらしいといえばそうだが、だんご鼻にまるい眼だ。いわゆる縄文人顔というのだろう。

「どれぇ。どれぇにッヨイのあいぼーを紹介します。彼女は騎士修道会に籍を置いているあいぼーの修道騎士、冒険者のガンギマリーだょ」

「ふん。あたしは雁木《がんぎ》マリよ、よろしくね奴隷」

「はじめまして、俺は奴隷のシューターです」

俺がいつもの様にペコペコと頭を下げる。あんた薬物でもキメてるのかよ。ガンギマリーとか。ぷっ。ひどい名前だぜ。

するとガンギマリーさんは、聞こえるか聞こえないかというぐらいの小さな声でボソリと何かを言った。

「なーにがシューターよ。日本人みたいな顔しちゃってさ、本当はシュウタとかダサダサの日本名だったりして……顔も平たいし、あたしの好みじゃない。包茎だし」

「おいあんた。今、日本人って言ったね？」

今、確かにこのメガネ女は「日本人」と言った。確かにだ。

俺はたまらず聞き返す。すると、
腰に手を当てていたガンギマリーはそれを解いて、右拳でいきなり俺の顔面に腰の入ったパンチをしてきた。

バキッ、痛ぇ。

奴隷身分なので抵抗できないのが腹立たしい。

だがそんな事よりも、今は「日本人」という単語の方が問題だ。俺は空手経験があるから、殴られても多少我慢できる場所を意図して差し出せることができるからな。それに食らったフリをして軽くのけぞってやった。

そんな事もわからずガンギマリーは言葉を吐く。

「奴隷の分際で口の利き方を知らないらしいわね」

「待て、話せばわかる！　あんた今確かに日本人と言ったな？　ガンギマリーという名前、本当は名字が雁木で名前がマリなんだろ?!」

「だったら何だっていうのよ。奴隷の分際で！　お前こそシュウタなんでしょ。名字は何だったの?!」

「やめろ。殴るな、蹴るなッ。吉田だ、名字は吉田。吉田修太だ！」

「ほれみろ、お前も日本人じゃないの！」

暴力メガネ女は容赦なく俺を数発殴る蹴るして満足したのか、フンと鼻をひとつ鳴らしてメガネの位置を調整しやがった。

俺は殴られた頬を腕で拭いながら、睨み返してやった。畜生この暴力メガネ女め……

そんな俺たちのやり取りを見て。

「どれぇ、どれぇとガンギマリーは知り合いなのですか？」

「ええと何と説明したらいいのかな……」

「知り合いじゃないけど。あたしとコイツ、どうやら出身地が同じなのよ」

「ガンギマリーは遥か異世界の生まれと言っていたけど、そうなのですか？」

ッヨイさまの曇り無き眼《まなこ》に見つめられて俺は言葉を失った。どうやって説明したものかな。

こうして俺は、このファンタジー世界に来てはじめて、同じ境遇の日本人に遭遇したのである。


「お前、どうやってこの世界に来たのよ」

「バイト明けに地元の立ち飲み屋に行こうと思ってな。そこまでは覚えてるんだが、以後の記憶は曖昧だ。気がついたら辺境の村近くの林をさまよっていて、地元の木こりに捕まえられた」

「ふうん……」

「あんたは？」

「学校の帰りに気がついたら聖堂の中よ、この世界の教会ね。みんなが熱心に祈りを捧げているところに、あたしが降臨よ。修道会じゃ聖少女が降臨したとか大騒ぎになったんだから」

「なるほどな。全裸か？」

「全裸よ。けどメガネだけはかけてたけど……」

俺と雁木マリは、冒険者タグが完成したと呼ばれてとてとて受付カウンターに向かったようじょの留守中に、お互いが異世界にやってきた経緯を軽く確認していた。

ベンチに座るメガネ修道騎士女と全裸奴隷。メガネ女の手には俺の首から垂れ下がった鎖の先端がある。

「するとメガネは体の一部というわけか」

「知らないわよそんな事！」

何がそんなに気に入らないのか、右手を握りしめた雁木マリは俺を殴り飛ばそうとした。

おっと、毎回殴られるわけにはいかないぜ。

俺は華麗によけてやった。

「あたしは埼玉出身よ。高校一年生の十五歳の時に飛ばされてきたわ。今は一九歳ね」

「もう四年もこっちにいるのか、先輩だな。ええと俺は京都でフリーターをしていた、三二歳だ。出身はド田舎だが」

「フリーターねぇ。元の世界でも異世界でも社会のゴミだったのね」

「うるせぇわい」

偏見に満ちたジト目を送ってくる雁木マリに俺は力なく文句を言った。

「それで、どうして奴隷堕ちしたのよ。その捕まった村から売り飛ばされてきたの？」

「いや。村の用事で街まで出てきたんだけど、いろいろあって奴隷商人の手下をしている冒険者に当たり屋みたいな詐欺に持ち込まれてな……高価だという壷を割ってしまってこのザマだ」

「ふうん。お前とことん運がないわね」

「街に俺の連れがいる。金は俺が持っていたんで、今頃路頭に迷ってるだろうよ。それに村には結婚したばかりの妻もいてなぁ……」

いろいろと情けない事を俺が説明していると、まるで興味なさげに雁木マリは欠伸をした。

俺の話を聞けよ！

「ま、どうでもいいけど。今はッヨイの奴隷なんだから逃げるなんて事、考えないでね。逃げたら奴隷逃亡罪でお前、死刑よ……」

「そんな事言うなよ、同郷のよしみだろ？　なあ」

「関係ないわよ。警察にでも相談したら？　まあこの街に警察なんていないし、衛兵に相談してもこういうのは民事不介入ってやつかしら」

そんな知りたくなかった情報をつらつらと雁木マリに説明されて、俺はとても悲しい気分になったのでションボリした。

「どれぇ！　どれぇ用の冒険者タグもらってきたょ」

「ありがとうございます。いただきます、いただきます」

カウンターから戻ってきたようじょが、冒険者タグを俺の首にかけてくれた。

ホント俺、これからどうなるんだよいったい……

「じゃあ。どれぇの武器を買って、家に帰りましょう！」

昼下がりの異世界午後。

冒険者ギルドを出た俺たちは、武器屋のあるストリートへと足を運ぶのだった。

鎖に繋がれた俺に視線が集まっている。

あんまり見るなよ恥ずかしい、奴隷ならこれが普通なんだろ？

ダンジョンで野垂れ死ぬわけにはいかないので、せめていい武器をようじょにおねだりしないとな！

【閑話　とりあえず武器を買おうか】

俺の首輪から伸びた鎖を引くのは、ご主人さまとなったようじょである。

そのご主人さまのようじょはニコニコ顔で鎖を引きながら、馬車の行き交う表通りを進んでいた。

すると途中で一本脇にそれた細道に向かって進路を変えたではないか。

そこに広がっているのは表通りの整然とした石造りの街並みとは打って変わって、建物の影になっているせいが薄暗い雰囲気の商店街が飛び込んできた。

どの店舗も間口が狭い代わりに、ウナギの寝床の様に奥行きは長い。

様々な武器や防具に道具の類が陳列されているが、人間がすれ違えばやっとというただでさえ狭い通路にまで、売り物の品がはみ出していた。

「こんな細い路地に、武器や防具を売っている店があったんだな。もっと通りに面した場所に構えたお店で買うのかと思ったけど」

ボソリとそんな感想を俺が口にすると、ッヨイさまが振り返って俺に説明してくれる。

「ここは駆け出しの冒険者が利用する、武器防具や冒険者に必要なアウトドアグッズが売られている場所なのです！」

「おお、初心者向けのショップが並んでいるのか」

俺の隣で付かず離れずの距離を保っていた雁木マリが、不機嫌そうに言葉を受け取った。

「新品もあるけれど、大半が中古品。それでも磨けばまともに使えるものばかりだから、新人冒険者にとってはありがたい場所なのよ」

あたしも駆け出しの冒険者の頃は利用したものだわ。と、雁木マリが腕組みをしながらそう言葉を続けた。

すっきりとしたお胸をしているので、腕組みをしてもおっぱいは寄せて上がる事はない。

残念な断崖絶壁をマジマジと見ていると、睨まれてしまった。

「どこを見ているのよ！」

「いやほら、物珍しくってつい」

「……田舎から出てきたばかりの、おのぼりさんじゃないんだから。キョロキョロしてると恥ずかしいからやめなさいよねっ」

「アヒッ！」

パシリと容赦なく平手で俺の尻を叩く雁木マリである。

「それではここで、冒険者として活動するための支度をしましょう。どれぇ！」

「はい、ッヨイさまっ」

元気よくようじょがそう言葉を投げかけたので、俺もニッコリ笑って返事をしておいた。


ひとつ目の店に入ると、さっそく俺は武器を物色しはじめる。

そうして知った事だが、ダンジョンに入るための武器はある程度汎用性《はんようせい》のあるものを選ぶものらしい。

「剣は確かに平均的な武器だけれども、相手によっては硬い皮膚に守られていて刃が立たない場合もあるわ」

「そこで鈍器の出番なのです、どれぇ！」

「なるほど、打撃系武器というわけか……」

俺たちがやってきたのはまさに鈍器の並んでいるコーナーだった。

柄の先に鉄球のついたものや、さらにイボイボの星球《モーニングスター》と呼ばれるものがついているのもある。

俺はそのうちのひとつをヒョイと手に取って、握ってみた。

「メイスか、打撃系の武器としちゃ定番だな」

棍棒《こんぼう》から進化したこのメイスという武器は、斬れ味をまったく気にせず使えるというメリットがとても魅力的だ。棒の先端部分が菱形《ひしがた》になっていて、上手く扱う事ができれば少々華奢な人間でも重たい一撃を打ち込める。

斬れ味は捨てた代わりに、菱形の鋭角部分で鎧すらも貫通可能だ。

「お前、使った事があるの？」

「いやあ、バットぐらいなら振り回したことがあるけどね。Vシ○マの撮影でチンピラ役をやった時に」

むかし俺はビデオ映画で端役のチンピラを演じた事があった。

チンピラ役なので銃器の類などは持たされることもなく、与えられた金属バットを振り回して暴力団の事務所で暴れるシーンを撮影したのだが、あえなく敵対する組事務所の人間に射殺される役だったのだ。

野球でバットをスイングするのとはわけが違って、それなりに殺陣《たて》の道場で稽古をした事があった。

あれは両手で振り回したが、このメイスならば片手で振り回すのが基本になるのかな？

「さつえいですかぁ？」

「わかりやすく言うと、この男がやっていたのは演劇の類でやられ役よ」

「なるほどなのです！」

撮影という言葉に不思議そうな顔をしたようじょである。

するとドングリ眼をギョロリとさせて、雁木マリが俺の代わりに説明をしてくれた。何と説明したものかと思っていたところなので、なかなか言い得て妙な解説だね。

すると雁木マリはずれたメガネを指で押し上げながら言葉を続けた。

「お前、元いた世界でフリーターをやっていたんじゃないの？」

「様々な職業を転々としていたバイト戦士だと思ってくれればいいかな」

「ふうん、何をやっても続かなかったというわけね」

身も蓋もない雁木マリのその言葉に、俺はズッコケそうになってしまった。

いかんいかん、この女を相手にしているといちいち調子が狂ってしまうんだよねっ！

「それで、どれぇはどの武器がいいと思いますか？」

「いろいろ並んでいて目移りしてしまいますねえ。けど、一番シンプルなものが使いやすいと思います。なので、これでお願いします」

俺はメイスの中から自分の手に馴染むものをひとつ選んで、ご主人さまにペコペコした。

「了解だよ。じゃああいぼー、これのお会計を済ませてくださいなのですっ」

何気なく手に馴染んだそれはしめて銀貨三枚という大変お高いメイスだったが、ッヨイさまは景気よく購入してくださった。

少なくともこのメイスで銀貨三枚分の働きはしないといけないねっ！

「それじゃあ帰るわよ。アウトドア用の道具の類はあたしとッヨイの予備があるから、それで間に合うわ」

「あの、ひとつ忘れていやしませんかねえ？」

「何の事よ？」

メイスの支払いを済ませたところで細道に出た俺たちだ。

ようじょはすでに路地の先に駆け出そうとしていたけれど、けれどもまだ俺は武器をひとつばかり購入しただけである。俺はその事をチラチラと視線で雁木マリに訴えかけた。

「アウトドアをするとなると服とかも必要になると思うんですけどねえ」

「奴隷の分際で何を言ってるの？　奴隷なんだから全裸なのが基本でしょう。まあせめて鎖ぐらいは外してやってもいいけれど」

いつまでも鎖に繋がれた状態で冒険者も何もあったものじゃないわよね。

上から目線の雁木マリは、フンと鼻を鳴らして俺を睨みながらそう言って首輪から垂れ下がった鎖を引っ張ったのである。

ぐひぃぐるぢい……

そうか。働きに応じて奴隷は待遇が改善してくって事だな！

いずれ上等なおべべを着た奴隷に俺はなるっ。

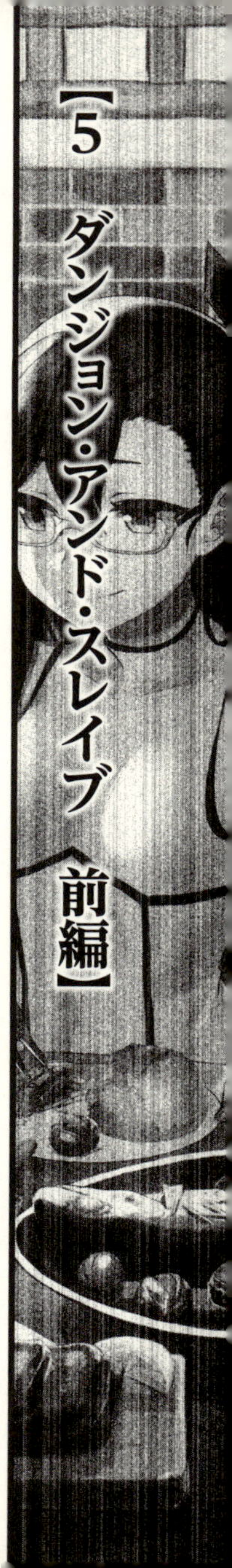

やあみんな。君たちはようじょの下着を洗濯をした事はあるかい？

俺はある、今している。ヒモパンのクロッチ部分を優しく丁寧に手揉み洗いしているが、断じて犯罪行為ではない。

俺はようじょご主人さまであるとこのッヨイハディ＝ジュメェの奴隷として、彼女の身の回りのお世話をさせていただいている。

名前は吉田修太、三二歳。近頃はどれぇとかシューターとか呼ばれている男さ。

高校生の頃からあらゆるバイト遍歴のあった俺だが、残念ながらクリーニング屋でバイトをした事はなかった。

とはいっても、こういうシチュエーションがはじめてというわけではない。

沖縄出身の古老である空手師匠のご自宅に居候していた頃は、よくご家族の洗濯物を洗っていたものだ。

古老の孫娘は年頃の女子高生で、やれこの洗い物はネットに入れろとか、これは手洗いでないといけないとか、そういう事を小うるさく言われた。

その中でも特に口うるさく言われたのが下着関係だったが、文句を言う事に疲れたのかやがて「自分でやるから触らないで！」とある時を境に言い出した。

どうしてあんなに顔を真っ赤にして怒っていたのか原因は謎だが、高校生になって色気づいたのもあったのかもしれんな。

そこでツヨイさまのご自宅に住んでおられるもうひとりの住人の、雁木マリである。こいつは元女子高生だったにも関わらず、下着は自分で洗おうとはしなかった。それどころか俺に下着を洗われる事も、まったく気にしていない様子だ。

年頃の女が繊細になるのは当然という気もしたが、違うのか。俺にはさっぱりわからなかった。

さて、奴隷がご主人様のお世話をするのは当然だろう。

このブルカの街を見渡してみると、そこかしこで奴隷が使役されている事実を目の当たりにするのだ。

俺や雁木マリが元いた世界には奴隷など存在していなかったわけだが、ここではそれこそ当たり前の様に主人に従って街を歩いている奴隷の姿を見たものだ。あるいは何かの使役を命じられて、荷運びやお使いに出ているのだろうと想像できる姿を見るのだ。

彼女がこのファンタジー世界に来てから何を見たのかはわからないけれども、ここでの現実を雁木マリは当たり前の事だと受け止めている証拠だった。

雁木マリのこの世界での地位は修道騎士という宗教団体の運営する武装集団の一員であり、恐らくは街の権力者たちとも近しい関係だ。

日本の歴史に当てはめれば僧兵という事になるが、日本の歴史でも僧兵は一定の権力を持った連中だったはずだ。つまり、彼女と俺の身分差は天と地ほども離れているのである。

人生やり直しのスタート地点が違うのだから、この差は歴然だった。

どれぇ！

「お前、そういう奴隷働きしている姿ってホント似合ってるわよね」

「そういうあんたは、男の俺に下着を洗わせても何とも思わないんだな」

「当たり前じゃない。お前は奴隷なんだから、奴隷に雑務全般をさせるのは当然の事よ」

「雁木マリよ」

「あ？　雁木マリさまだろう！」

俺の態度が気に食わなかったのか、洗濯板でゴシゴシとこいつの寝間着であるキャミソールを洗っていると、雁木マリがキレて前蹴りをカマしてきやがった。

もう毎度の事なので、すかさず飛びのいて蹴りをよける。

「何でよけるのよ！　大人しく蹴られなさいよ！」

「嫌に決まっているだろ。あと邪魔をするな。俺は奴隷の仕事中なんだよ」

「ふん。で？　何よ」

「あんたはアレだな。日本で生まれ育ったのなら、もう少し恥じらいというものを覚えたほうがいいんじゃないかね。大和撫子《やまとなでしこ》の嗜《たしな》みってやつだ」

「お前ホント馬鹿ね。この世界でそんなヤワな考え持ってる様じゃ、生きていけないのよ」

どんぐり眼にどす黒い何かを浮かべて雁木マリが言った。

こいつが最初に異世界から人生やり直しをはじめてまる四年。最初に飛ばされたブルカ聖堂で彼女に何があったかまで、俺にはわからない。

けれども、こいつはこいつなりに苦労してきた事が、そういう言葉を言わせるのだろう。思春期として一番多感な時期をこのファンタジー世界で過ごしてきたのだ。

しかも雁木マリは女であり、苦労は相当にあったのかもしれんね。

俺は余念なく自分の冒険者道具の手入れをする。

「メイスというのも面白い武器だよな」

ボロ布で購入したばかりの中古のメイスを磨きながら、俺はフンフンと鼻を鳴らす。

鈍器に分類される様な武器を実際に使う事になるのは今回がはじめてだ。

打撃系という意味なら天秤棒もその仲間だし、空手で使うトンファーもまたそうだ。

使い方は同じ打撃系でも、メイスとトンファーではまるで違う事になるが、打撃系の武器に共通している事がひとつある。

それはどれも扱いがひどく簡単な事だろうね。

単純に叩きつける事で攻撃力を得るものだから、剣の様に刃筋をしっかり気にしなければならない斬撃系の武器とはそこが違うぜ。

剣や刀は刃筋が少しでもずれていれば、攻撃力が格段に落ちてしまうところがあるので、知らない斬撃系の武器をちゃんと会得しようと思えば慣れるのに時間がかかる。

そういう意味では斬撃武器でも比較的扱いやすい短剣と、メイスを使い分けられるのはありがたい事なのかもしれんね。

ありがとうございます、ありがとうございます。

俺は心の中でご主人さまに感謝した。

「メイスといえば、ゴブリンのッサキチョさんを思い出すな」

二週間ほどでしかないのだが、村にいた頃を思い出た。

そのわずかな村の滞在経験の中でもほんのひと言しか話したことはなかったけれど、ダブルメイス遣いだったッサキチョさんの事をメイスから連想した。

彼がまだ健在であったのなら、メイスでの戦い方を教わる機会もあったんだろうか。

いやいや。そもそも彼が健在であるのなら、村で猟師が大量に不足して俺が街にやってくる事もなかったはずだな。

ままならんものだ。

「それにしてもなあ」

武器はいいのだが、まともな防具はなかった。

というのも、ツヨイさまは魔法使いなので重い防具は必要としておらず、雁木マリは前衛という立場上防具をしていたが、俺はただの荷物持ちだ。ポーターというやつなので靴と寝袋代わりにも使えるポンチョがあればそれでいい。

俺が初見で感じていた荒くれの冒険者どものイメージといえばずばりバイキングの様な鎖帷子を着た集団だったんだが、少なくともうちのご主人さまと相棒は例外らしい。

というわけで、さっそく靴擦れを起こさない様にブーツを履き慣らしておく事にした。

全裸ブーツ。履いてみて思った事だが、明らかにおかしい。その上にポンチョを羽織ってみると、さらに考えたくない結論に至った。

これ、露出狂だ確信。

市街地の暗がりから突如飛び出してくる怪しい変態が、こんな格好をしていませんか！

「どれぇ！　よくにあってます」

「あ、ありがとうございます」

ようじょにそう言われてもあまり嬉しくない俺だが、ブーツとポンチョを拝受した事は感謝せねばならない。

しかし、奴隷はやはり全裸というのがデフォルトらしい。悲しい事にこの親切なようじょも、奴隷に服を着せるという発想がそもそもないんだろうな。他の冒険者と違ってうちのパーティーが比較的軽装に感じるのは、何か理由があるのだろうかね。

俺もこの世界に来てからほぼ全裸で過ごしてきたから今さらというのもあるが、少々どころか防御力に欠ける現状は一抹の不安を覚えていた。

まぁ色々あって準備は完了した。

こうして自分の冒険者道具とッヨイさま、雁木マリの荷物を受け持った俺は、いざダンジョン探索へと向かうのだった。


「そもそもダンジョンというのは、先人たちの古代遺跡と、自然発生の洞窟迷宮のふたつがあるのです」

ようじょ邸を出発し街の外に出ると、俺たちは街道からは逸れた田舎道を歩いていた。

道すがら、ようじょが俺に説明してくれた。

ッヨイさまは魔法使いらしくようじょとは思えないほど博識だ。

屋敷にはこの時代にはきっと貴重だろう書籍の類が山の様にあった。魔法使いの読む本だから魔導書、いわゆるグリモワールというやつなのかもしれない。

勉強家さんなので夜更かししちゃうのはいいんだけど、夜はランタンの油がもったいないから早く寝ましょうね。

昨晩は魔導書を開いたまま、おねむになったのか伏せて寝落ちされておいでだった。

ついでに油断したのか、寝ながらジョビジョバもしておられた。

さすがようじょ。そんなところもお約束を外さないぜ！

だから俺が今朝、熱心にヒモパンのクロッチを洗っていたとしても、それは仕方のない事だったのだ！

ま、仕事だからな。

「規模も様々なのです。ダンジョンの場所も様々ですが、例えばこれから向かうブルカの近くにある遺跡は、とても小さいのですよ！」

「それは自然発生と古代遺跡、どちらのダンジョンに分類されるのでしょうか」

俺が背負子《しょいこ》を背負い直しながら言うと、ようじょは唇に手を当てて返事をする。

「はんぶんはんぶん、かなぁ」

「半分半分？」

「そうです。遺跡といっても最近ッヨイがあいぼーとふたりだけで通っていたのは、小さな遺跡中心だったからなのです。例えば今回の場所ですが、元々は自然洞窟だったのを、古代の人間が遺跡にしちゃった感じ。その後また自然洞窟になった感じ。深さもそんなにないけれど、大事をとって深部までは行ってないのです」

「……なるほど複合的要因で遺跡は成り立っていると。なので、どちらか一方に明確にこうだ！　といえるものは少ないのかもしれんな」

「そうなのです」

「ではもうひとつ、質問をよろしいでしょうか？」

「なんですか？　どれぇ」

愛らしいようじょの返事に嬉しくなった俺は、弾んだ声音で質問する。

「ダンジョンの定義とは？」

「定義ですか」

きょとんした表情も、とても愛らしい。

宝があるからなのか魔力的な何かがあるからなのか、恐らくそうした回答がッヨイさまから飛び出るだろうと予想していたが、返事をしたのは雁木マリである。

「ダンジョンと定義されるのは、主《ぬし》の有無よ」

あんたには聞いてねえよ！

「主の有無？ つまりボスモンスターがいるかいないかが、例えばただの史跡と遺跡ダンジョン、自然洞窟と洞窟迷宮の差という事か」

「そういう事ね。古くなった遺跡なんかは巨大な魔物が巣として利用したり、自然発生的に変な魔物が出現したりするからね。自然洞窟の場合はオーガとかが住み着いたり」

「オーガというのはあれか、人相の悪い巨人みたいな連中か」

「まあだいたい、あたしたちの世界で想像していた様な連中よ。文化的にはまったく相容れない感じの」

「ほう」

俺が雁木マリと話し込んでいるのを見たようじょは、急に嬉しそうに声を上げる。

「どれぇはおりこうさんですね！」

「へ？ そうですかね」

うんうん、とッヨイさまがうなずくと、背伸びをして手を伸ばした。

ん。どうやら俺の頭を撫でたいらしく、俺はしゃがんで首を垂れた。

「よしよし」

「ありがとうございます。ありがとうございます」

俺はついついいつものクセでペコペコしたのだが……

はっ?! 俺はようじょに調教されているのではないか！

こんな事ではいけない。慣れてここが居心地のいい場所だと錯覚してはいけない。

妻に会うため、村に帰るのだ。

俺が決意を新たにしていると呆れ半分、軽蔑半分の眼差しで俺を見下す雁木マリが口を開く。

「まあ。コイツも一応は義務教育受けてるからね、大卒?」

「いや中退だ」

「やっぱ社会のゴミだったか……」

俺は殺意を芽生えさせた。

この女のこういうところはいつまでたっても慣れない。

歯ぎしりをしたが、まだ我慢だ。

ほんの一瞬前まで少しはわかり合えたと思ったが、すぐにこれだ。絶対に許さねえ。

だが、危険な場所に潜るのに意識を散らしてるわけにもいかない。ぐう。

「それじゃみんな、街道を外れてダンジョン近くにあるベースに行きましょう!」

ようじょだけは元気に声を上げる。

目的地はもう目の前だった。

◆

俺たちがやってきた場所は、ブルカの街から半日あまりの距離があるかつて村落のあった遺構だった。

全部で十数棟の家屋と、集会所か何かだったらしい、それよりひと回り大きな古代建築があった。

屋根は完全に崩れ落ちてしまっていたが、その代わりに丈夫な石組みの壁面は残されていて、サルワタの開拓村が土壁の民家だった事を考えると、より立派な印象があった。

周辺はまばらな低木林と、鬱蒼と生い茂った広葉樹が広がる。広葉樹だけが繁栄しているのは、人間の手が長らく入っていない証拠だ。

「ここはブルカ辺境伯がこの土地を統治しはじめる以前にあった、集落の跡地なのです。家の数から考えると、だいたい人口は一〇〇人ぐらいかな？　この奥にダンジョンがあります」

いったん基礎の残った石の家屋跡に入った俺たちに、ッヨイさまが説明してくれた。ここをアタックのためのベースにしていたのだろう。

すでにダンジョンの近くに到着しているという事で、ッヨイさまも雁木マリも周囲警戒を怠っていない。

ッヨイさまは魔法使いなので、武器らしい武器といえば腰後ろに護身用ナイフをさしているだけだが、その代わりに豪華な装丁の魔導書を手に持っていた。

これが魔法発動の媒体にでもなるのだろうか。

それともうひとつ、野外用ランタンの様なものをダンジョン進入にあたって用意していた。

「これは？」

「魔法のランタンだょ。魔力をエネルギーにして火を燃やすのです。中の台座に魔法の発動式が刻まれていて、血を入れる事で使用者の魔力を吸い上げて燃焼する様になっているのです。だから魔法が使えなくても安心ですどれぇ」

「なるほど便利なものなんですね。で、血っていうのは？」

「どれぇは手を出してください。はい、この付属品の針で指を差します」

「痛いのやですよもぅ」

俺はいやいやをしながらも黙って指を針で刺された。

すると、ぷつっと小さな血の雫《しずく》が出て、その針をランタンの台座のところにッヨイさまが差し込む。

ッヨイさまは説明を続ける。

「後はこのノブを捻ると火がつくょ」

「火がつきましたね」

「ッヨイとか魔法が使える人間はできるだけ魔力を温存しておかないといけないので、普段はあまり使いません」

「へえへえ」

「魔力は誰にでも備わっているものなので、こういう道具は前衛の戦士系のひとか、荷物運び《ポーター》が魔力を供給するかして発動させるのです。わかりましたか？」

「わかりました。ッヨイさま！」

一方、雁木マリの方もダンジョン入りの準備をしはじめている。

こいつはノースリーブのワンピースに、鉄皮合板の鎧を装着していた。革鎧とばかり思っていたのだが、鉄板の型をなめし革でプレスする様に加工したものらしい。

金属鎧は防御力の意味ではすぐれているが、そのかわりに重くかさばり熱しやすく冷めやすい。だから人間の体力を容易に奪ってしまう。そこである程度防御力では劣る革と、薄い鉄板を組み合わせているというわけだ。金属部分が皮膚に触れると冷えると熱を奪い、暑くなると熱を伝えると最悪なので、その保険にもなる。

恐らく値段は相応にお高いのだろう。

そして長剣だ。この世界の人間がどういうわけか好んで使っている様に見える刃が厚く広いタイプの長剣である。斬れ味よりも耐久度を重視している様で、剣の斬れ味が落ちはじめた時に遠心力で相手にダメージを与えようという意図だろう。

鞘から抜いて刃の状態を確かめたり、柄の留め金の具合を確かめている辺り、雁木マリも実戦経験がそれなりにあるという事なんだろうな。

むかし俺がとある劇団で若い団員に殺陣の指導を臨時でしていた頃も、模造刀を使う時はきっちりと目釘を確かめる様に口を酸っぱくして説明したもんだが、これと同じである。

俺はふと雁木マリに質問をした。

「あんた、人を斬った事はあるか？」

「愚問ね。あたしは騎士修道会の修道騎士だもん、盗賊の討伐命令が出れば躊躇なく斬るわよ」

「そ、そうか」

さも当たり前の様に雁木マリは濁ったどんぐり眼でそう返事をすると、長剣を鞘に納めた。

それから剣を吊るしている腰のベルトに手をやり、いくつかのガラスか何かに入った様な小さなカプセルの様なものを確かめはじめた。

「それは何だ」

「ポーションよ、必要に応じて使い分けるの。体力強化、筋力強化、知覚強化、回復強化、興奮促進。そういうのがあるわ。お前もいる？」

「薬かよ。薬は結構だ……」

「ふん。そう？」

恐らくこのファンタジー世界では合法な、さまざまな医薬品か何かなのだろう。

ファンタジーゲームでいえばＨＰ回復薬や耐久力強化薬みたいな位置づけなのだろうが、現実にこれを多用するのは、ほとんど薬物常習者みたいで気後れする。

しかし雁木マリは平気な顔をして、そのうちのひとつを取り出すと、器具に挿入して腕に押し当てた。

異世界の注射器というわけか。

「こうして専用の器具にカプセルポーションをセットしたら、押し込むのよ。ッく……」

「今使ったのは？」

「筋力強化よ。効力は半日ぐらい継続するから、序盤に力押しでダンジョンの深部に入る時に効果的よ」

「複数同時に使ったりしたら副作用はないのか？」

「そうね。あたしは魔法も使えるから、身体操法は自分である程度コントロールできるわよ。素人が同時にいくつも使うのはやめておいた方がいいかもね。ふぅ……」

カプセルポーションをキメた雁木マリは恍惚《こうこつ》とした表情を浮かべて、傍らでマップを広げてチェックにいそしんでいたようじょに向き直った。

「こっちは準備できたわ」

「はいです。あいぼーはいつも通りの前衛で、最後尾がどれぇ。前回入ったところまで、障害になりそうなものは排除できてるから、一気に奥まで行きましょう」

「わかったわ」

ふたりのやり取りを目で追うと、俺もうなずいて荷物を担ぎ直した。

ダンジョン進入にあたり、右手にメイス、左手に先ほどのランタンという格好だった。

「よし、行くわよ」


自然洞窟というだけはあって、入口は少し広めの大きさがあった。

だいたいマンションのエントランスホールみたいな感じだ。削り出されてつるりとした壁面になっているので、古代人たちがここを住居か倉庫か、そういう意図で加工を加えたのだろう。

もしかしたら神殿だったのかもしれない。

「奥はすぐに陽の光が差し込まなくなるからね。あたしは自分の魔力で光を出すから、奴隷は灯りの死角を作らない様にッヨイをサポートしなさい」

「わかった。あんた、この世界の人間じゃないのに魔法が使えるのか」

「いっぱい訓練したのよ。四年間、血反吐《ちへど》を吐くような努力をし続けてね」

あっさりとそう言ってのける先頭の雁木マリ。

なるほど、だが異世界人の俺でも訓練すれば魔法が使える事が確実にわかったのは嬉しい。

いやよく考えれば俺の持った魔法のランタンも、俺から魔力の供給を受けて稼動しているわけだから、後は理屈さえ覚えれば俺でも使えるのか。

しかし血反吐を吐く様な努力か。

サルワタの森以外に何もない様な辺境の開拓村に全裸で登場した俺と違って、雁木マリは聖堂に降誕したのだ。

いけ好かないヤツである事に違いはないが、聖少女降誕などと言われて騒がれたらしいから、それ相応に期待されて、その期待に応えるために必死に頑張ったんだろうな。

片手の自由を確保するために左手にランタンとメイスを両方持った俺は、洞窟の壁を触りながらゆっくりと奥に入った。

「情報によれば最深部に神殿があるのです。最後にこのダンジョンに人間が入ったのは一五年前という事だけど、以後は掃討のために冒険者は派遣されてないのです」

「それでこのダンジョンの主というのが、長らく放置されている間に出現したんですね」

「そうですねー。ダンジョンの主と、それからここを根城にしていたコボルトなんですどれぇ」

ジャッカル顔の猿人間か、どこにでもいるなアイツらは。

するとﾂヨイさまの代わりに今度は雁木マリが口を開く。

「洞窟系の史跡なんかはコボルトの巣に利用されたりするからね。それから鉱山跡地。そういうところが、連中の集団営巣地になりやすいらしいわ。道具や武器も資材庫に放置されていたりするしね」

「なるほど勉強になります」

「あとは大蛇の類かしら。ここは湿度も高いし冬も暖かいから、いる可能性はあるわ。前回入った時に、あらかたコボルトは処分したんだけど」

処分か。雁木マリにしてみれば猿人間は狩りの対象ではないんだな。

「問題は最深部ね。ここは古代人が礼拝所として使っていた跡地なんだけど、奥に地底湖があるの。そこがどうやらダンジョンの主の住処《すみか》になっているはずなんだけど」

「相手は何だ。ワイバーンとかか？」

「違うわよ。でも、似た様なものかしら」

コツコツとブーツを響かせながら少しだけこちらに視線を向けた雁木マリが言った。

「似た様なものって何だよマリ」

「お前、バジリスクって知ってる？」

俺の質問に、雁木マリが質問で返してきやがった。

嫌なヤツがよくやる返し技だ。

「いや知らない。コミックか何かのタイトルかな」

「チッ。これだから無学低能は」

「俺は異世界に来てまだ日がないんだよ。そういう事を言うなよな」

「どれぇ、バジリスクは頭にトサカのある化物トカゲです。地上を這うドラゴンだと思ってくださいどれぇ」

「お、ドラゴンか。ッヨイさまありがとうございます」

俺は教えてくださったッヨイさまに感謝した。

嬉しくなったのでついついッヨイさまの頭をなでなでする。

すると「えへへ」とッヨイさまが笑った。

ッヨイさまか～わいい。

しかし。

どこにでもいるな、ドラゴンの仲間。

「あたしらのいた世界のゲームじゃ、毒を持ってるとか視線で石化する能力があるとかいわれてるけど」

「こっちでもそいつは、そんな能力があるのか？」

「ないわよ。石化はしない代わりに、遭遇した人間は恐怖で硬直してしまうのよ」

「それは咆哮でか」

「……ええ。何よお前、知っているじゃない？」

「村にいた時に、共同でワイバーンを仕留めた事がある」

「へぇ？」

俺がドヤ顔でそう説明すると、チラリと面白くなさそうな視線を雁木マリが送ってきた。

「どれぇはワイバーンを仕留めたのですか？」

「はい。辺境森にある開拓村の猟師をやっていたのですがね、森から出てきた悪いワイバーンのオスが、村で悪さをしたのですよ。そこで俺は、村周辺で一番腕のいい狩人である、鱗裂きのニシカさんというひとと、ふたりで討伐したんです」

「どれぇはすごいですね！」

「本当かしらね。この世界に降誕して、たかが一年にも満たないんでしょ？　そんなのお前にできるはずがないわ」

「それができたんだなぁ」

「じゃあ、ちょっと証明してみなさいよ」

雁木マリは洞窟を進む足取りを止めて、剣に手をかけた。

「ん？」

「この先に広場になっている場所があるわ。そこにまだ、処分しそこねたコボルトか何かが残っているみたい。数は二桁は行かないはずだわ。相手できる？」

「わかった。やってみよう」

「あたしが右、お前が左」

俺は背中の荷物を下ろした。いつでも戦闘態勢を取れるように腰の短剣も確認した後で、右手にメイスを握り直す。

「ッヨイは」

「何ですかガンギマリー？」

「ここであまり大きな音を出すと、バジリスクに気づかれてしまう可能性があるわ。攻撃魔法はなしで」

「わかったのです」

「代わりに広場の天井に、魔法で光を打ち上げてくれる？」

「任せてください！」

三人はうなずき合った。

俺は姿勢を低くしながら、雁木マリといっしょに壁伝いにこの先の広場を見やる。

コボルトだ。
一、二、三、四、五、六。思ったより多いな……
ワイバーン退治をいっこうに信じてもらえないのはまあしょうがない。

にしても、活躍して役に立てば、少しは早く奴隷から解放されるかもしれない。

「じゃあいくわよ？」

「いつでもいいぜ！」

俺たちは気合とともに、広場に向かって躍り出した。


俺とともに低い姿勢で駆け出した雁木マリは、長剣を引き抜くと右腰構えに剣を運んだ。

こいつ、剣道経験でもあるのか？　かなり堂に入った動きである事に俺は舌を巻く。

いや、これは剣道経験じゃないな。

柄の持ち方が、両手の握りに拳ひとつぶんの隙間を作っていない。遠心力を多用して振り回す方法だ。

だが少し、危うさがある。

その危うさは殺意の衝動とでもいう様な、向こう見ずの猪突猛進な動きが見えるからだ。隙をカバーするよりも先に一撃を入れる戦い方だ。

ポーションの力が乗っている分、攻撃を優先した方がいいと考えているのか。まあそれもありだろう。

ッヨイさまが打ち出した魔法の発光が、洞窟内の広場を照らし出した。

照光魔法によって照らされた雁木マリの動きを観察している間にも、右翼に固まっていたコボルトの集団に斬り込んでいく。

血祭りだ。

一気に引き上げの一撃をコボルトの頭に叩き込んだかと思うと、返す刀で周辺のコボルトも巻き込む様に横一線で斬り返す。

おお、負けていられねえ。

俺も意識を左翼に集中させながら、メイスを振りかぶった。

こんなものは過去の俺の格闘技経験の中でもまるで使った事がない得物だが、誰でも簡単に使える入門編の武器という意味ではありがたい。すぐに使いこなせる感触を覚えながら、ドシャリとコボルトの頭蓋に振り下ろしてやった。

蹴り飛ばしてすぐ次の獲物を探す。弓で相手にするよりも、よっぽど大立ち回りをかました方が楽だぜ。

コボルトどもは何かの骨を削り出した棍棒を持っていたが、動きが緩慢だ。

余裕を持って避けながら、とにかく顔に一撃を入れて集団を切り崩した。

「メタイ！」

「メタイメタイ!!!」

何語かわからない言葉（恐らくコボルト語）をわめき散らす連中は、散り散りになって俺を囲もうとする。

固まっている方がこちらとしては対処しにくいが、攻守の隙間を作ってくれるなら処理しやすい。

ジャッカル顔の猿人間は、どういうわけか逃げずに俺に襲いかかってきた。ッワクワクゴロさんに聞いていた「コボルトは臆病」という証言に反する動きだ。

だがコボルトの顔には明らかに恐怖がある。

バジリスクが奥にいるからだろうか。

一撃ずつ、確実に、頭だけを狙って。

ごちゃりという不気味な感触が俺の持つメイスの柄を通して伝わってくるが、数匹程度を相手にするなら手がしびれる事はなかった。

振り回す事、五度。こちらのコボルトどもは一瞬で制圧完了だ。

ただやはり使った事の無い武器だけに筋肉は驚いた様だな。

「お前、そっちは⁈」

「制圧完了だ。全員仕留めた！」

「いいわね。あたしも完了よ。ッヨイ、どっちが速かった⁈」

軽く肩で息をしながら、余裕の表情で雁木マリが血振りをした。

びゅっというキレのいい血振りから、ゆっくりと長剣を鞘に納める姿はなかなか様になるな。

「ちょっとだけ、どれぇの方が速かったのです」

「ちょ、本当⁈」

「俺は五匹相手だ、そっちは？」

「四匹よ……。あんた何者？」

「元の世界では空手経験があってな。あと武道経験いろいろ」

「チートすぎでしょ……」

「だが人間を殺した事はないぞ。俺のはしょせん道場剣法だ」

悔しそうな顔をしてどんぐり眼で睨みつけきた雁木マリに、俺は笑って返事をした。

「な、何よ。余裕ぶっこいてるのかしら？」

「違う、あんたは野趣味があったが地に足の着いた剣術操法だった。惚れ惚れする様ないい腕だ」

続く言葉は笑いを消して、俺がしっかりと眼を見返して言った。

するとすぐに雁木マリは視線を外して「フン」と鼻を鳴らす。何だ、顔がやけに紅いじゃないか。照れてるのか？

ん？

「急いで部位を回収しましょうか。どれぇはそっちの、ガンギマリーはそっちのです」

「部位。どこを回収すればいいんですかね？」

「コボルトの犬歯だょ。持って帰れば少しだけどギルドで討伐報奨金が出ます。コボルトは街の周辺でも悪さをするので、常時駆除のための報奨金がかかっているのです」

なるほどな。俺はうんとうなずくと、潰れたコボルトの顔を足蹴にしながら犬歯を確認した。

ちょっとグロテスクすぎる作業だがやらねばなるまい。

「これ使いなさい」

「んっ」

雁木マリが肉厚のナイフを差し出す。

ちゃんと元日本人というだけはあって、自分が革の鞘を持って相手に柄を向けた。

「先に柄で歯茎に一撃を入れてこう。その後に刃でほじくって」

「手際いいな」

「害獣の駆除もあたしたち修道騎士の仕事よ。規模が大きい時は騎士隊を組織して処理するわ」

俺も見様見真似で犬歯をかき集めた。

水筒の水を含ませた清潔な布をッヨイさまが用意してくれたので、顔や手についた血を拭き取っていく。

「ありがとうございます。ありがとうございます」

「どれぇのお世話をするのも、飼い主のお仕事なのです」

えっへんとようじょが胸をそらした。

そこですかさずいい子いい子してあげると、ほわほわ〜とツヨイさまが表情を崩す。

「ふたりとも何やってるのよ。コボルトどもの様子が変だわ、先を行くわよ」

「へい」

こちらは頬に血をつけたままの雁木マリ。

それ以外のところは普段から手慣れているだけあってあまり血を被っていなかった様だ。

俺も見習わねばならんな。

背負子を背負い直した俺は、ツヨイさまと手を繋ぐと先行する雁木マリに従ってダンジョンの深部へと進み出した。


「ずいぶん空気が生臭いですねぇ」

「この前に進入した時は、だいたいこの辺りまでだったはずね。目印に刻んだ壁の傷があるわ、もう一度つけ直しましょう」

元からあった壁の傷に、バッテンになる様に雁木マリがナイフで傷をつけた。先ほどの解体に使ったものである。

「この先はどれぐらいあるんだ?」

「過去の作成地図だと最深部まではあと一〇〇〇歩ぐらい。そうですね、直線距離ならすぐだけど、他にも変なモンスターがいる可能性があるから、すぐにってわけにもいかないですどれぇ」

ふと口から飛び出した俺の質問に、ようじょが親切丁寧に教えてくれた。

「ここ、比較的小規模なダンジョンなのですよね。本格的なダンジョンになると数日にわたって攻略する事になるのか」

「そうね。中にはどういう意図で作られたのかもわからない様な古代人の複雑なダンジョンが存在するわ。あるいは鉱山跡地がそのままダンジョンになったような場所は、何日もかけて少しずつ攻略していく感じ。ここならそうね、行って帰って二、三日の行程で何もなければいける。問題はバジリスクよ」

思案しながら雁木マリが言った。

「大型モンスターのバジリスクみたいなのは、普通は大きな体を維持するために、相応の獲物を必要とするのじゃないか。ダンジョンの奥に居座って主然としている様では、生きていくのもままならんだろう」

「考えられるのはふたつですどれぇ」

「ほう？」

慎重に手元から魔法の発光体を現出させて前方に探りを入れる雁木マリの後ろで、手を繋いでいたようじょが教えてくれる。

「ダンジョンに別の出入口があって、そこから自分の縄張りに出かけているのか。それとも、休眠期に入っているからなのです」

「休眠期か、それならば理解できます。俺たちもワイバーンを仕留めた時は、怪我を負ったあいつが休眠用の洞穴に入る直前を狙って仕留めました」

「どれぇは賢いですねえ！」

「まあ元猟師見習いなので、それに腕のいい相棒がいたのですよ」

「どれぇのあいぼーですかぁ？」

ようじょがぷにぷにの頬に人差し指を押しつけて小首を傾げた。

「そうですよ。鱗裂きのニシカといって、村の周辺では知らない者がいないワイバーン狩りの名人でした。猟師になって冬を過ごした数だけワイバーンを仕留めたという猛者なんですが、実はもうひとつありがたくない二つ名がありましてね」

「ありがたくないぃ？」

「そうです、赤鼻のニシカともいうんです。とってもお酒にだらしがないのですよ。街に出てきた時も、やれビールが呑みたい、酒場に連れていけとうるさくて」

「あはは。ニシカさんはお酒大好きなのですねー」

「でも、腕は確かですよ。俺では扱うだけでも大変な長弓を使って、ワイバーンの急所を一撃で打ち抜く腕があります。あの女はサルワタの森最高の狩人ですね」

ニコニコしながら俺の話を聞いてくれるようじょだ。

一方の雁木マリは、途中で歩みを止めると俺の方に向き直った。

「ふうん。女なんだ？」

「お、女だとまずいのかよ」

「異世界に飛ばされてきて、たいした苦労もせずにやれ嫁だ、やれ女の相棒だ。いい身分だこと」

「いい身分なわけがないだろう、俺は奴隷だぞ」

嫌味な発言につい俺はカっとなって反論した。

奴隷がいい身分なはずがない。ニシカさんは確かに女だが、何か妙な関係があったわけでもない。

「あたしは、死ぬ様な思いと血反吐を吐く様な努力を……」

売り言葉に買い言葉。

雁木マリはどんぐり眼をすぼめて何事か畳みかけようとしたけれど、途中で言葉を濁した。

何か言いたくない事でも過去にあったのだろうか。俺には理解できなさそうな何かが。だが不満を口にするのを思いとどまったのには理由があった様だ。

どうやら雁木マリは何かを見つけたらしく、視線を地面に向けていた。

「三つ目の可能性を説明するわ」

「みっつめ？」

「バジリスクが、ここに住居を構えている原因よ」

そう言った雁木マリが、前方に警戒を怠らない様にしながら、足元にしゃがみ込んだ。

猿人間の頭蓋だろうか、一部が欠損しているが霊長類っぽい特徴の骨だ。

それの近くに別の骨。こちらは蛇の様なものだ。

「こっちはコボルト、こっちはマダラパイク。それからダンジョンワームの糞」

「パイクにダンジョンワーム？」

「ニシキヘビみたいな大蛇と、大型の芋虫よ。死骸漁りをして大きくなるのがダンジョンワームの仲間。このダンジョン、小さいみたいに見えて、かなり濃密な生態系になってる。ここなら外に出なくても多少の獲物が得られる構造になってるといえるかしらね」

雁木マリはメガネの位置を調整しながらそう言った。

「コボルトやマダラパイクが食べていける様な餌になるものがいる。そっちがこれ」

「ん？　何だ」

「チョウバエよ。知らない？　あたしらのいた世界にもいたはずだけど」

言うが早いか雁木マリは長剣を引き抜くと、壁に剣を突き刺した。

よく見ると、ガかチョウかハエか、よくわからないが岩壁に擬態した平べったい飛翔昆虫が剣で貫かれている。サイズは分厚い百科事典みたいな大きさだ。

「奥に地底湖があると言ったでしょう。そこから羽化したチョウバエが大量発生しているのでしょうね。

こっちの動物《モンスター》は何でもかんでもアメリカンサイズだから嫌になるわ、ねっ」

ごりごりっとチョウバエと呼ばれた百科事典サイズの飛翔昆虫をにじった雁木マリは、とても嫌そうな顔をしながら長剣を引き抜き、鞘に納める。

「コボルトやマダラパイク、それからダンジョンワームの糞が溶け出して、地底湖に流れ込む。それをチョウバエの幼虫が食べて羽化すると、それをコボルトやマダラパイクが食べる。まあ他にもたぶん、そういう大型昆虫がいっぱいいるんでしょうけどね」

「チョウバエの成虫は何を食べてるんだ」

「知らないわよそんな事。あとは洞窟内のコケでも食べてる動物がいるのかもね。壁が綺麗だから、たぶんそう」

博識を披露しながら、また歩みを進め出した。

途端、洞窟のずっと奥から響き渡る様な、ドオオオンという慄《おのの》きが聞こえた。

聞き覚えのあるそれは、たぶんワイバーンの親戚みたいなヤツに違いない。

バジリスクだ。

戦慄した俺は、たまらず萎縮する息子を確認した後、不安そうな顔を浮かべたようじょの手を握ってやった。

ところがパシリと拒絶されて手を離される。

「どれぇ、どれぇはバッチぃです！」

いやぁすまんことです。

◆

不整地を歩くという作業は、人間にとって想像もしない負担を強いる事になる。

例えば江戸時代、旅をする人間たちは一日にだいたい二十数キロの道のりを歩いたそうだ。

フルマラソンだと四二・一九五キロを選手なら三時間足らずで走破するのだから、数字だけ見るとこれは物足りなく感じてしまうかもしれない。

けれど当時の旅人たちは、どこまでも続く整地されていない街道あるいは山道をひたすら、何日もかけて歩くのだ。

足への負担は整地の比ではない。また直線距離でもない。

山道を三キロ歩く行為と、アスファルトの道を三キロ歩く行為が、まるでかかる時間が違うのと同じだ。してみると、当時の人間は不測の事態に備えて、ある程度の余力を残した状態でその日の行程を切り上げたのだ。

ダンジョンの深部を目指す俺たちも同じだった。進入直前に軽い昼食と装具点検をとって、それから進入。

初日である今日はコボルトの残党を掃討した後にこの階層の少し先まで進み、周囲から身を隠しやすい通路のくぼみを見つけてそこをベースにした。

「実際に大規模ダンジョンに攻略をかける時は、複数のパーティーが同時に進行して、ベースを設置しながら奥に奥に進んでいくのよ。遺跡タイプの場合は、全ての通路と部屋をしらみ潰しにしてモンスターの発生源を排除する。そこまで安全路を確保したうえで、中層に向けてアタックをかける主力パーティーが攻略に挑むの」

ランタンの吊るしを外して簡易コンロにしたその上に、雁木マリが飯盒《はんごう》の様なものを設置しながら俺に言った。

聞いているとそれは、エベレスト登頂を目指す登山隊のやり方に似ている。

この世界では登山攻略の代わりにダンジョン攻略というのが置き換わるのかもしれないね。

「そもそもなぜダンジョンを攻略するかだよな。俺たちは今、過去に先人が一度は潜ったダンジョンにアタックをかけているわけだろう？　というと、ゲームじゃないんだから目ぼしい財宝や貴重品が見つかるという事もないわけだろ。それとも金銀財宝が自動発生でもするのか」

「それはですね、どれぇ。ダンジョンの主を討伐する事が最大の目的なのです」

「なるほど、それは重要ですね。ッヨイさま」

曇りなき眼を向けたッヨイさまに、俺は相槌を打った。

そこで雁木マリが代わって説明してくれる。

「それに領主の庇護《ひご》というのかしら、この土地ならばブルカ辺境伯の統治責任というものがあるわ。領主は税を徴収する権利と引き換えに、その領民を庇護する義務があるの」

「その割には俺はあっさり奴隷堕ちしたわけだが、ブルカの領主さまは何をやっているんだろうね。あんな奴隷商人と冒険者が好き勝手をやっているのはおかしいだろ。俺、伯爵さまに守られてないしー」

「何もおかしくないわ。だってお前、ブルカ領民じゃないでしょう」

「……なん、だと？」

侮蔑の視線を送りつけてきた雁木マリに俺は驚愕した。

何だよ、女村長は辺境伯の部下とかじゃないのかよ。

「お前、サルワタの開拓村から来たって言ったわね。あそこ一帯は別の領主がいたでしょうが」

「いや確かにそうだが。どういう事だ説明しろ。うちの領主さまは騎士爵という爵位を持っていたが、辺境伯からすると位はかなり低いだろ。部下とかじゃないのか」

「そこが難しいのよ。辺境一帯には、さまざまな領主が入り組んで領地経営をやっているのよ。それらのまとめ役、こちらの言葉でいうと旗頭を務めているのが辺境伯よ」

「じゃあうちの領主さまは何なんだ。旗担ぎか？」

「寄騎《よりき》っていうのよ。上司と部下の関係ってよりは、先輩と後輩みたいな関係と思いなさい。いや違うわね、選手会長とその他選手みたいな感じかしら」

「ようわからん例えだが、何となくわかった。旗頭な」

飯盒の中に砕いた小麦をサラサラと入れていくようじょ。それに乾燥野菜と定番のベーコン。隣で芋をむいていた俺は、小さくカットしてそれもぶち込んだ。

「そうすると領主間の対立問題になるんじゃないか。この世界じゃ人口は権力基盤とイコールだろ。うちの領主さまが黙っていないんじゃないか」

「残念ながら、国法によって領地外に出た自領民についての手出しはできないのよ。犯罪もしかり、庇護もしかり。その土地の領主が許可を出さない限りは手出しはダメ、そして開拓村の領主と辺境伯では、選手会長と入団テストを受けて入って来たばかりの無名選手ぐらいに力の差が歴然よ」

またよくわからない説明をしながら雁木マリが飯盒の中身を掻き混ぜた。

よし、しっかり沸騰してきたところを見て、俺はランタンの火を弱めて飯盒に蓋をする。

「つまり同じ領主といっても、爵位と同じだけ力関係が歴然としているという事か」

「そうね。お前は奴隷になったぐらいだから、自分の身分を証明できるものも何も持っていなかったのでしょう。だから余計にカモにされたのよ」

「冒険者ギルドに登録した後だったら違ったのか？」

「あまり、違わないわね。冒険者はどちらかというと金遣いも荒いし、借金をこさえまくって首が回らなくなれば、奴隷堕ちする人間もいっぱいいるわ」

ぐうっと伸びをした雁木マリが、最後にボソリと言い添えた。

「この世界は優しくないわ。人間の生活圏の外に出れば獰猛《どうもう》な野獣がいるし、生活圏の中には支配者がいる。実力主義かと思えばそうでもないの。実力があってはじめて最低限の人間たりえるのよ。お前はその事実に気づく前に奴隷になった。でも、同情なんてしない」

「そうかい」

「あら、でもどれぇは悪いことばかりじゃないですよ?」

そんな事を、ようじょが言った。

「というと……」

「どれぇは契約どれぇなのです。犯罪どれぇや捕虜どれぇじゃないので、資産価値ぶんの働きをすれば、どれぇは解放されるものなのですどれぇ」

「マジかよ。じゃあ槍働きしまくって稼ぎまくったら、自分で自分の身代を買い取る事もできるのか」

あまり期待はせずに、俺はようじょに返事をした。

期待をして結果が違ったら、このようじょを恨んでしまう事になるからな。

しかし本当か? という視線を、一応雁木マリに送っておく。

「まあ事実ね。ただしそんな働きを証明するなんてご主人さまの心ひとつじゃないの。ッヨイが手放さなかったらいつまでたってもお前は奴隷。残念でした」

「ッヨイはそんな悪い事はしません! どれぇがしっかり働いてくれたら、その働きにちゃんと応えます!」

あわてて俺をフォローしてくれたッヨイさまかわいい。

一方、雁木マリは舌を出してあっかんべーをしやがった。

うっぜえこいつ。いちいち言い方が腹立たしいので、俺は悔しさのあまり仕返しをしてやろうと決心した。

それはいつか先の話じゃない、できるだけ早くだ。

雰囲気の悪くなった空気の中で俺たちは飯盒を回し食いし、ぶどう酒の瓶を回し飲みした。

潮時だな。

タイミングを見てこれから雁木マリさんを教育してやるか。

時刻は元の世界でいえば午後六時ぐらいだろうか。

恐らくダンジョンの外ならば、そろそろ太陽の位置が地平線に見える山すそに移動している頃だろう。

そう。この世界では街や村の外に出ると、地平線を見られるのだ！

寝るには早すぎる時間ではあったけれども、始終体を動かしてきたのだから体は相応に疲れている。

「どれぇ、ッヨイはそろそろおねむなのです」

「はいはい。ッヨイさまはお若いので、たくさん寝てお体を休めましょうね。オシッコは大丈夫ですか？」

「どれぇはッヨイの事をお子さま扱いするのです！　オシッコしてきます」

ぷりぷり怒ったッヨイさまが、窪みからダンジョン通路に出てフリルワンピースを持ち上げるとお尻を出した。

お尻を出したようじょは一等賞！

不用意にッヨイさまがモンスターに襲われてはいけないので、メイスを持ち上げて警戒に立った後、荷物をクッション代わりにできる様にして、ッヨイさまにポンチョをおかけした。

おやすみなさい。

見張りの順番はお子さまのッヨイさまを先に寝かせたので、雁木マリが最初、次が俺、最後に早起きしたッヨイさまという順番だ。

しかし好機到来と見た俺は、むくりと起き上がると枝毛をいじっていた雁木マリに声をかけた。

「おい雁木マリ」

「お前、いちいちフルネームで呼ぶのやめてくれないかしら」

「じゃあ、あんたも俺の事をお前とか言うな。シューターと呼んでくれよ」

「嫌よ」

「かわいくねえな！」

「お前……シューターにかわいがってもらう必要なんてない」

何だ、言い直したな。ちょっとは気を遣う気になったのか？

「……そうかい。嬉しいぜマリ」

「ふん」

「お願いついでにもうひとついいか」

「何よいきなり」

「俺と剣の稽古をしようぜ。今日はもうこのまま休眠に入るだろう？　寝るにはちょっと体力を持て余しちまってな、俺と手合わせしてくれよ」

俺は別段、下卑《げび》た笑いを浮かべたつもりもなかったのだが、急に雁木マリの表情が一変した。

先ほどまでは少なくとも愛想のない顔はしていたけれど、感情の機微が見えた。

俺を呼ぶ時に言い直した瞬間なんかは、年頃の女の子らしいちょっとはにかんだ様にも見えなくない表情だった。

それが今は土色をしている。

顔面が痙攣している様に表情を消して、眼から生気が消えた様になった。

ん。どうしたんだ。

「そうだ軽く手合わせだ。別に得物は何だっていいが、剣ならマリも使えるだろ?」

「稽古、ね」

「目的は何よ」

押し殺した声で雁木マリが言った。

ようじょがすかーと寝息を立てているからではない。もちろんそれもあるんだろうが、殺意のこもったそれを俺は感じた。

そういうのは空手経験からよくわかる。こいつは発言次第じゃ本気で殺しにかかるつもりなんだろう。

ゆっくりと雁木マリの手が長剣の鞘に伸びる。

「目的は簡単だね。あんたは俺を馬鹿にしすぎた。俺だって人間だ、プライドはあるぜ? 人をゴミでも見る様な態度でこれまで過ごしてきただろう」

「だから意趣返しっていうの? お前は奴隷、あたしは修道騎士。明らかに地位も立場も違う」

「そういうところがかわいくないんだよ」

俺がそう言うと、雁木マリは鞘に手を置いたまま睨みつけてきた。

生気が少し宿った。いや、何かを考えているのだ。

「そろそろガス抜きしようぜ、俺たちはパーティーを組んでダンジョンにアタック中だぜ? いつまでもこんな調子じゃ、俺はあんたを助ける気にもならない。マリだって俺を助ける気なんてサラサラないんじゃないか?」

「…………」

「俺はワイバーンを倒した事があるが、マリはどうだ?」

「ない、わよ」

「空を飛ぶか地を這うか、違いはあるだろうが生半可な相手じゃないだろうぜ。大人数でかかってやっと傷をつけるのが精いっぱいだ。そんな時、仲間内でいがみ合っているのじゃ、はたして怪我で済めばいいけどな。全滅だってあり得るぜ？」

「チッ」

「だから、わだかまりはここいらで捨てようぜ。でも簡単にはできないだろ？　だから賭けをしよう。俺が負けたら、今後はお前の命令には絶対従ってやる。立場が対等だなんて言わない。ッヨイさまの奴隷であり、雁木マリの奴隷、それでいい」

法的にはどうかわからんがな。

負けたら諦めがつく。だって俺、負ける気がしないね。

殺意の衝動だけで動いている様なヤツは、どうとでも対処できる。

「それで俺が勝ったら、」

「いいわ。勝負を受けましょう。あたしが負けた時の事なんて考える必要ない、だってあたしが必ず勝つから」

「いいのかそんな余裕ぶっこいて。俺は県大会で三位になった事もある実力なんだぜ？」

「お前のその余裕こそ、あたしがぶち壊してやる。殺す……」

こいつ、長剣を引き抜きながら立ち上がった。しかも殺す発言。

俺も荷物の側に放り出していた短剣を引き寄せて、ゆっくりと立ち上がった。

長剣を引き抜いた雁木マリは、気だるそうに剣先を地面にこすりつけながら通路へと移動する。

顎だけで俺についてこいと指示をした。

背中を見せて歩み出してはいるが、その背中は十分に警戒をしていた。

抜き身の短剣を右手に持って俺が後についていくと、向き直った雁木マリがカプセルポーションを注入器具にセットしていた。

ぷしゅうと注入器具が音を立てて、雁木マリの腕にポーションを挿入していく。

針のないタイプなので、魔法陣か何かを通して体内に投与しているのだろう。

おいおい薬を使うなんて聞いてないぜ？　雁木マリさんよ。

カプセルポーションは色がついているから、その色で何のポーションを投与したかはわかるはずだが、あいにく俺はポーションに疎いのでそれは知れない。

恐らく興奮促進か何かのヤバいポーションだろう。

こいつは自分がポーション中毒になる事はあり得ないとか言っていたが、本当だろうか。

一瞬だけアへ顔をキめていた雁木マリの目が、より一層濁るのが見えた。副作用で精神に異常をきたさなかったとしても、体を酷使する事には変わりない。筋肉を使いすぎた翌日は疲労で筋肉痛になるものだ。

そこまでして、俺に勝つってのか。

最初にレギュレーションを打ち合わせておかなかったのは俺のミスだな……

「おい、魔法はなしだぞ」

「当然よ。ハンデにしたげる」

「ポーション使っといてハンデもへったくれもないだろうよ！」

俺は言うが早いか駆け出した。

向こうが仁義無用でポーション使ったんだから、こっちが先手に出たって問題なかろう。

短剣というのは想像以上に使いやすい武器だ。

剣を持つという意識をするよりも、たぶん自分の拳が刃物になった様なイメージを持った方が正解だろう。

パンチを繰り出すつもりで、短剣を差し込んでいけば良いのだ。

逆に防御は体の一番硬い部分で受けるつもりで、それが刃だと理解していればいい。

パンチで戦う以上はいかにして相手の懐に飛び込むかだ。

一方の雁木マリは長剣である。それも遠心を利用して勢いで振り回す操剣スタイルなので、ひとつひとつの振りの間に隙が必ず存在する。

案の定、俺が飛び出した瞬間を見て雁木マリは剣を低く構えた。

例の右腰構えから、重心を利用した勢いのある胴薙ぎ一閃《いっせん》を狙うつもりなのだろう。

甘いぜ。

俺はそれよりも早く、すでに相手の懐に飛び込んでいた。

真剣をお互いに抜いているとはいえ、まさかパーティーメンバーを殺すわけにもいかない。

いや、雁木マリは殺す気だ。

だから怒りで肩が吊り上がっていて、コボルト相手の時よりも少し動きが緩慢だ。いきなり試合終了というわけにもいかないので、俺は軽く雁木マリの首脇をすり抜ける様に剣を刺し込んでやった。

さくりとマリの髪の毛が斬れる。

みるみる表情をかえた雁木マリが、引き下がりながら振り込んでいた剣を正面に勢いで持ってくる。

俺は剣ではなく、彼女の手を左手で押さえつけた。

「飛び出しが一歩遅かったな」

「くっ死ね！」

ポーションの影響からか、女の筋肉と油断していたら両断されてしまいそうなパワーで俺は押し返された。

あわてて俺の目の前を走り抜ける剣筋を避けて、今度は距離を取る。

雁木マリの方から数撃の攻勢が続いた。

力任せとはいっても、それなりに剣の扱いは様になっていた。

仕掛けてやるか。

あまり戦いを長引かせると後日に影響が出るので、俺は雁木マリを誘って油断した構えを取ると、彼女が力ずくで一撃をぶちかましてくるのを待った。そして見事にそれに乗っかってくれる。

大上段に構えた雁木マリは、地面まで勢い叩きつける様にして真っ向斬りを俺にしてきたのだ。

その瞬間に体を入れ替えながら、俺は雁木マリの足をかけて転がす。

そのまま白兵戦をするつもりで飛びついた。

がらんがらん、とけたたましい剣と短剣が転がる音がしたが、そんなの気にしちゃいられねえ。

俺たちはダンジョンの地べたにへばりつくようにしてお互いにマウントポジションを取ろうと転がり回った。

だが、両手両膝を自分の手足で押さえつけた俺の大勝利だ。

「残念だったな、雁木マリさんよ」

「は、離しなさいよ」

「離したらマリがまた暴れるだろう。そんな事はしません」

「くっどうする気？」

必死で抵抗しながら、首をもたげて噛みつきそうな勢いの雁木マリさん。

いや参ったね。

「降参か？」

「降参なんかしない。殺せ！」

こいつからくっ殺せいただきました。

「暴れるなよ。暴れるともっと痛い思いをするぞ」

「な、何よ。あたしを乱暴する気？　巨大な猿人間みたいに……」

「バッカちげぇし！　いいか、そうじゃねえ！」

「じゃあどうするつもりなの……」

「俺はただ、お互いにストレス発散してわだかまりをなくしたかっただけだよ。同胞に、同じ日本出身の人間に、認めてもらいたかっただけなんだって……」

「…………」

「もういいだろう。俺だってその、マリに巨大な猿人間みたいな扱いをされるのは嫌なんだよ。だから負けを認めてくれ」

「…………ふん」

雁木マリの抵抗する動きが止まった。

それを確認して俺も押さえつける力を弱める。

「俺とあんたは対等。パーティーの仲間だ。わかるな？」

「ええそうね、パーティーメンバーね」

「対等なパーティーメンバー、だ」

「チッ調子に乗るな」

立ち上がった俺は、頑《かたく》なに認めようとしない雁木マリに手を出してやる。

すると彼女が面白くなさそうに毒を吐いた。

「さて、じゃあ俺からの勝利のご褒美を要求するのはそれだけだ」

「それだけ?」

「ああ、仲間として認めてくれればそれでいいさ。今はまだな」

「……今はまだってどういうことよ。あとで請求する気なの?」

「そういう事もあるかもな。それとマリ、」

「何よ」

俺はさっきからうつむき加減の雁木マリを観察しながら続ける。

「……巨大な猿人間に襲われた事があるんだな?」

「ッく」

やはりそうか。

血相を変えてまた殺意交じりの眼で睨みつけてきた雁木マリに、俺は確信した。

「ち、違うわ。あるわけないでしょ!」

「そうだな。ない、なかった」

犯されたのか。

だから雁木マリは頑ななのか。

この異世界で屈辱的な経験してた結果、ポーションにすがる様になったのか。

悔しさを力にするために、ポーションを使ったのか。

「……忘れなさい。この話は絶対に」

「忘れるも何も、俺たちは剣の稽古をしただけだ」

後和地の悪い空気の中、お互いに絞り出すように言った。

雁木マリは自分の長剣を拾うと、ようじょの寝入っている通路の窪みまで戻っていく。

それを見送りながら俺も自分の短剣を拾った。

この世界は優しくない。

日本のどこにでもいる女子高生を襲って犯す様な巨大な猿人間がいる。

ポーションで身を守り強くならなければ、ただの女子高生はただの女子高生のまま死ぬしかない。

座して死を待つか、悪あがきするか。

落ちていたカプセルポーションの殻を踏み潰してしまった俺は、そんな事を考えた。

【閑話　その頃のニシカさん】

目が覚めるとオレは無一文になっていた。

「おげぇ、気持ちわる。シューター水をおくれよ」

何しろ部屋の中はがらんどうで、オレだけが吊り床に取り残されていたのだ。部屋の中に差し込む陽の光はずいぶんと急角度だ。

ついでに昨晩燃やしていた除虫菊の残り香がただよっているだけだった。

水だ。水をくれ。オレはもそもそと吊り床から這い出すと、ブラウスの胸元のボタンを閉じた。

ちきしょうめ。

シューターどこ行ったんだよ。

吊り床から降りるのも苦労してフラフラになりながら干していたアイパッチをひとつ摑んだ。

左目に装着すると気分がちょっとだけ引き締まった。昨日から普段と違う左目にアイパッチをしているが、誰からも特に反応がない。

オレとしては、だ。

右目も似合ってるけど、左目もステキだぜニシカさん！　というくらい言って欲しかったのだが、あいつら男どもはまるでわかっちゃいねぇ。

はて。オレは確か上の段で寝ていたはずだが、何でシューターの吊り床で目が覚めたのだ。あわてて服が乱れてないか確かめたが、ちゃんと下着はつけていたのでオレは安心した。まさか酔った勢いでとんでもねぇ事になったかと思ったが、大丈夫だ。

とにかく喉が渇いてしょうがないので、吊り床に転がっていた水筒を持ち上げるとオレは口に含む。

「ぶへっ、焼酎だこれ！」

シューターのかと思ったが、これはオレの水筒だった。

水はないのか水は。

オレは二段ベッドに吊るしていた山刀とベルトを取ると腰に巻く。

とにかく水だ。それから連中の居場所だ。階下に降りてゴブリンの番台を捕まえると、あいつらがどこに行ったのか聞いた。

「ああ、ギムルの旦那たちなら朝一番で出かけたよ」

「行き先はどこなんだよ！」

「んなもん知らねえよ。ただ十日分の宿の前金だけはもらってるよ、お嬢ちゃん」

じゃあ、そのうち帰ってくるのか。

ギムルの旦那は確か今日村に帰ると言っていたから、冒険者ギルドに昨日の面接した連中を迎えに行ったのかな。するとギムルたちが村に向けて旅立ったならシューターは帰ってくるな。

今いつ頃だ。昼飯時だから戻るならそろそろか。

「おいオッサン。水をくれ」

オレがゴブリンの番台にそう言うと、番台は手を出して来やがった。

「何だよその手は」

「金だよ薪代、払うもん払ってくれないと水は出せないな」

「馬鹿野郎、水っつったら飲み水だろう」

「馬鹿はあんただ、お嬢ちゃん。飲み水だって湯を沸かすだろう、ほれ銅貨一枚払いな」

ケチくさいやつだぜまったく。

オレはポケットを探ろうとしたが、ブラウスと下着一枚で降りてきた事を思い出した。しかもオレは金なんて持ってねえ！

ちくしょうめ。しょうがないのでオレ様は井戸水をもらって、芋の酒を割って飲んだ。

すきっ腹に向かい酒は、胃に沁《し》みた。


いつまでたってもシューターは宿に戻ってはこなかった。

いいかげん、そろそろ陽が暮れはじめるんじゃないかとオレが不安を覚えだした頃、オレの胃袋も限界になってしまったので、携帯食料の不味いビスケットとワイバーンの干し肉を食った。本当は茹でて雑炊にしようと思ったのだが、薪代も払えないのでしょうがない。

そもそもオレは所持金ゼロだ。

シューターがいなければまともに飯も食う事ができねえ。

べ、別に無計画に生活をしてきたわけじゃないぜ！　集落に残してきた妹が不自由しない様に、ちゃんと金を置いてきただけだぜ！

けどまあ、いざという時の金ぐらいは持っておくべきだった。今のオレが持っている金目のモノといえば、せいぜい首飾りにして吊っているワイバーンの逆鱗だけだろう。

こいつは猟人として自分の腕前を証明するものになるし、金持ちの好事家《こうずか》が集めているという話は聞いた。何でも砕いて薬にするらしいね。

冒険者ギルドの部位換金カウンターに行けばいくらかにはなるだろうか。シューターの足取りが摑めない時はそうするか。

そう思いながら昨日たどった道を通って冒険者ギルドに向かった。オレは田舎者だが猟師である。道順をいち度で覚えるのは必須スキルだ。

などと思っていたら冒険者ギルドのカウンターに到着した。

「軽装の戦士さんなら、朝早くにこちらに来られてから今日は戻ってきていませんよ」

昨日とは違う女の受付が、オレに対応してくれた。

困った、シューターのやつここにも戻ってきていない。いったいどこに行ったんだよ……

「ひとつ聞くんだが」

「はい何でしょう?」

「ところでこいつを見てくれ、どう思う?」

「……どう思うって、すごく立派な逆鱗ですね。ドラゴンの仲間ですか?」

「ワイバーンさ。オレ様はこれでも猟師になって過ごした冬の数だけワイバーンを仕留めてきたんだ」

「なるほど。で?」

オレが熱心に自慢をしてみたが、受付の女はまったく相手にしてくれなかった。

「つ、つまりだな。ここの換金カウンターで、この逆鱗はいくらぐらいになると思う?」

「そうですねえ。銅貨二〇枚ぐらいでしょうか」

「銀貨一枚もないだと?」

「あくまで買い取り価格ですからねえ」

「それじゃ飯もまともに食えないじゃねぇか。オレ様は腹が減ってるんだ、もう少し高く売れるところを紹介してくれよ……」

銅貨二〇枚の価値なんてのは、きっとこの街じゃ酒を飲んで飯をたらふく食えばあっという間になくなる。集落よりもずっと物価が高いんだ。

シューターを捜している間に資金が尽きたら、オレはどうすりゃいいんだ……

「何とかしてくれ。頼むよ！」

「いやいやお客さま。お客さまはご自身でワイバーンを仕留められる実力がおありなのですから、ここはひとつ冒険者ギルドに登録された方が、将来的にもいいと思いますよ？」

「……ふむ」

受付嬢の言う事もまあ確かにもっともだ。

オレは猟師だからモンスター討伐なら簡単にできる。持ってきた狩猟道具が心もとないが、コボルトや暴れグマぐらいだったらどうにでもなるしな。

それに、冒険者は別にモンスター狩りだけが仕事じゃないと聞いた事があるぜ。

「その話、詳しく聞かせてくれ。冒険者ギルドに登録するには金とか取られねえんだろな？」

「わかりました。それではこちらの登録カウンターにどうぞ。もちろん登録費用はありませんからご安心くださいね」

ニッコリ笑った受付嬢にフンと鼻を鳴らして返すと、オレは隣のカウンターに移動した。

「あー。オーガの緊急討伐クエストは、こちらで受付をやってまーす。オーガ退治のパーティー結成はこちらになりまーす。臨時で野良パーティー集めてまーす」

オレは今、冒険者ギルドの入口で呼び子をやっている。

即金でもらえる仕事をくれと受付嬢を脅したら、この仕事を振られた。

時刻はもう陽が暮れはじめていたけれども、近郊の村でオーガの群れが現れたというのでギルドの前は活気づいていた。

オレ様もこのパーティーに参加した方が絶対に分け前が多いんじゃないかと思ったんだけど、これが終わったら飯を奢ってくれると受付嬢が言ったから、そうした。シューターがいつまでも帰ってこないから、これはしょうがないんだ。

清算が終わるのを待っていたら明日以後になっちまう。

「オーガの討伐クエストですー。緊急ですー。参加可能な方は入口の特設カウンターで申請してくださーい。すでに参加された方はこちらに集まってくださーい」

これはしょうがないんだ。シューターが突然消えたからしょうがないんだ。

シューターの馬鹿野郎めが！

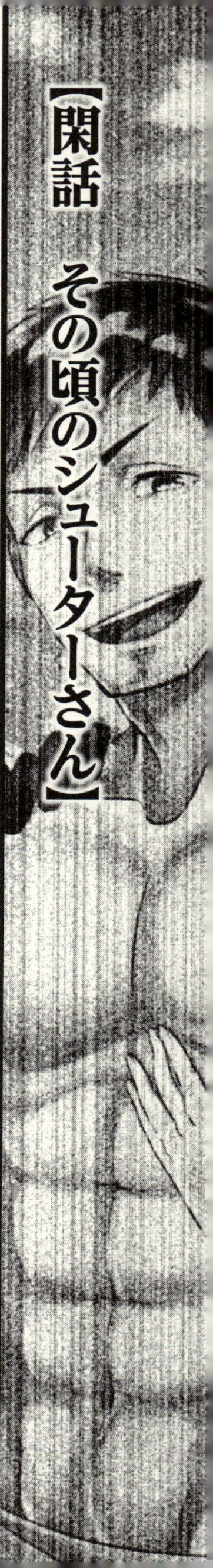

【閑話　その頃のシューターさん】

「びえっくしょい！」

ようじょのヒモパンの大事な部分を丁寧に手洗いしていたところ、俺は盛大にくしゃみをした。

全裸のせいかな？

【6　ダンジョン・アンド・スレイブ　後編】

むくっ、起きました！

朝を迎えると俺は息子を覚醒させていた。

ポンチョにくるまって寝ていたのだけれど、問題はポンチョが上半身をすっぽり隠してくれるだけで、下半身は丸出しという事だった。

悲しい事にダンジョンの中でも生理現象が現出するわけで、俺は朝から息子が元気だったのだ。パーティーメンバーのッヨイさまはようじょだ。これは教育上よろしくない。

という事で、雁木マリが朝から不機嫌に俺を蹴り飛ばしてきた。

「お、お前という男は。いったい朝から何てものをおっ勃《た》てるのよ！」

勢いよく足蹴にされたので、俺はあわてて起きながら息子を庇《かば》った。

そうしなければ怒り狂った雁木マリに、息子まで児童虐待されかねなかったからだ。

「痛ぇ、やめろよマリ。俺がどうしたっていうんだよ。俺たち仲間だろ?!」

「ガンギマリー、どれぇがどうしたのですか？」

「この男、事もあろうにあたしたちの前で、ちちち……アレを勃起させていたのよ！　この変態！」

「全裸だけど俺は変態じゃねぇ！　ただの生理現象であって、俺が健康な奴隷男である証拠だ！」

「お前にはガッカリだわ。簡単な魔法は使えないし文字も読めない、朝から破廉恥《はれんち》なモノを見せつけてくるし、何を考えているのかしらッ」

とまあ、朝からひと波乱あったわけである。

何も考えてなくても、生理現象だからしょうがないんだよなぁ。

それともマリが沈めてくれるのかな？　くっくっく。などと考えていたのが見透かされたのだろうか。

「死ね！　二度死んで地獄に落ちなさいっ」

手酷い罵声を浴びせられてしまった。トホホ……

もしかしたらッヨイさまにいらぬ心配をかけてしまったかもしれない。

何やら背中を向けている俺の後ろで、ようじょと雁木マリがヒソヒソと会話する声が聞こえてくる。

「ッヨイが寝ている間に、もしかして何かあったのですか、あいぼー？」

「なな、何でもないわよ。気にしないでっ」

「それならいいのですが、ちょっと気になってしまったのです」

「何もなかったのよ。だから問題なのよ。てっきり何かをされると覚悟していたのに、アイツはそれをしなかった……」

「？」

マリはいったい俺を何だと思っているんだ！

仮にもサルワタの村に嫁がいる身分だし、マリはご主人さまの友人という立場だからな。などと考えていると、

「最低の男ならもっと奴隷と割り切って八つ当たりするつもりだったのに、、優しくされたら調子狂うじゃないッ」

「あいぼーはどれぇが嫌いなのですか？　好きなのですか？」

「奴隷相手に好きも嫌いもないでしょうッ。でもま、アイツが思いのほか紳士である事は認めてやってもい

いわ。全裸の紳士とかまるで笑えないけれども」

そんな小声が聞こえてきて俺はズッコケそうになる。

ようやく俺の息子が落ち着きを取り戻したところで振り返ると、雁木マリはそれ以上言わなかったが、それでもいろいろ気になっていたらしい。

「そ、それがただの生理現象って本当なの」

「本当だ。モノの本によれば男は生命の危機を感じると、元気になるというぞ」

「嘘じゃないでしょうね?」

ダンジョン攻略の準備中、コソコソと雁木マリがそんな事を質問してきた。

「さあ俺も専門家じゃないからな、そんな事はわからんぜ。だけどバジリスクだっけ、そりゃドラゴンの親戚相手に戦うんだから生命の危機っちゃ生命の危機だろ」

「確かにそうだけれども。そ、そのッヨイの前であんな事、できるだけ見せないでもらいたいわね。き、教育上よろしくないわ」

「いや、すまんことをした。あんたも年頃だしな、それに嫌な事を思い出させたかもしれない」

「そ、それはいいのよ」

顔を桜色にした雁木マリはお茶を濁して、ダンジョン内のマップで表情を隠してしまった。

さて問題のダンジョン攻略である。

昨日の行程は、前回のアタックでッヨイさまと雁木マリが調査していた入り口付近と表層を通って、中層部分までやってきていた。

ッヨイさまが最初に説明していてくれた通り、このダンジョンは数日の行程でアタックできる程度に比較的小規模なものという事だが、それは過去の踏破者が作成したこのダンジョンのマップから読み取ったものだ。ただしそれは一五年前に入ったこのダンジョン最後の踏破者のマッピングを複写したものだった。

これとは別にッヨイさまが今回、改めてダンジョンへのアタックにあたり新規のものを作成している。

理由を聞いたところ、

「中には以前の攻略時と経路が変わっている様な、そういう仕掛けがある本格的な魔法装置が機能しているダンジョンもあるのよ。古代人が作成した、ね」

雁木マリがそう教えてくれた。

古代人恐るべし。

「そんなダンジョンはめったにないわ。でも事前のチェックを怠った事で複数同時攻略のパーティーが連携を失って、モンスターに各個撃破された事がある」

「そういう経験があるのか」

「それが南にある巨大な猿人間のダンジョンだったわ。ッヨイとはそのダンジョン攻略で知り合ったの」

なるほど。そういう経験に従ってふたりは緻密なマップ作成を怠らなかったのか。

待て。もしかするとそのダンジョン攻略で、雁木マリは……

いやそれ以上は考えまい。

「このダンジョンは心配ないのですどれぇ。魔法装置のある様な遺跡タイプじゃないし、バジリスクがいるだけなのです」

「そうですね。ッヨイさまがお利口さんなので、どんな時も手を抜いていないだけですもんね」

「えへへ」

よしよしすると、ようじょは嬉しそうに口元をほころばせた。

「でも自然洞窟系のダンジョンでも洞窟の崩落はあるのです。だからしっかりマップ情報はチェックしておくと、後発の冒険者にとっては非常に有効だといえるのですどれぇ」

「とてもよい心がけだと思いますッヨイさま。無事にひと仕事終えたら、冒険者ギルドに提出しましょうね」

「はい、どれぇ！」

うわようじょかわいいなぁ。

むかし俺が大学生だった頃、いつもお世話になっていた先輩空手家の息子さんの相手をしていた。ベビーシッターというほどではない。

そもそも息子さんは当時三歳ぐらいにはなっていたと思うので、本当に幼児にかかるだろう苦労というものはなかったわけだが、よく肩車をせがまれたり一緒に昼寝をしたりなんて事をしたもんだ。

ほんの少しの間、自主稽古中の先輩の代わりに相手していただけだから本当の苦労はわからないけれど、お子さまのかわいさの、いいところだけを集めると、今のッヨイさまを相手にしている様な気分になる。

ッヨイさまは利発なので、とてもお相手をしていて心地がよいのである。

だが早まるな。俺は決してロリコンではないし、過去の俺もショタコンだったわけではない。ちょっとだけ「うわようじょきゃわいい」って思っただけなのだ。

ようじょはかわいいから、仕方ないね！

「では出発するわよ」

ッヨイさまにデレデレの俺に呆れた顔を浮かべた雁木マリは、手元に光の魔法を現出させるとダンジョンの先に進んだ。

あわてて荷物を背負い、ッヨイさまと手を繋いで後に続く。

その後モンスターはマダラパイクに遭遇したり、例のチョウバエを見かけたので叩き潰したりしながら進んだ。いくつか側道になっている場所を確認したが、そういう場所がモンスターのねぐらになっている場合が多いので、きっちりとマッピングしていくついでに討伐しておく。

そして懸念というほどではないが、今朝がたの話題にも上がっていた洞窟の崩落場所を発見したのである。

「道が崩れているわね……」

手で触りながら、本来なら奥に続いていくだろう洞窟の崩落箇所を前に雁木マリがため息をついた。

「崩落したのは最近ね、まだ洞窟の天井が経年変化した形跡がない。一年か半年か、そんなにまだ経っていないかもしれないわ」

照明魔法をかかげる雁木マリにつられて、俺もランタンを持ち上げた。

雁木マリが長剣を引き抜くと、背伸びをして剣でガリガリと崩落した天井部分を確かめている。

逆にッヨイさまはしゃがみ込んで、崩れた土の感触を確かめていた。こちらは俺がランタンを持ち上げてしまったので、自前で小さな魔法の照明を作り出していた。

魔法、便利だね。

雁木マリも使えるんだから、俺もいつか覚えられるよな。

「どうも自然に崩落したという感じでもないですねえどれぇ。ここだけ洞窟が少し狭まっているので、無理やり何かが通り抜けるために、洞窟の天井や壁をこすった感じがするのです」

ようじょはそう言って、壁や天井、それから地面を観察した。

「しっぽのあとがあるのです」

「ほう。これは確かに尻尾の跡ね。マダラパイクのものとは違うわ」

ふたりの冒険者が顔を寄せ合う。

なるほど。図体のデカいバジリスクが、恐らくここを通り抜けたために崩落しただろうというわけか。

「迂回路は？」

「ないですガンギマリー。この先の地底湖まではこのルート一本なのです」

「じゃあ、バジリスクがあたしたちのいる側に来るためには、ここを通る必要があるわけね。土は、そんなに硬くないから、また強引に通過する事もできるかも」

「そうですねえ。魔法でッヨイがこじ開けます。どれぇはこれを持っていてください！」

立ち上がったようじょが、俺にダンジョンの地図を渡した。複写したマップと、マッピング中の自作品両方だ。

するとようじょはパラパラと魔導書をめくり、そこに栞《しおり》を挟んだ。

「ちょっと強引に穴をこじ開けるわよ。あんたも下がって背を向けていた方がいいわ」

「大丈夫かよ。無理やりやったらまた崩落するんじゃねえのか」

「どうかしらね。他に方法もないし、強引にといっても瞬間的な力で突破するわけじゃないから。見てなさいよ」

雁木マリが説明してくれたので、俺はうなずいてマリとともに背を向けた。

すると背後で空気の感触が変わるのを何となく実感した。

これまでようじょが使っていた魔法は、照明を発光する魔法であるとか、どれも実用的なものだ。今度のはもっと本格的に魔力を使うものなのだろうか。

ヒュンと股下がそら寒くなるのを感じて、俺は股間を片手で押さえた。

すると隣の雁木マリがとても嫌そうな顔をする。

「何やってるのよこんな時に」

「タマヒュンってやつだぜ。何か股間の心地が悪い」

その直後、ズモモモという様な妙な効果音が発生して、やがて俺の背中に小石や土がバチバチと叩きつけられた。

ちょっと俺、全裸ポンチョなんですけど。ケツは丸出しなんですけど。

痛い！　小石痛い！

やがて魔法がおさまったらしく「ふぅ」というようじょの吐息が聞こえた。

うまくいきました！　という声を俺は期待していた。元気なッヨイさまならそういう返しを普段ならするはずだ。

ところがいつまで経っても言葉がないので雁木マリが振り返り、俺も続く。

すると、俺の視界には信じられないものが飛び込んできた。

「あれは？」

「し、知らないわよ」

「どう見てもドラゴン系の何かですよね」

「そうだけど！」

「例えて言うなら、ティラノサウルスが四足歩行になってトサカを生やしたような感じですよね」

「そんな例えはどうでもいいわ！　ッヨイ下がって！」

ッヨイさまの魔法で崩落した土砂を吹き飛ばしたところ、明らかにトカゲの親戚の様な姿をした軽バンサイズのモンスターがいた。

こんにちは、バジリスクさん！

俺たちは荷物や道具を放り出して、武器を構えた。

◆

突然現れたバジリスクに、俺は身構えた。

片手に持ったメイスは、いかにもライトバンほどのサイズがある地を這うトカゲの暴君には心もとない様な気がしたが、頼れる武器はこれしかない。どうやら短剣は、重厚な鱗の鎧をまとった相手には通用しなさそうだった。

もしも弱点があるとするならばワイバーン狩りの名人、鱗裂きのニシカがそうしていた様に一撃必中で目を射抜くしかないわけだが、弓はない。

こんな事なら宿から弓を持ってくればよかったぜとも思ったが、あの技はニシカさんがいなければ成立しない。

弱点はどこだ。

人間に置き換えれば目以外なら鼻頭、耳、呼吸器が集中する部分。子供の頃に読んだモノの本によれば、恐竜は脳を複数箇所持つなんて書かれていた気がするが、だとすると脳を揺らすという行為も果たしてどこまで効果的かはわからない。

その上、記憶も曖昧だ。

ドーモ、バジリスクさん！　ひとつ手加減をお願いします！

そんな事を必死で考えていると、ようじょが魔導書を広げて例によって栞を特定のページに挟んでいた。

「ッヨイさま、下がって！」

「大丈夫なのですどれぇ、ッヨイがまず一撃を入れます！」

手を引っ張ろうとした俺はようじょの言葉で躊躇した。

いや相手はライトバン＝トカゲだぞ?!

ゴルルルル、とバジリスクが低い唸り声を上げげた。どうやら相手も俺たちといきなり邂逅《かいこう》した事で戸惑っているらしい。

先手を取るならば今なのだが、ご主人さまを引き下がらせて俺が飛び出るべきか……

「お前、ッヨイの一撃が終わったら入れ違いに突入するわよ」

「いいのかよッヨイさまに任せて！」

「見てなさい、ッヨイは強いわよ……」

雁木マリにたしなめられて俺は思い留まった。

よし、一撃を食らってどれだけバジリスクの体力を削れるかはわからないが、その後に柔らかい懐を攻めるか、可能なら鼻っ柱に一撃だ。

「倒す必要はないわ。次の一撃まで相手をけん制――」

雁木マリがそう言い終わるよりも早く、ようじょの魔法攻撃の準備が整ったらしい。

全身にオーラをまとったゴブリンの子供が、圧倒的である様な存在感を撒き散らす。

そしてようじょの手元が印を結んで、

「フィジカル・マジカル・どっかーん！」

次の瞬間に、洞窟の地面から次々と触手が伸びた。

戸惑って攻めあぐねていたバジリスクに、次々とそれが襲いかかる。

触手形状のうねうねしたもの、それから明らかに楔《くさび》の様に尖ったもの、それらが複数入り乱れて下腹からバジリスクを攻撃した。

「今よ、左右分れて攻撃！」

何の打ち合わせもなく、俺は雁木マリに急かされて攻撃態勢に移った。

雁木マリはようじょに信頼を置いているのか、まったくその動きに焦りや不安がない。

地面から伸びた棘《とげ》の数本は、確かにバジリスクの腹に何本かが刺し込んでいた。

当然抵抗した地上の暴君は後ろ脚で棹立《さおだ》ち姿勢を取ろうとしたが、ここは洞窟の中でもかなり道幅が狭まっている場所である。

それができないために一瞬前脚が浮いただけで、うねうねした触手に胴体が絡まれて大地に引き戻された。

「行けぇ！」

隣で雁木マリの手先から、先ほどまで小さな照明魔法だったそれがテニスボールほどに燃え上がって、地上の暴君の顔を攻撃した。

威力がどれほどのものかまではわからない。けれども確かな手ごたえがあって、バジリスクが咆哮した。

ドオオオンという、洞窟の隅々にまで響き渡るドラゴンの仲間たち特有の恐怖の戦慄だ。

俺は必死になって踏みとどまろうとするが、やはり駆け込んでバジリスクの側まで来たところで棒立ちになってしまった。

だが雁木マリは違う。

ファイアボールを放った後、立て続けに何かのカプセルポーションをキメて、バジリスクの咆哮を無効化させていたのだ。

なんて頼もしいやつだ。

そして硬直した俺を蹴り飛ばすと、自らも長剣を逆手に持って、バジリスクの額に一撃を入れたのである。

「はああああっ！」

「グオオオオン」

やばい。

俺は直感的に、硬直が解けた瞬間には駆け出していた。

バジリスクの事を俺は四足歩きのティラノサウルスと比喩した。だがあれは間違いだ。

こいつは熊の様な存在だ。前脚の一撃を食らってしまえば、雁木マリは一瞬で殺される。

だから駆け出した俺は雁木マリに飛びついて、あわや彼女の首を消し飛ばしかねないチョップの一撃を回避した。

そのまま地上を転がって受身を取りつつ、短剣を引き抜いて地面に刺す。

「これを使え！」

雁木マリの長剣はバジリスクの額に刺さったままである。手を離したから今命があるのだが、彼女にはもう武器がない。だから俺の短剣を使ってもらう。

俺は少々心もとないが、メイスでどこかに攻撃をするしかない。

拘束されているが暴れ続けるバジリスク。

特に尻尾の周辺が危険そうだ。そしてッヨイさまの拘束魔法はそろそろ限界らしい。

「どれぇ！　もう少しだけ時間稼ぎできますか?!」

「何とかしてみます」

ちょっと厳しいなぁ。

目を狙うのも厳しいが、他があるとしたらどこだ。耳か。耳だ！うねうねの拘束が緩みそうになった瞬間に、俺は大地を蹴って走り出し、思い切りバジリスクの耳の穴に一撃叩きつけてやった。

ドオオオオオンッというかつてない怒声で、俺は吹き飛ばされた。

痛みか、それだけではなく怒りか。

そのバインドボイスは衝撃の魔法でも乗っている様に風圧を叩きつけた。

怯むな立ち上がれ！

視界の端に、背後に走り込む雁木マリがいた。

やはりこの女、実戦経験があるからだろうか、少々の不具合があった程度では心が折れないらしい。

その雁木マリがバジリスクの尻尾先端を斬りつけた。

後ろにバジリスクの意識を持っていかせるつもりか。

俺も立ち上がると、びるびるの泥触手から抜け出したバジリスクの隙をうかがう。ヤツめの意識は俺と雁木マリのどちらに向けるべきか迷っているらしい。

だがその戸惑いは命取りだったな。

何しろ、ここは人工遺跡ではなく自然洞窟だ。ダンジョンの道幅が一定していないので、地形を使えば人間さまの方が有利に戦えるんだ。

ッヨイさまがいる方は洞窟の幅が狭くなっていて、俺の側は広さが少しあるが、ここで向きを変えるにもバジリスクには大変だろう。そして雁木マリのいる場所はまた狭まっている。

無理にでも向きを変えようとしたのが失敗だったね、熊トカゲくん。

「脚をやる！」

「すぐに頸根を断つわ！」

意思疎通があったわけではないが、ほぼ同時にそう叫んだ俺と雁木マリは、やはりほぼ同時に動いた。

向きを変えようと左前脚を差し出したバジリスクに、俺はメイスを思い切り振りかぶって攻撃してやるつもりだ。

狙うは小指辺りに痛恨の一撃だ。

どんな硬い動物だって、面積の狭い場所は防御力も低いんだぜ。

問題は攻撃した後がノープランという事だろうか。

まともに避ける場所が足りないダンジョンでは、受身回避をしながら戦いづらい。

雁木マリさん、修道騎士だったよね。村の教会堂の助祭さんたちとは同じ神様を崇めてるのかな。だったら癒しの魔法頼むぜ。

俺はバジリスクの小指の骨を粉砕してやった。

当然の様に、いや想像以上に痛かったのだろう。

天井が低い事も忘れて後ろ脚立ちになったバジリスクである。そしてその瞬間にポーションをガン決めで狂戦士化した雁木マリが、首元に短剣の一撃を見舞ってくれた。

だが当然の様に暴れたバジリスクの前脚で、いとも簡単に雁木マリは弾き飛ばされる。

さすがに庇ってやれない。俺も絶体絶命だ。

「どれぇ！　逃げてください」

そんな言葉が俺たちを救ってくれた。

俺の、俺たちのようじょさん。小さいゴブリンの冒険者の手元から、グリモワールから、炎を帯びた一本の土の槍が翔け走った。

まさに処刑人の一撃。大地の炎槍はバジリスクの左胸を貫いた。

見とれている場合ではなかったが、わずかの間それを観察してしまった俺である。

心臓を貫かれて崩れ落ちてくるバジリスクを避けながら、見苦しく這いずり回って俺は逃げた。

うわようじょッヨイ。じゃなくて、強い。

もし初撃でこれが可能なら、俺たちの出番はまるでなかったな。

ぴくりとも動かない雁木マリに俺は不安になったけれど、こいつはまだ生きていた。

「大丈夫かよ」

「ポーションを、水色のポーションをちょうだい……」

口だけを動かして、大の字になって転がっている雁木マリは、必死の視線で俺に訴えた。

言われた様に、弾帯みたいにベルトに装着していた無数のポーションの中から、水色のものを外す。そして戦闘中にどこかへ行ってしまった注入器具を探して拾い上げた。

セットの仕方は簡単だった。

ガラス玉のカプセルをどうやって人体に注入させるのか不思議だったが、雁木マリの土で汚れた二の腕に乗せて、注入の押し込み口に力を入れるとそれは雁木マリの体へと移転していった。

「ふああ、脱力するぅ」

薬でもキメた様な顔をしやがるぜ。

むかし俺はオカマバーでボーイをやっていた事がある。剃り残しのヒゲが青々と残ったママが閉店後の掃除をしている時に、野太い声で悲鳴を上げた時の事をふと思い出したのだ。

店が入っている雑居ビルの共同トイレから注射器が見つかって大騒ぎになったのだ。どうやら誰かが違法の薬物をここで摂取したのだろう。

案の定、雑居ビルにある階段踊り場で、どこかの店の客が脱力して転がっていたのだ。今の雁木マリは、その顔をしている。

大丈夫かこいつ。

「しばらくすれば回復するわ。今使ったのは回復のポーションよ」

とても幸せそうな顔をした雁木マリがそう言うので、まあ納得しておいた。

ッヨイさまは。

小さなゴブリンの俺のご主人さまは、心配そうに雁木マリに膝枕なんかしてやっている。

「ガンギマリーはすぐ無茶をするのでいけないのです」

「しょうがないじゃん。あたしはけん制役で、あんたが主攻撃役なんだから。もう少し戦うスペースがあればやり方もあったんだけど、咄嗟の近接戦だからしょうがないね」

そう。咄嗟戦だった事と、戦うスペースが狭すぎた事で俺たちは苦戦を強いられた。

雁木マリのファイアボールも、たぶん一定の広さがあればけん制攻撃としても何射かできたのではないか。だがあれは命中すると爆発するので、何発も打ち込めば俺たち自身の視界を妨げるしな。

使いどころが難しい。

「それより。平気そうな顔をしていますけど、どれぇは大丈夫なのですか？」

「どういうわけか無傷ですッヨイさま」

正確には無数の擦り傷、打ち身はあるだろう。

けれども体を普通に動かす分には無理のない状態だった。

「このまま雁木マリーの回復を待って、地底湖の状態だけ見ていきましょう。マッピングの詳細を取り直すのは、今回はちょっと諦めるのです」

「そうですね。マリにもあまり無理はさせられませんし、それがいいでしょう」

もうこのダンジョンの主は倒したんだしな。

振り返った俺は、雁木マリの剣が額に刺さったまま転がっている地上の暴君を見てそう思った。

戦闘の直後というのは、もっとも油断する瞬間である。

残念ながら俺はそれをリアルで体験した事はなかったが、モンスターをハントするゲームの中でならある。

沖縄の古老の家に居候をしていた頃、古老の孫娘とそのゲームに興じている時に何度か経験したものだ。

ターゲットのモンスターを時間内に仕留めてぬか喜びし、ふたりでテレビモニタを前にあそこがよかった、ハンマーが綺麗にヒットした、部位破壊もバッチリだと言い合っていたところ、画面の中に今回のターゲットモンスターではない、あちこちのマップをうろついている凶悪なモンスターが登場したのである。

当然、負けた。

だから油断をしてはいけない。

ましてやここはリアルの世界である。

リアルは命を落とす。そしてここは優しい世界じゃない。

「どうしたのですかどれぇ？」

手を繋いでいたようじょが俺を見上げた。

「いいえ何でもありません。バジリスクを仕留める事ができましたが、俺は元猟師であり元戦士ですからね。常に油断はしないわけです」

「さすがどれぇ！　お買い得などれぇでしたね！」

「ありがとうございます。ありがとうございます！」

お褒めの言葉に誠心誠意、俺は心から感謝した。

「でもでも、どれぇが大活躍しちゃったら、予定より早くどれぇとバイバイしないといけません。どれぇ！どれぇはどこにもいかないで！」

「はい。奴隷めは、ッヨイさまがこれからもすくすく成長する姿を、しっかり見届けますよ」

バツの悪い顔をして俺はフォローした。

村に帰りたいのは本心だが、大人としてはこんなようじょの顔を見てしまって拒否反応を示すのも難しい。

俺が浮かべた大人の微笑に、雁木マリだけは振り返って不信の顔を見せていた。

おい、雁木マリよ。今は何も言うな。

俺たちは今、バジリスクを仕留めた場所からさらに続くダンジョンの深層、地底湖のある場所を目指していた。先人のマップと実際の地形を見比べながら、ッヨイさまはマッピングを再開している。

が、今回は主要なルートだけを描き込んで、細かい枝道については無視をする事を話し合っていた。

そもそも今の段階では、バジリスクの解体すらやっていない。

これが猟師としてならば大失格なのだが、今の俺がいるのは冒険者パーティーである。

従って、一部の部位を持ち帰るだけにして、モンスターの大部分は放置する事にした。

「あのバジリスクの遺骸、放置してたら他のモンスターの餌になって綺麗に解体されるんですかねえ」

「そうね。他のモンスターの腹に収まって、そいつが新たなこのダンジョンの主になるという可能性はあるけれども。マダラパイクという大蛇は、放っておいて成長するとかなりの大型になるという話だから」

「マジかよ」

「かなりの大型といっても、さすがにバジリスクよりはマシだろうけれども」

そんなやり取りをしながら、いよいよ地底湖の場所にやってきた。

地面は、地底湖の側という事もあるのだろうか、かなり足場がぬかるんでいたので、油断していると足を滑らせる可能性がある。

ブーツを履いていなかったらやばかった。恐らく粘土質で、直に歩いてあまり気持ちの良い感触ではなかろう。

「思ったより広いですねどれぇ」

「本当ですねッヨイさま」

俺たちは茫然と、学校の体育館ほどはあるだろうスペースをぐるりと見渡す。

ダンジョンといってもここは元が天然の自然洞窟だ。

そこを利用して古代人たちが造った神殿だった様で、ほんのいくつかの場所に人間の痕跡を見る事ができた。壁面の削り出された柱の様なもの、それから精巧な天使か使徒か何かの彫刻、歴史物語の様に作り込まれている場所もあるが、風化著しくただの岩に戻ってしまった場所もある。それから、洞窟の上を貫いて太陽光が降り注いでいる、地底湖の対岸側にある女神像だ。

騎士修道会に所属する修道騎士の雁木マリが、片膝をついて祈りを捧げていた。彼女の出身は日本であるけれど、今の信仰対象はあの女神なのだろう。

「大地を産みし母なる女神様。日々の糧に感謝します……」

村の葬儀でも司祭さまが口にしていた言葉に、今目の前で雁木マリが口にしたものがあった気がする。そうだ。死者は異世界へと転生していく話。ダンジョンから無事にブルカへ戻ったら聞いてみるのもいいかもしれない。

ッヨイさまと雁木マリ、それぞれの反応をしばらく見やった後に、このだだっ広い地底湖のドームを捜索しなければならない。

俺たちは戦闘を終えた後でそれなりに消耗しているので、多少の焦りがあった。

もうバジリスク並のモンスターは存在しないだろうが、マダラパイクは油断すればッヨイさまぐらいは絞め殺して飲み込めるぐらいの大きさがあるのだ。

油断していい相手ではない。

「よし、ざっと周辺の事情だけは探索しておきましょうねぇ。どこかにバジリスクのねぐらになっている場所があるのです」

「わかったわ。手分けしてさっさと終わらせましょ。シューターはあっちをッヨイと見てきなさい。あたしは反対を見るわ」

ッヨイさまと雁木マリがうなずきあって動き出す。

お、俺の事ちゃんとシューターって呼んでくれたじゃん。嬉しいじゃねぇの。

「地底湖の対岸はどうする」

「泳いで誰かが見に行くしかないわね。お前、全裸なんだし行きなさいよ」

またすぐお前呼ばわりに戻ったので、俺は悲しくなってッヨイさまの手を引いてガンギマリ女から離れた。

すぐこれだよ。俺はちゃんとマリって呼んでるのに。今度からマリちゃんにした方がいいか？

「これはあかんやつですわ」

俺は見てはいけないものを発見した。

大きな玉である。大きさは潰れたバスケットボールぐらいの玉で、長い楕円。いや卵型をしている。

というか卵そのものだ。

ニワトリの卵を連想するとそれは違う。もう少しノッポな感じだと思えばいい。

モノの本で小学生頃に見た事があるものに酷似していた。恐竜の卵の化石に。

「ど、どれぇ！」

「バジリスクの卵でしょうかね。あるいはマダラパイクか……」

「ツヨイもバジリスクそのものを見るのがはじめてなので、わからないのです……」

そのバジリスクのものと思われる卵がひとつふたつ、そしてみっつめが殻だけだった。

孵化《ふか》した後なんだろうか。なんだろうな。

するとそいつはどこにいる？

しゃがんだツヨイさまが卵の殻を調べている。それで何か状況がわかるのか、俺はようじょの反応に期待した。

だが素人の俺でもわかることがある。卵があるという事は親がいるという事だ。夫婦ペアだったという事なら、もう一頭バジリスクがいるんじゃないかと。


「どうしたの?」

「とても不味い状況の様な気が、俺はする」

背後から声をかけてきた雁木マリに、俺は言った。

何よと不機嫌に鼻を鳴らしたマリだったたが、それはわずかの事。すぐにバジリスクの卵の顔を見て彼女の顔は硬直した。

「ひとつが割れている。孵化した直後なら、もうすぐこれも孵化する可能性があるわよ」

「無精卵じゃなきゃね」

「しかも、孵化した後だっていうなら、そいつはどこにいるのかしらね」

疑問形ではあるが、それ以上に恐怖が言葉に張りついている。

「親が、もう一頭いる可能性があるのです」

「バジリスクの親ですね、それは俺も考えました。さっき倒したのはパパかな？　ママかな?」

これは重要な問題だ。

もしもバジリスクがワイバーンと同じ様にオス個体とメス個体で著しい大きさの違いがあるとする。オスの方がメスよりひと回り大きかった場合。しかも先ほど倒したのがメスだった場合。先ほどのバジリスクより大きいと考えるのが、妥当だろう。

「いずれにしてもこのまま卵は放置できないわね」

「当然だ」

放置すれば新しいバジリスクをダンジョンから放つ事になるわけで、それによって被害がどこかで発生するかもしれない。

ブルカ周辺の村に出現した場合は、それこそ大混乱だろう。

俺は雁木マリとうなづき合うと、メイスを構えた。

孵化させるわけにはいかない。

「ッヨイさま下がってください。俺が卵を潰しますので」

「はいどれぇ！」

そう言って俺が思い切り振りかぶった瞬間。

「あ、」

ペキリ。と、卵が割れはじめた。

ペキベキバキベリっ。

殻が硬いからか、何度も嘴の先端でよいしょよいしょとやっている。

やがて手でいやいやをする様に暴れ出したそいつは、尻尾をふりふりしながら殻から外に飛び出してきた。

こんにちは、あかちゃん！

とても元気なバジリスクですよ!!

「キュイ?」

俺とバジリスクの雛が熱い視線を交わしてしまった。

振り上げたメイスの下ろしどころを見失ってしまった俺は絶句した。

しまった、こんな事になる前に振り下ろせば、良心の呵責的《かしゃくてき》なものはなかっただろう。

赤ん坊というのはどんな存在でもかわいく見えるというが、視線を下手に合わせてしまった俺は、この状態でメイスを叩きつける事に後ろめたさを感じてしまった。

「ど、どうするのよこれ」

「どうするって、いってもなぁ」

「早くしないと、お父さんかお母さんバジリスクが帰ってきてしまうのです。ひとまずここから離れた方が」

俺と雁木マリが顔を見合わせていると、ようじょが俺の手を引っ張った。

「逃げるってどこにですかね。マップを」

「この近くだと、地底湖の対岸の礼拝所の辺りに、隠れられる石室があるのですどれぇ」

「泳ぐのか。俺は大丈夫だがふたりは」

「あ、あたしは鎧を捨てれば何とか」

「ッヨイは泳げません。どうしよう……」

「キュイー」

ダンジョン地図を広げながら三人で顔を突き合わせて思案する。

時折、雁木マリが周囲を警戒した。

俺は別の手段もいちおう聞いておく。ようじょだけなら連れて泳ぐことは、やってできなくはない。

けれども雁木マリが防具を放棄するというのは、いざという時の事を考えると避けたい。荷物もここで放棄しなければとても泳いで対岸には逃げられないだろう。

こんなところで雁木マリの水にはりついたノースリーブワンピースを見たいとは俺は思わないぜ。

「他の候補は？」

「元来た道を急いで引き返す手もあるかな。ガンギマリー、ポーションで筋力強化のおくすりを摂取したら、移動速度はどれぐらい早くなりますか」

「キュイキュイ」

「あまり意味はないわ。不慣れだと、ポーションの効力が定着するのに少し時間がかかるから……」

ベルトにあるポーションカプセルの数を確認しながら雁木マリが言った。

それでも地底湖を泳ぐよりはまだマシだ。

「そっちでいこう、やらないよりはマシだろうし。ポーションでアへったらしばらく動けなくなるとかあるか？」

「大丈夫よ。ほんの数十秒、気持ちよくなるだけだから」

「やっぱりやばい薬じゃないだろうな」

「大丈夫ですどれぇ、騎士修道会のみんなはよくつかっています」

くそ、教団ぐるみでガンギマリーかよ！

俺が悪態をつきそうになっていると、雁木マリは手早くポーションをセットし出した。そして自分の注入器具を肌に押し当てる。

そして次は俺だ。

ふたりそろって顔面神経を緩めた俺たちだったが、いち早く回復した彼女がッヨイさまを抱き上げた。

「あれぇ、ッヨイは？」

「ほら、ッヨイはまだお子さまだからなしね」

「ガンギマリー？」

「お前は荷物があるから、ッヨイはあたしが連れていくわ。それでもヤバくなったら荷物は放棄して逃げる」

「了解だ。いざという時は俺が足止めをするから、あんたらはダンジョンの外に出ろ。まぁ俺は奴隷だから、ご主人さまを守る義務ってやつがあるしな」

「キュイ！」

俺たちがやり取りをしながら逃げる準備をしていると、さっきからバジリスクのお子さまが俺の脚にまとわりついてくる。

懐いてるのか？

「とにかく。いったんここを脱出して、応援を入れてアタックし直す。死んだら終わりよ……」

「わかっているさ！」

「はいなのです！」

俺たちは駆け出した。

だが、逃げる事は許されなかった様だ。

目の前に何と、ダンプカーがいた。ダンプカーサイズの、バジリスクだ。

「あ、これはもうだめかもしれんね……」

ドオオオオオオオン！

その咆哮で、俺たちは硬直した。

バジリスクの咆哮による硬直に見舞われていた俺たちの中で、いち早く正気を取り戻したのは雁木マリだった。

◆

彼女は複数のポーションをキメているので、それだけ耐性が強かったのだろう。

茫然としていた瞬間に腕から取り落としそうになったッヨイさまを抱きかかえ直しながら、マリは足で俺を蹴ってくれた。

大変女の子らしからぬやり方だが、両手が塞がっている現状では俺も不満はない。

あわてて硬直化から脱却できた俺は、荷物しょいなおして逃げる準備に入った。

その瞬間。

「あ、あかちゃん」

「ちょ、ッヨイ。ちょっと何考えてるの！」

「でもこのままにできないし、ギルドに報告する必要があるのです！」

「とにかく逃げるぞ！」

ッヨイさまが雁木マリの腕から落ちそうになった時に、猫ほどのサイズしかないバジリスクの雛を拾い上げてしまったのだ。

対極にいるバジリスクは、当初出会ったライトバンほどのサイズのものよりもひとまわり大きいダンプカーだ。

足元には小さなバジリスクがいた。恐らくようじょが拾い上げた雛の兄か姉だろう。

「けん制するわ！」

「今のうちに逃げる」

雁木マリが叫んだかと思うと、ようじょを抱くのとは反対の右手にテニスボールサイズの火球を出現させた。そのままバジリスクの顔面めがけて放出する。

相互の距離は三〇メートルだろうか。

かなり近く感じるが、大きさに圧倒されてるからだろう。きっとそうだと信じる他ない。

雁木マリの行動を見届けるまでもなく俺は、元来たダンジョンの細い道に走り出した。荷物はどうする、やはり捨てるべきか。迷っている暇はないと思って、俺は捨てる事にした。

「ッヨイさまをこちらへ！」

「あたしの方がドーピング決めてるわよ？」

「マリはさっきのファイアボールで、適度にけん制してくれ！」

「いいけどっ」

いつの間にか追いついた雁木マリと並走しながら、ッヨイさまと仔《こ》バジリスクを受け取る。

背後がどうなっているかは気になるのも確かだが、今は振り返って現状を確認する暇はなかった。

それでも、怒り狂ったバジリスクがふたたびバインドボイスを撒き散らしている事は耳で、そして背中で体感できる。

今は体が咆哮に襲われる事を覚悟していたので、走りながら硬直して転げる事はなかった。

だとしても恐怖で体がすくみ上がりそうになる事は間違いない。

「ッヨイさま、照光魔法を！」

「わかっているのですどれぇ。あかちゃんを落とさないように」

「キイキイィ」

「わかっていますよ！」

荷物を捨てざるを得なくなった俺たちだ。最悪はバジリスクのあかちゃんなんて捨ててしまいたい。

そもそも、怒り狂ってバジリスク（推定パパ）が追いかけてくる原因のひとつは、自分の子供を俺たちが誘拐したからに他ならないだろう。

ヤツが恐竜かそれに近い程度に頭が回るやつだったら、自分の子供を守るために戦うぐらいはするだろう。子供の頃大好きだった恐竜図鑑か何かによれば、マイアサウラという草食恐竜は子育てをしたらしいしな。ティラノサウルス・レックスもまたそうだとかそうではないとか、モノの本で後日読んだ記憶もあったはず。

バジリスクも産みっぱなしジャーマンならこんな事にはならなかっただろうに、とても残念だ。

「くそ、思ったよりずっと脚が速いわ！」

ッヨイさまを抱きかかえているにもかかわらずすぐ俺に追いついたドーピング雁木マリでも、何度もまた振り返ってファイアボールを打ち込むので遅れ出す。

バジリスクの唸り声がどんどん近づいてくるところを見ると、あまりけん制のファイアボールは意味がないのかもしれない。

それに、一度通った道とはいっても、ダンジョンの通路は暗くて足元も確かではなかった。

俺たちはここでは部外者であり、猟師の鉄則に従えばこのフィールドにおいてはバジリスクが頂点捕食者だ。やはり自分のフィールドで戦ってはじめて猟師は頂点捕食者になれるというのに、俺たちは下準備が足りなかったという事だろうか。

油断したつもりはなかったんだがなぁ。

そんな焦りとも後悔ともとれる自虐を心内で渦巻かせながら、ッヨイさまの指示に従って深層から中層にかかる辺りのルートを走り続ける。

「どれぇ、ここを左です。反対側は行き止まりです！」

「わかりました。くそ、雁木マリは?!」

「大丈夫よ、あいつ通路が狭くなり出して全力出せないみたい！」

「キュイイイ！」

追いつかれる瞬間に、通路の幅が狭まったらしい。俺たちの倒していたバジリスクより大型のオスというのは、そういう意味でも不利なのだろう。

じゃあどうやってこのダンジョンに入ってこれたんだという話だが、きっと別に出入りできるルートがあるのかもしれなかった。

たぶん地底湖から流れ出る水道か、対岸の礼拝所の辺りに、地図には記されてないルートがあったのだろう。

とんだ失敗のダンジョン攻略だったが、命あっての物種だ。

「もうすぐ今朝倒したバジリスクがいる場所ですどれぇ！」

そうようじょが叫んだ瞬間に、強烈な地震がダンジョン全体で起きた。

違う。これはあのバジリスクが、細い通路を破壊しながら前進しようと通路にタックルをかけているのだ。

一度、二度、俺は足元がおぼつかない状態でふらつきながら、先ほど一頭目のバジリスクを倒した場所を通過した。

「マリ、急げ！」

「この辺りは崩落しやすくなっています！　早く！」

「わかっているけど。ここ突き崩すよ！」

俺とようじょの叫びを無視して、雁木マリが洞窟通路の天井に向けて一発、二発とファイアボールを打ち込む。

だが焼け石に水だ。雁木マリの火球の威力は、対人戦や自分とそう体格の変わらない相手には効果的な攻撃力があるだろうけど、洞窟の岩面にはその効果も薄い。

「ッヨイがやります。どれぇ降ろして！」

「わかりました。雁木マリ下がれ、ここを塞ぐぞ!!」

土魔法が大得意だと言っていたッヨイさまなら適任だ。お任せしてもいいだろう。

「どれぐらいかかる？」

「息を止めている時間ぐらいだょ」

「それならもう少し下がっておきましょう」

雁木マリとようじょが短く会話する。

俺たちの顔を交互に見比べていたバジリスクのあかちゃんを俺は受け取りながら、雁木マリと後退した。

ようじょも魔導書《グリモワール》を開きながら、例によって指定の場所に栞を挟み込んでいる。

ズン、ズンと今もバジリスクのタックルは続いている。

きっとラッセル車の様に強引な全身タックルを繰り返しているのだろう。

さすが大地の暴君だぜ。もしかしたらあの勢いで地上に繋がる洞窟の別ルートを切り開いている可能性がある。このバジリスクの勢いならできるんじゃないかと思う。

俺はメイスを握り締めて、いつでも無駄な抵抗ができる様に準備した。

腕の中では心配そうにバジリスクが震えている。

震えて、いるのだ。いっぱしの動物のあかちゃんの様に。

俺たちはとんでもないお荷物を拾ってきてしまったのではないのか。こいつ、親が助けに来ている状況を理解していないかもしれない。

「いきます。フィジカル、マジカル。どっかーん!!!」

通路の向こう側に、バジリスクの鼻づらが飛び出した瞬間の事である。

魔力の放出をはじめんとおかしな呪文を唱えたようじょから、暴君に負けず劣らずの大地を震わす様な共振とオーラが放たれた。

そして地面から無数の棘が飛び出して通路の頭上を突き刺していく。

五本、一〇本、もっと。

今回はぴるぴる触手の方は出番なしだ。より攻撃的に天井の岩盤を突き上げていく。

「もう十分ですッヨイさま」

「行くわよ！」

俺の言葉にうなずいた雁木マリが、背後からようじょを抱き上げて走り出した。

走り出したその瞬間からパラパラと天井が岩盤破片を落とす。

魔法の棘は今も天井をごりごりやっているらしく、徐々に迫ってくるバジリスクに土と岩盤を浴びせていた。

「おまけよ、紅蓮《ぐれん》の炎よいっけー！」

逃げる途中に立ち止った雁木マリが、最後のファイアボールをようじょの魔法が作り上げた土の柱に飛ばした。

この瞬間に勢いよくダンジョンの通路は崩落して、バジリスクと俺たちを繋いでいた唯一の通路は隔《へだ》たれたのだった。

荒い息をしながら、俺たちはダンジョンの外まで必死で駆け抜けてきた。

規模として小さなダンジョンとはいえ、二日かけて慎重に踏破してきた場所をたぶん一時間ちょっとで走破したはずだ。

先日の昼間パーティーで休憩した場所、集落の遺構までやってくる。それぞれはもうボロボロだったが、いったんは安心だった。

バジリスクが外まで出てくる気配は今のところない。

決していい事ではない。冒険者装備らしいものはほとんど全て放棄して、ここまで逃げてきたのだ。

まともに戦えばたぶん勝ち目のないサイズで、そもそも俺の持っていたメイスがいったいどういうダメージをあのダンプカーに与えられるか想像もできなかった。

ぶっちゃけ、今こそ村に現れた冒険者の持っていたスパイクという、龍種狩りに使う専用武器を使うべきだ。ッヨイさまの魔法ですら、たぶんあのワイバーンには火傷を負わせる程度で終わるのではないか。

そうだ。雁木マリのドーピングを使ってスパイクを使おう。それがバジリスクを倒す方法じゃないかな。

あるいはニシカさんだ。彼女ならたぶん、最適な手段を提案できるのではないか。

「喉が渇いたな。シューター水は？」

「荷物は放棄してきた。水筒なら地底湖のドームがある場所で転がってるだろうよ」

「あかちゃんより水筒を死守すべきだったわね」

地面に降ろしてやった後はキイキイとこうるさいバジリスクのあかちゃんである。恐らく腹が減っているのであろう、最初のうちは俺にまとわりついていたが、今は雁木マリの脚にかじりついている。

「くすぐったいわね。何なのよコイツ」

「マリを食べようとしてるんじゃないのかね。若いピチピチの女の子だから」

「フン、冗談にしては笑えないわ。歯もない様な子供に相手にされても嬉しくない」

「何かエサになるものでもあればいいんだが……」

「兎でも捕まえなさいよ、あんた猟師だったでしょ？」

自分の脚からあかちゃんを引きはがした雁木マリが、俺に押しつけてきた。

「ツヨイが相手をしているのです。しばらく休憩を挟んだら、少しでも早く街に戻りましょう。いいですかどれぇ？」

「わかりました。何か食べれるものを探してきますね、あかちゃんの」

「いってらっしゃいなのですどれぇ！」

ようじょの頭を撫でた後、大人しくしていろよとバジリスクのあかちゃんもなでなでして、俺は立ち上がった。

生憎《あいにく》と、狩猟道具の類は今ない。

弓があっても扱い切れるとも限らないので罠がいいが、こちらもかかるのを待っている時間がない。

やはりこのファンタジー世界の住人は朝食を食べるべきだ。俺たちはまともに食事をしていないので腹が減っているのだ。

「ついでに水源がないか探してきなさいよ。食べ物は期待していないから」

「おう」

周囲を見渡して、まばらに草と木と、岩や石ころが転がっている風景を確認した。

兎や狐を捕まえる余裕はないいな。

雁木マリの言う通り、俺たちの飯は諦めた方がいいかもしれない。

最悪はあかちゃんを潰して食べるという方法もなくはないが、そこまで俺たちは飢えていない。まだ我慢できる。

あかちゃんが生きている方が冒険者ギルドに説明しやすいしな。

いや、それは自分自身への言い訳か。どうも殺さずに連れてきた事を今もって後悔している。

俺は無意識にそこいらの大き目の石をひっくり返して、蛇はいないか探し回った。

むかしアパレルショップの店長とサバイバルキャンプ講習会をした時、蛇を捕まえて食べる訓練では大きな石の裏に潜む蛇を探して回ったものだ。アオダイショウはどうしてあんなに不味かったのだろうか。ヤツは悪食で、いいものを食っていないに違いない。

まさかマダラパイクみたいなのが出てきたら大変だが、大丈夫だ。

無数にひっくり返しているうちに、蛇を見つけた。

頭の形状は三角形をしていない。元いた世界のルールが通用するなら、こいつは毒がないタイプだ。

何を食っているやつかわからんが、ネズミ専門の蛇ならたぶん美味い。

ポンチョを脱いで腕に巻きつけると、まず蛇の首元を手早く押さえつけた。ブーツを履いていてよかったぜと思いながら、ポンチョを巻いた腕に巻きついてくる蛇を強引に引きはがすと、代わりにブーツで蛇の頭を押さえつける。

急いで短剣で首を切り落としてやった。これであかちゃんのエサは確保したわけだが、あとはご主人さまとその相棒の水を探さねば。蛇も炙《あぶ》れば食えるから、まあ人間さまが食べてもいいな。

しばらく血抜きを兼ねて手にぶら下げながら俺は小川でもないかと周辺を探った。

俺って文明人を少し前まで気取っていたけど、案外ワイルドに異世界ライフできてるな。

なんて思うと、自然と俺の口元がニヤついてしまったのである。

【番外編　夫からの手紙】

夫はとてもいいひとです。

いつも裸で過ごしていて少し寒そうになさっているけれど、貧乏なわたしの家にやってきても、何ひとつ文句を言いませんでした。本当はいい服を着ていただきたいのですが、生活の苦しいわたしには何もしてあげる事はできません。

けれども、時々その視線が怖かったのも事実です。

夫は、わたしが寝ている時も、服を着替えている時も、体を洗っている時も、それからおトイレをしている時もよくまじまじと見てくるのです。遠い故郷の生まれというので、夫はわたしのやる事なす事が珍しいのかもしれませんでした。

でも、目つきが怖いです。

そんな夫と結婚する事になったきっかけは、村長さまのご命令があったからでした。

「ぜ、全裸の戦士と、結婚しろと村長さまは……仰るのですか？」

「うむ。そなたの父ユルドラがこの冬に死んでから、日々の生活にも難儀していると聞いているぞ？　これで結婚が決まるのであれば、今後の暮らし向きも楽になるというものだ。カサンドラよ、結婚おめでとう！」

「ぜ、全裸を貴ぶ部族の戦士さま……」

「そなたにとっても、そう悪い話ではないと思うのだがの？」

その日。村長さまからのお呼び出しがあったのは、確か午後を過ぎてからの事でした。

お屋敷の執務室へと招き入れられると、時間を惜しむ様に開口一番で村長さまがそう仰ったのです。

遠い土地からやってきて、サルワタの森で迷子になっているところで夫は見つかったのだとか。全裸を貴ぶ部族のご出身だそうで、保護した時には全裸でした。

けれど村のみなさんはそれを訝しみ、要領を得ない説明をする夫を捕まえてしまったのだと。

「ええっ。あのう、お断りするというわけにはいかないのでしょうか?」。

「結婚というものは、村長であるわらわや、村の大人たちが話し合って決める事であるのは知っているだろう。……よもやわらわの決め事が気に入らぬとカサンドラは申すのか?」

わたしの逡巡を見とがめた村長さまは、恐ろしい表情でジロリと睨みつけました。

「め、滅相もありません。村長さまのお心遣いはありがたいのですが、何分急なお話でしたので心の準備が」

「では深呼吸をしてみせよ」

恐る恐る村長さまを見やれば、有無を言わさぬ口調でお命じになられます。

「さあしてみせよ。まずは心の準備のために、落ち着くのだ。さあ」

「すう……はあ……そのう、これでよろしいでしょうか?」

「よし。心の準備は出来たな? ではカサンドラ、結婚おめでとう!」

「え、そんな……」

パンパンパンパン。ふたたび有無を言わせない口調で村長さまは手を叩いてわたしを祝福するのでした。

満足げな顔でお話を続けるではありませんか。

「うむうむ。それでの、話の続きだが……全裸を貴ぶ部族というのは、古い書物によれば遥か東方に栄えた者たちであるらしい。シューターは恐らく、その末裔であろうとわらわは予想しているのだ」

「シューター?」

「おおそうだ。戦士の名前だ」

その方は、シューターさんと仰るのですね。

「これも古い言葉では、弓使いという意味を持った名前だ。さしずめ凄腕の弓使いであったに違いないとわらわは踏んでおる。そなたの嫁ぐ相手として、これほどいい縁談はなかろう。アッハッハ」

全裸、全裸を貴ぶ部族……

その言葉を反芻してみると、わたしは頭がクラクラしてきました。

確かにわたしは猟師のひとり娘ですし、この冬に亡くなったお父さんは常々「将来お前は猟師の男に嫁がせる」と言っていたものです。

それにしたって、近くの森をさまよっていたという、よそからきた全裸の戦士の元にわたしが嫁ぐ事になるなんて。

想像するだけで大混乱になってしまったのです。

「それでな。義息子のギムルと、ちとゴタゴタがあって、今は物見の塔の地下牢に入れておるのだ。あの者が悪いわけではないはないのだが、悲しい誤解があってそうなった」

どうして無実の罪で地下牢に入れられてしまったのか、わたしにはサッパリわかりませんでした。

けれども戦士のご出身であるのならば、さぞ屈辱的な思いをなさっていられるのではないでしょうか、シューターさんという方は……

「無実の罪で地下牢に放り込まれているのだから、あの者も気が立っている可能性がある。そこでそなたの出番というわけだ」

「あのう、わたしの出番というのは？」

「シューターの元にそなたが行き、わらわが後で話をつけに行くまでに気を宥めておく様に。シューターの妻として最初の仕事だぞ。しっかりと妻の役目を務め上げてくれ」

「……………」

「さて、話は終わりだ。もちろん行ってくれるであろうな。ん?」

村長さまはこのサルワタの森の開拓村の支配者ですから、わたしの様な若い村娘が逆らえるはずもありません。

突然の結婚話にも驚きましたが、嫁がされる相手が全裸を貴ぶという、聞いた事もない部族のご出身である事にも驚きました。

◆

実際に地下牢に行ってみますと、牢屋の中で気絶している全裸の男のひとがいたのです。村長さまのお屋敷でご奉公する無口なゴブリンの下男のひとは、わたしが地下牢の中に入ると牢屋の鍵を閉めてしまい、そのまま無言で立ち去ったのです。

「あのう、失礼します……」

これからは全裸の男の世話をしろとお命じになられた村長さまは、とても無慈悲な方だと思いました。お父さんを亡くして身寄りもないわたしをよそ者に嫁がせるなんて。

「酷く腫れたお顔をしていますけれども。息はあるのですよね、よかった……」

全裸を貴ぶ部族の方と聞いたので、あの巨大な猿人間の仲間なのかとわたしはとても恐ろしかった。

けれど、普通の人間でした。

「起こした方が良いのでしょうか、それともこのまま目を覚まされるのを待っていた方がいいのでしょうか」

本当に生きているのか気絶しているだけなのか。干し藁の上に横たわった将来の夫を前にして、途方に暮れたわたしは、どうしていいのかわからず深いため息をついてしまいました。

「ほ、本当にお召し物を着ていないのですね。お、お父さんよりもガッシリとした体格です。お腹や腕にも傷があちこち。全裸を貴ぶ部族として、さぞご立派だったのでしょうか」

「……」

「確かにわたしは身寄りもない、生活も苦しい猟師の小娘ですけれども。どこの蛮族ともしれない男の人のところに嫁ぐ事になって、わたしはこれから上手くやっていけるのでしょうか」

「……」

「村長さまの事を恨むわけにはいきませんが、まだ心の準備が……」

お父さんが死んでからは小さな猟師小屋にひとりで生活をしていたものだから、目の前で男の人が横たわっているにも関わらず、いつもの癖でついつい独り言が多くなってしまいました。

そうして愚痴をひとしきり零したところで全裸を貴ぶ旦那さまを覗き込んだところ……

「いつつ。ここどこだ……？」

「ヒッ」

安堵したのも束の間、目を覚まして周囲を見回すではありませんか。

「あ、いや驚かせるつもりはなかったんだけどな。何だここは、天国かな？」

「……こ、ここは物見の塔の地下にある牢屋です……」

「ああそうか。ギムルの野郎が剣を振り回した時に制圧されたのか。痛ってぇ。あいつ思いっきり俺の顔を殴り飛ばしやがったな。気絶してたのか……」

体を起こし、全裸で地下牢の主みたいにくつろいでいる当時の夫は、どこかとても得体のしれないものの様で、不気味に感じたものです。

「………」

「しっかし物見の塔って言ったら、村の丘の上に立っていた石造りの塔の事だよな。って事は正真正銘のブタ箱じゃないか?!」

「……ひゃっ」

「ああごめんごめん。ついつい、ね。しかし、あんたも災難だな。こんな太陽もあたらないところに繋がれて、絶望にうちひしがれるご身分だ。まあ俺もそうなんだけどね、囚人同士仲良くしよう」

どうやらシューターさんは、わたしの事も地下牢に繋がれた囚人と勘違いされた様でした。

まったく服も着ていないシューターさんは干し藁の上で胡坐をかくと、わたしの顔を時折見ながら困った様な顔をされていました。

服を着ていないシューターさんに対して、目のやり場に困ってしまいます。

それでもこのひとはわたしの旦那さまになるひとですから、どんな性格の方なのだろうとついチラチラと視線を送ってしまいました。

真っ黒の髪を短く刈っていて、その瞳は鳶色でした。精悍な顔をして無精ヒゲをはやしていましたけれど、眼元はどこか優しい印象があります。そんなシューターさんが、わたしを見てこう言ったのでした。

「ははは。何をしたら若い女のあんたが、こんな地下房に捕まるかね。村長さまも厳しいひとだな」

全裸を貴ぶ部族のご出身で、猟師見習いになられたシューターさん。それがわたしとシューターさんの、はじめての出会いでした。

今思えばはじめからエッチな視線で、わたしの事をチラチラと観察しているひとでしたけれども、とても働き者の旦那さまですし、何よりわたしにとても優しくしてくださいました。

「カサンドラ。いきなり夫婦になろうなんて言っても、君もきっと動揺している事だろう」

「………………」

シューターさんがわたしの住んでいる猟師小屋にやってきた夜、シューターさんはわたしにそんな言葉をかけてくださいました。

「今すぐに夫婦になる事なんて出来ないだろうけど、少しずつ本物の夫婦になって行こうね」

「………はぃ」

乱暴な旦那さまでなくてよかった。そうは思ったのですが……

全裸のお姿でマジマジとこちらを見られるたび、途端に恥ずかしくなってわたしは目のやり場に困って視線を外しちゃいました。

夫との距離感をどうしていいか摑めず、はじめの頃はどうしても視線を合わせられなかったのです。

そんなシューターさんとの新婚生活は、とても不思議な毎日でした。

猟師の家といえば男のひとは朝は遅くまでゆっくり寝ている事が多いのです。

猟に出る予定の日はもちろん違いますけれども、お休みの日は体を休めるために、家事をしたり畑の世話をするのも陽が高く昇ってからの事です。

けれどもシューターさんは違いました。

妻としてわたしの方が早く起きていなくてはいけないのに、太陽がサルワタの森の向こう側に顔を出す頃になると先に起床して、野良仕事のために表の畑を耕します。

あわててわたしが起床した頃には、畑の草むしりや水やりを終わらせていつも「ただいま」と声をかけてくださいました。

わたしが結婚するという知らせを聞いたオッサンドラ兄さんは、すぐにも飛んできてわたしを心配してくださいました。

夫が留守の時、

「よそ者で、元は戦士だったという全裸を貴ぶ部族の男と聞いた。今からでも村長にかけ合ってやめさせる」

「そ、その様な事を村長さまに言ってはいけません。オッサンドラ兄さんにもしもの事があったら、わたしはいよいよ少ない身内をなくしてしまいます」

「そこは大丈夫だ。あの怪しい男の方から自分の口で離縁を言い渡す様に工夫する、任せるんだ」

「で、でも」

◆

オッサンドラ兄さんは齢が近い事もあって、むかしから頼れるお兄さんという感じの従兄でした。

けれどどこの頃、どこか兄さんの態度はおかしいです。

特にお父さんが死んでから、何かあるとすぐに「ひとりは何かと不便だろう」と、言ってくださいます。

それはとてもありがたい事なのですが、兄さんはただの親戚という以上に、わたしによくしてくれるのです。

今のわたしは夫のある身分ですからあまりよくしていただくと、ただでさえご近所の視線が厳しいのに、ますますわたしは追いつめられてしまいます。

「おい小僧、いい加減にカサンドラに近づくのはやめにするんだな」

ある時、ッワクワクゴロさんがわたしの家を訪れて、いつもお土産を持ってきてくれるオッサンドラ兄さんをご注意なさいました。

「しかし、カサンドラはその。身寄りもなく苦労をしているので」

「ばっかかお前は、カサンドラはシューターの嫁だ。夫がいる人間なら、夫が身寄りだろう」

「俺とカサンドラは、それこそカサンドラが生まれてからずっと続く仲だ。昨日今日の出てきたあの男と俺を比べれば、どちらがより深い身内かわかるものでしょうに」

オッサンドラ兄さんは、わたしへの気遣いか食い下がってくださいましたが、ッワクワクゴロさんにアゴヒゲを引っ張られて折檻されたみたいです。

これ以上はオッサンドラ兄さんにもご迷惑をかけれれません。

だからもう「うちには来ないでください」とわたしは言いました。

オッサンドラ兄さんはとても悲しい顔をして、それからしばらくわたしの顔を見にくることはなくなりました。

◆

「それじゃあ行ってくるよ。今日こそは大物を仕留めてくるから期待してて」

「あのう、お気をつけて……」

その日もシューターさんは朝の野良仕事を終えると、ご近所のッワクワクゴロさんと一緒にリンクスを捕まえるためサルワタの森へと出かけていったのです。

大物と言えばサルワタの森には、リンクスの他はクマやワイバーンが縄張りにしています。

お父さんはその大物であるワイバーンを仕留めるため、深く広いサルワタの森にこの冬出かけて帰らぬひとになりました。

わたしは猟師の妻ですから、時には夫が獲物を仕留めきれずに怪我をする事も覚悟しなければなりません。

けれどもやはり、ワイバーンを仕留めるために無理をして相打ちになったお父さんの事を思うと、シューターさんにはあまり無理をしてもらいたいとは思いませんでした。

まだ猟師見習いになったばかりなのですから、ゆっくり狩りの腕を磨いていただければ、わたしはそれでいいと思ったのですが……

いくら全裸を貴ぶ部族の戦士でも、この開拓村では服を着るのが当たり前。

ところがわたしの家は貧しかったので、お父さんの残したチョッキぐらいしかありませんでしたから、お怪我をしては身を守るものがありません。

もしかするとシューターさんは大物の獲物を捕まえて換金し、早くお召し物が欲しいと思っていたのかもしれません。

それに貧しいわたしの暮らしぶりの事も気になさっていたので、頑張っていたのかもしれません。

そんな事を考えながら。

遠くに離れていく夫とッワクワクゴロさんの背中を見送って、わたしも家事をするために家に戻ろうとしたところ、背後から声をかけられたのでした。

「おう。あれが近頃村で噂になっている、全裸を貴ぶ部族の戦士というやつか」

「に、ニシカさん?!」

その声の主は村はニシカさんでした。

彼女は村外れの集落に住んでいる長耳族で、猟師の家に生まれた子供同士わたしやオッサンドラ兄さん、ッワクワクゴロさんとも顔馴染みです。

そんなニシカさんが、森に入るシューターさんの背中を見やりながら言葉を続けます。

「ッワクワクゴロに話は聞いていたが、本当に全裸の男なんだな」

「そ、そんな事はありません、ちゃんと毛皮のチョッキを身に着けていますよっ」

「だが下半身丸出しだからいただけねえ」

向き直ったニシカさんは、腕組みをしながらわたしを見返しました。

「あいつ、猟師見習いになったんだって？」

「ッワクワクゴロさんのお世話になって、今は一緒に狩猟をしているところです。将来はお父さんの持っていた猟師株を引き継ぐ予定ですが……」

「腕の方はどうなんだ。ヘッピリ腰のッワクワクゴロの下についているんじゃ、大物なんて仕留められないんじゃねえか」

「そのう、リンクスを捕まえるために森に入っているのですが、仕掛けた罠のエサだけ取られる日もあって、大変みたいですね……」

「ショッパイ獲物の尻ばかり追いかけているから駄目なんだ。オレならワイバーンを捕まえる事を考えるね。まあ季節外れだから今はできないが、それなら今のうちに鹿や熊でも捕まえた方が生活の足しになるんじゃねえのか。ん？」

「…………」

「ああ、すまねえ。お前んところの親父はワイバーンが原因で死んじまったんだ。余計な事を言っちまったか……」

「いえ、もう過ぎた事ですから大丈夫です」

彼女は黄色《おうしょく》エルフ族で、右目に眼帯をしているのが特徴的な背の高い女性でした。小さな頃は、わたしと弓の使い方を一緒に練習したりもしたものです。それが今は見るからに頼もしげな猟師の顔をしてこう続けます。

「安心しな、お前ぇの親父のぶんも、オレ様がしっかりとワイバーンを仕留めてやるからよ。あの全裸の事も、簡単には死なねぇ様にそのうち面倒を見てやるからな。任せておくれよ」

「……あ、ありがとうございます。ありがとうございます」

「なあに、お前から奪い取るなんて事はしないから安心してくれよな！　アッハッハ」。

独り立ちしたニシカさんも深く広いサルワタの森の中を単独で狩猟をする様になったのですが、いつも自慢話にこんな話をするのでした。

「オレは猟師になって冬を越した数だけ、ワイバーンをしとめてきたからな。鱗裂きさまの手ほどきを受ければ、どんな使えねえ男でも一人前の猟師に仕立て上げてやるぜ」

「………」

「ところで、この前預けていた鹿の毛皮はどうなったんだ？　そろそろなめしも終わって使えるようになったんじゃねえか」

きっとニシカさんなりに、死んだお父さんの事を気遣って励ましてくれたのだと思います。

幼馴染だった縁で、今もこうしてわたしの家を時々訪ねてくれては、毛皮のなめしをするお仕事くださったりします。シューターさんと結婚してからは遠慮しているのか、夫が出かけた時にこうして顔を出してくれるのです。ニシカさんの気遣いはとても嬉しいのですけれども。

ッワクワクゴロさんがリンクスを専門に狩っている猟師なので、その下で猟師見習いをしているシューターさんが、ワイバーンを仕留める事はないと思っていました。

けれどもそんなわたしの想像は、あっさりと予想を裏切られてしまったのです。

ある日。これまでに見た事もない様な大きな大きなワイバーンが、このサルワタの森の開拓村に飛来して、酪農をしているジンターネンさんの牛を襲ったのでした。

シューターさんはその時に村長さまをお守りするために、怪我を負ったのだと知らせが届いたのです。

ご近所のッワクワクゴロさんに連れられて、教会堂にある診療所まで急ぎました。

けれども、シューターさんの怪我の具合はそれほど酷くなかった様で、わたしはとても安心しました。

「俺は簡単にワイバーンなんかにやられたりはしない。何しろ素人は邪魔だから端っこでじっとしてるだけだからな」

「そうですね」

猟師見習いの立場ではあっても、シューターさんは全裸を貴ぶ部族の戦士をしておられた方ですから。

そうそう簡単にワイバーンに後れを取る方ではなかったのですね。

よかった、という言葉を口にしたかったのですが、全裸姿の夫をマジマジと見るのも気恥ずかしい気がして、つい伏目がちになってしまいました。

「それよりお召し物は……？」

「ああチョッキね。血まみれだし不衛生だからって、教会堂の助祭さまが処分してしまいました。ごめんね」

「でも、チョッキだけで済んでよかったです。ご無事で」

ようやく安堵のため息をつくと、シューターさんはとても驚いた顔をしていました。

お父さんに続いて旦那さままでワイバーンの犠牲になるのかと思えば、やっぱりわたしは耐えられません。

「よそ者の俺のせいで、とんだ人生設計に不具合を生じさせて悪かったな」

「いえ、大丈夫です。わたしは平気ですから」

「安心しろ。このワイバーン退治が無事に終わって少しは生活に余裕ができたら、今よりマシな生活ができるだろうさ。そのためにもワイバーン退治で、今度こそひと働きしないとな……」

「あのう、くれぐれもご無理はなさらないように……」

そんなわたしの淡い願望とは裏腹に、夫はワイバーン退治にやる気を出していたのです。

猟師の家族が交代で、物見の塔の上で監視任務に就いていた時の事。

村を襲ったワイバーンはふたたび森の遥か彼方から、このサルワタの開拓村に飛来したのでした。

「見てください、あれ。空に黒い胡麻粒ごまつぶが！」

「ん？　どこだろう……確かに何か黒い粒がある。ステルス機かな？」

「あれ、カタチがしっかり見えてきました。ワイバーンです！」

「まじかよ。敵襲！」

◆

物見の塔に設置された鐘を鳴らし、ワイバーンの来襲を村のみなさんに知らせた後……

緊張した面持ちで振り返ったシューターさんがわたしに言いました。

「たぶんここは安全だ。君はここで見張を続けて、もしもヤツが逃走を図ったらその方向を教えてくれ！」

「わ、わかりました。シューターさんは？」

「俺は下の討伐隊と合流する。ここで槍働きをしておきたいからなッ」

「……でも、ご無理は」

「心配してくれてるのか？」

「ええと、そのう……」

「かわいいな、だがそういう態度はワイバーンを退治してから続けようぜ」

シューターさんはわたしにそう声をかけた後、物見の塔の階段を降りて広場まで走っていきました。

そうしているうちに広場に飛来したワイバーンが、罠を仕掛けている村の広場の中央へと進んでいく姿が目に飛び込んできます。

見るもおぞましい邪悪なワイバーンの姿は、この村で一番立派な村長さまのお屋敷よりも大きいものでした。

ワイバーンが罠のエサをむさぼり食《は》んでいるその姿に息を呑んでいると、何かの合図でわっと猟師のみなさんや、街から応援にやって来た冒険者のみなさんが飛び出していく姿が見えました。

その中にひとり、夫の姿が。

夫は長い槍を構えながら、低い姿勢で暴れるワイバーンの下腹へと駆けていきました。

「シューターさん！」

わたしはたまらず塔の上から叫んだのですが、飛龍を取り囲むみなさんの怒号の中ではきっと聞こえなかったでしょう。

そうしてシューターさんは、大きく首を振った邪悪なワイバーンの隙を見て槍を一撃、下腹に鋭く突き刺す姿が見えたのです。

全裸を貴ぶ部族の戦士というのは本当だったのですね。

勇敢に、村の猟師や街の冒険者たちの誰よりも前に進み出て、怯まずワイバーンに立ち向かう姿を見てわたしはそう思いました。

暴れるワイバーンの攻撃をかわしながら退避していく夫の姿を確認してから、ようやくわたしは安堵のため息を漏らしたのでした。

足を引きずる飛龍は、そのままよたよたと重い体を億劫そうにしながらも飛び立っていきました。仕留める事が出来なくても夫が槍働きをし、それで無事でいてくれた事が何よりも嬉しかったのです。結婚をしてまだ一〇日と経っていないうちに、未亡人になるなんて耐えられません。

そうして夫の無事を喜んでみなさんの集まっている広場にわたしが駆けていくと、冒険者や猟師のみなさんたちがちょうどシューターさんのお話をしているところでした。

村長さまが誇らしげに、夫の事を自慢していたのです。

「おお、シューターの手柄か。よそ者の戦士はさすがだな。彼は村の猟師で、この村に来る前は戦士だった男だ」

「だがまたも仕留め損ねた。手負いのワイバーンは手が付けられねぇ、もっとも厄介な相手だぜ」

手放しに喜んでいる村長さまをたしなめたのはニシカさんでした。鱗裂きの二つ名を持つ飛龍狩りの名人である彼女は、その事が不満だったのでしょう。

確かに手負いになったワイバーンは恐ろしい事を、村の猟師たちであれば誰でも知っています。

長年このサルワタでワイバーン狩りをやってきたわたしのお父さんも、罠にかかった獲物を仕留めるためにこの冬に無理をして共倒れになったぐらいです。

だからいくら全裸を貴ぶ部族の戦士といっても、危険な事には違いがありませんから。

つい力を入れてシューターさんの腕を握ってしまうと、こちらを見返されてしまいました。

「大丈夫だよ、街からやってきた冒険者のみなさんもいるからね」

「あまりご無理はなさらない様に……」

「無理はしないけど、役に立つところだけは見せておかないとな」

「はい、でも。そのう……」

「君だっていつまでも全裸の男のところに嫁がされたなんて、後ろ指さされるのも嫌だろうからね。槍働きをして、しっかり暮らしぶりを良くできるように頑張るぜ」

わたしの心配を知ってか知らずか、シューターさんは微笑みかけてそう言ったのでした。

そうしてチーム編成をどうするかについて村長さまたちが話し合いをはじめたところを見計らって、ニシカさんが音もなく静かにわたしのところへと近づいてきたのです。

「なあカサンドラ、お前の旦那をオレに預けてみる気はねえか。ん？」

「ど、どういう事でしょうかニシカさん……」

「あの様子だと、お前の旦那は街から来た冒険者どもとチームを組んで、手負いのワイバーンを追撃に向かうはずだ。最前線に出れば最悪、手傷を負って怒り狂ったワイバーンの返り討ちに合う可能性すらある。だからこのままじゃ危ねえ」

「は、はい。確かにわたしもその点を心配してました」

「そうだろう。ユルドラのおっさんと同じ轍《てつ》を踏んで新婚の旦那が死んじまったら、それこそお前ぇも寝覚めが悪いだろう。だから旦那を守ってやる」

具体的にどういう事でしょうか。

わたしが眉をひそめていると、ニシカさんは肩に手を回してくるのです。

「抜け駆けをするのよ。あんなチーム編成なんて待っていたら、さっきの度胸を見込んで一番ヤバいチームに組み込まれるかもしれねえからな。だからオレがあの男を連れて、抜け駆けをする」

「そ、それは。バレたら村長さまにお叱りを受けてしまうのでは」

「大人数で騒ぎ立てて狩りをしたのでは、上手くいくものも上手くいかねえぜ。捕食動物の様に静かに風下から少人数で回り込んで、一方的に仕留めた方がいいに決まっている。それに結果を出した後では、村長サマだって文句は言えないだろうぜ」

　確かにそうですけれども。

「そのう、シューターさんはワイバーン狩りには不慣れなのではないでしょうか？」

「無理をしない事が狩りの基本だ。だからよそ者の戦士にはできる事だけをやらせて無理をさせねえ。オレが風の魔法で遠距離から矢の誘導をするので、お前の旦那には弓を射《う》ってもらえればそれでいい。これならよそ者の戦士が不慣れでもできるぜ」

　白い歯を見せたニシカさんでしたけれど、眼帯をつけたのと反対の瞳は真剣そのものでした。

　そうして元来た時の様に音もなく静かにシューターさんへと近づいたニシカさんは、こんな風に耳打ちをしたのでした。

「おいお前、オレに付いてこい」

「それはもしかして俺の事かな？」

「他に誰がいるよそ者の戦士。あの左翼を割いたのはお前だろう！　いいから他の連中に気づかれずについてくればいいんだよっ」

　コソコソとニシカさんに引っ張られながら広場を離れていったシューターさんは、去り際に振り返ってわたしに手を振ってくださいます。

　勇敢な全裸の戦士であるシューターさんと、飛龍狩りの名人ニシカさんのコンビなら、確かに無理はしないでワイバーン退治を成功させるかもしれません。

　いままで大きかった不安の気持ちはようやく落ち着いて、わたしもゆっくりと手を振り返すことが出来たのです。

　僅かばかりの安堵を覚えたのも束の間。

そんなわたしを見とがめた方がおられました。

「……カサンドラよ、そなたいったいどこに手を振っているのだ？」

「あっ村長さま。……これはそのう、ええと何でもありませんっ」

「ふむ。ところでそなたの夫の姿が見受けられないが、どこにいるのか知っているか」

「わ、わたしは何も知りません、何も見ていないのでよくわからないです。あちらにおられるのでは？」

「鱗裂きの姿もいないとなると……なるほどの、カサンドラよ」

しどろもどろになりながら、言葉を選んで村長さまに説明をしました。

そんなわたしの姿を面白がる様に笑って返す村長様です。

「そのう……」

「アッハッハ、そういう事か。別に隠さずともよいぞ。向かったのは鱗裂きのニシカとシューターか……おおかた抜け駆けでもしようと考えついたのはニシカの方であろう。それももちろん、勝算あっての事だろうの。よい、わらわは何も見ていないし聞かなかったので、好きにさせるとしよう」

「…………」

「よそ者というのはなかなか村の人間に迎え入れられない環境でもあるので、ここで槍働きをしておけば少しは風当たりも良くなるという風にそなたの夫も考えたのやもしれんな」

「は、はい。先ほどそういう事をわたしに言っていました……」

「鱗裂きと組むという選択も間違っていない。一時は村に多数の犠牲者を出して途方に暮れたものだったが、あの全裸を貴ぶ部族の戦士は、わらわにとって福音をもたらしてくれるやもしれんな」

村長様の仰る通り、そうであって欲しいものです……

「そなた、いい夫の元に嫁げてよかったのう。わらわも羨ましい限りだ、アッハッハ！」

手負いとなったワイバーンを追いかけて森に入った追跡隊のみなさんたちが、にわかに騒がしくなりました。先ほど空を駆け抜けるキュルキュルと鳴った笛の響きは、どうやら信号矢を放った音だったのです。

無事に夫とニシカさんが、ワイバーンを仕留めたのですね。

「よそ者の戦士が、鱗裂きと共同で手負いのワイバーンを仕留めたそうだぞ！」

「まじかよ。全裸の変なよそ者かと思っていたが、戦士を名乗るだけあって流石だな。そうすると、さっきの矢笛の信号は、ワイバーンを仕留めたという合図か！」

「無防備な全裸のくせにやるもんだな、聞こえたのは森の西にある湖の畔だ。よし村長さまにご報告して、追跡チームを急いで向かわせろ。飛龍を解体するぞ！」

無理はしないと仰った言葉に偽りはなかったのか、それともニシカさんが上手く立ち回ってシューターさんを助けてくださったのか。

まだ夫とは結婚したばかりのわたしのところにも、開拓村の猟師のみなさんが駆け寄って祝福の言葉を口にしてくれたのでした。

そして誰よりもわが事の様にお喜びになられたのが村長さまでした。

「さすが全裸を貴ぶ部族の戦士は勇敢だな。街から応援に呼んだ冒険者どもを差し置いてシューターが仕留めたというのは、わらわも鼻が高いばかりだ。そなたも、自慢の夫と結婚出来て満足であろう。うん？」

「そのう、ありがとうございます」

大物を仕留めた手柄があるので、近いうちにもシューターさんは猟師見習いを卒業出来るそうです。そう

すればお父さんの持っていた猟師株は夫に譲られて、

「正真正銘、その暮らしぶりも楽であろうの」

「はい……」

「優先的にワイバーンの肉も配給する。何しろ夏のうちは肉が貴重だからな、猟師どもはワイバーンの干し肉が好物だと聞いていたので、特別だ」

「い、いえ……」

ワイバーンの肉は硬くてボソボソしているので、お気持ちはありがたいですがと複雑な気持ちになっていると、

「何だいらんのか？　噛めば噛むほど味わい深い肉の旨味が染みわたるので、猟師にとっては最高のご馳走だと鱗裂きめは言っておったのだが……そうではなかったのか？」

「わたしはこの冬に、お父さんが共倒れになって仕留めたお肉を頂いていましたので、それで十分よくしていただきました」

「ふむ。そなたがそこまで言うのなら、褒美は別のものにして肉はわらわが食べるとしよう……」

とても悲しいお顔をした村長さまは、そう言って肩を落としてわたしの側を離れていきました。

やがて気持ちを切り替えたのか、追跡隊のみなさんに大きな声で叱咤を飛ばしながら信号矢の音色が聞こえた方向に隊列を向かわせます。

本当は大人数で包囲してワイバーンにトドメをさす予定だったので、サルワタの深く広い森の中に踏み入った追跡隊のみなさんは、荷車に見た事もない大きな槍や捕獲網を載せて、手押ししながら進んでいました。

わたしもみなさんを手伝って荷車を押して森の中を進んでいると、やがて鬱蒼と生い茂った樹木の切れ目から、森の西にある湖畔の草原が見えてきたのです。

そこには、まがまがしくも大きなワイバーンがべったりと身を横たえていて、山刀を手に持ったニシカさんとシューターさんが、横たわった飛龍の腸を引き出している最中でした。

本当にシューターさんは、ニシカさんと一緒に巨大なワイバーンを倒したのですね。

見ているとお怪我をした様子もなく、こちらに気づいた夫が元気にわたしに向かって手を掲げてくれるではないですか。

気がつけばわたしは荷車を押す手を止めて駆け出していました。

「シューターさん！」

「お、カサンドラか。こっちこっち！」

つい大きな声を上げてしまったのですが、周りにいた村人のみなさんがニヤニヤしているのを見て、途端に恥ずかしくなりました。

それでも、足場の悪い草原を走ってシューターさんの側にやってくると、精悍な夫の顔にやさしい笑顔が浮かんでいるのが見えました。

気恥ずかしい気持ちになりながら、全裸のお姿を頭の先から足先まで確認します。やっぱりお怪我をした様子はありません。

「はあっはあっ……」

「そんなに急いで駆けてこなくても、俺はこの通りピンピンしているからね」

視線を合わせると、あわててわたしは視線を外してしまいました。

わたしの視界の端っこで幼馴染のニシカさんが白い歯を見せて面白がっていたのも、ちょっと悔しかったです。

でも、ちゃんと言っておかないといけないことがありますよね。

「……全裸のお姿でお怪我をなさったらどうしようかと、心配していたのですよ」

「え、そ、そうだよね。ごめん心配をかけて。でもニシカさんのおかげで無事に邪悪なワイバーンを仕留める事ができたよ。思いがけずお義父さんの仇を取る事になったかな？　なんちゃって……」

「そんな事はどうでもいいんです。ほ、本当にご無事で何よりでした。おかえりなさい、シューターさん」

「うん。ただいま……」

改めて気恥ずかしい想いを我慢しながら夫の顔を見上げると、シューターさんもニッコリと微笑んで返事をしてくれました。

◆

さて。新婚早々からワイバーンにまつわるそんな顛末が落ち着いて、ようやく日常の生活を取り戻したのですが……

すぐにも夫は村長さまのご命令で、街へお出かけになる事が決まったのです。

たった十日ばかりの新婚生活。夫婦の生活というのは、まだどのようにしていいのかわたしにはわかりませんでした。

わたし自身は覚悟を決めていたのですが、夫はどういうわけかわたしに手を出そうとはしませんでした。

やはり村長さまのご命令で決められた結婚がご不満だったのでしょうか。

けれどもその一方で「ゆっくりと夫婦になっていこう」と仰ってくださったのですが、あの時の夫はとても興奮気味で、このまま押し倒されるんじゃないかと思うと、その時まだ心の準備のできていなかったわたしは、拒絶してしまいました。

今にして思えば夫はそれ以後、わたしに触れようとしなかったのです。

わたしから、よそ者扱いされがちな夫を受け入れる様に、努力しなければ。

その事をシューターさんがお出かけ中、ニシカさんに相談しました。

「猟師の家族なら、新婚早々に旦那や嫁が森に入って単独で猟に出かける事も珍しくねえだろう」

「……確かにそうですけれども。シューターさんがお出かけになるのは猟のためではありませんし、とても大きな街なんですよね……？」

獣の皮を洗う手を止めて、わたしは質問しました。

「そうだぜ。オレは行った事がないんだが、ギムルの旦那が年に何回か街まで土産物を買いに遊びに行ってるらしい」

「遊びに行っているだなんて……」

ギムルさまに聞かれたらお叱りを受けてしまいます。

「馬鹿を言っちゃいけねぇ。あの義母ちゃん大好きの馬鹿息子が、村長さまのために土産物を見繕っているのは事実だぜ」

訳知り顔をしたニシカさんが身を寄せて小声でヒソヒソはじめます。

「ガキの頃にな、」

「は、はい」

「後生大事にあの若大将が持っていた箱を奪い取って中身を見たのよ。そしたらなんと、村長さまのためにストールを買ってきてやがった。都会でしか売ってない様な、鮮やかな柄の綺麗な布切れだぜ」

「………」

「なあカサンドラ」

「は、はい」

「お前ぇ。あのよそ者の事が心配なら、このオレ様がシューターについていってお守りをしてやろうか？」

「えっそんな事。村長さまに知られたら、今度こそお叱りを受けるだけじゃ済みませんよ……」

「なぁに、どうせ夏場は金になる目ぼしい獲物もいやしない。それにしばらく妹が食べていけるぐらいの蓄えは、ちゃんとオレにだってあるんだぜ？」

でも、その様な事が本当に許されるのでしょうか。わたしには判断しかねます。

「まあこの事はよ。よそ者と村長さまには当然内緒だからな？　コッソリ後を付けて、脅かしてやるぜ！」

子供の頃に悪戯を思いついた時きによく見せた、ニシカさんの顔がそこにはありました。


こうして夫はお仕事で街にお出かけになる事になりました。

勇敢な全裸の戦士として、討伐したワイバーンの素材を売りに行くギムルさまの護衛役を仰せつかったのです。夫はとても強いひとですけれども、何分《なにぶん》森をさまよってよその土地から来たひとなので、この辺境の事は不案内ですもの。

夫にニシカさんがコッソリとついていく事は黙っていましたが、面白がっているニシカさんがああいう提案をしてくれた事は内心でとても嬉しかったのも事実。

そうして出立の日取りが決まってからはッワクワクゴロさんが時々訪ねてきて、お芋や清潔な布をくださいました。

夫の事を支えるのが嫁の役割です。わたしはその布でいつも全裸で寂しそうにしている夫のために、下着を作ってみました。

そうしてたいそう喜んでくれた矢先に、夫は街に旅立っていきました。

「それじゃあ行ってくるよ」

「あのう。お弁当とお着替えはちゃんと風呂敷の中に入れてありますので」

「ありがとうございます、ありがとうございます……じゃあ夜はしっかり戸締りする様に」

少し、夫との距離が狭まった気がします。

夫がいつ戻ってくるのかは村長さまからも夫からも聞かされていませんでした。だから、夫が街道を旅立っていく姿を、せめてひと目お見送りしようと、家の前でお待ちしておりました。

気恥ずかしかったわたしですが、夫を見かけると、ついつい手を振ってしまいます。

すると、夫もわたしに応えて、手を振ってくださいました。

「行ってらっしゃい、シューターさん」

◆

夫が旅立ってからは、またお父さんが亡くなってからと同じ様に静かな生活に戻りました。

非力なわたしでは猟師の娘であっても、出来る事はしれています。近所の猟師の奥さんがたと、皮をなめす作業をしたり、畑の手入れをしたり。

シューターさんが耕してくれた畑だけは、わたしひとりででも守らなければなりません。そう勇んでみたものの、やはりわたしひとりでは限界がありました。

腰を軽く痛めてしまって、ッワクワクゴロさんにお叱りを受けました。

「こういう事は、俺んちの馬鹿弟どもにやらせればいいんだ。いつでも俺に言ってくれ」

「ありがとうございます。ありがとうございます」

「おう。その言い方を聞くと、シューターを思い出すな。あいつ元気にやってるかな」

「そうですね。夫がよく言っていましたね」

ッワクワクゴロさんと、寝台に横になったわたしとでふたりでころころと笑いました。

ある日、久しぶりにオッサンドラ兄さんが訪ねてきました。兄さんはわたしが腰を痛めていると聞いて、いてもたってもいられずに来てくださった様です。

嬉しいのです。嬉しいのですけれど、夫が不在の家に、例え身内と言っても、未婚の男性が来たのでは、あらぬ誤解を招いてしまいます。

だからわたしは、やんわりとオッサンドラ兄さんにお断りを入れたのですが……

「シューターに聞いていた。りんご酢がなくなっているらしいから、届けに来たぞ。酢は薬にもなる、これを飲んで元気になってくれ」

「オッサンドラ兄さん。ご近所に妙な噂が立ってはいけません、だからうちに来られるのはその……」

「何だ、何でも俺に言ってくれ。数少ない家族じゃないか」

「か、家族といいましても。わたしたちは従兄妹ですし」

いつもより強気のオッサンドラ兄さんは、怖かったです。

けれどもその時、ちょうど村長さまの跡取り息子さまであるギムルさまが来られたのでした。

「入るぞ。貴様……」

「ぎ、ギムルさま」

「お前、この家で何をしている」

「俺はカサンドラの従兄です。家族がここに居たって別におかしいことじゃねえ」

ギムルさまはその言葉を聞いて、腰の剣を引き抜かれました。

オッサンドラ兄さんが殺されるのではないか、わたしは一瞬そう思ったのですが、剣を突きつけられた兄さんは、腰を抜かしながら逃げていかれたのでした。大事《おおごと》にならなくてよかった。

そんな風にわたしがほっと胸を撫でおろしているところ、

「無事で何よりだ。村長にお前が腰を痛めていると聞いたのだ。いや、無事ではないか」

「いいえ、たいした事ではないので大丈夫です」

「そうか。ならいい」

ギムルさまはわざわざそれを言いに来られたのでしょうか。

それだとしたら、興奮して見境のなくなったオッサンドラ兄さんから偶然守っていただき、とても感謝しなければいけません。

兄さんはとてもいいひとですが、同時にとても思い込むと一途なひとでした。何か悪い道に踏み外さなければいいのだけれど。

「そうだ。実は今しがたブルカの街から戻ったところでな」

「お勤めお疲れ様です。すると、あのう。シューターさんは」

夫が帰ってくる。そう思ってわたしは胸が高鳴りました。

けれども、どうやらそれはぬか喜びだった様です。

「残念だが、シューターは今しばらく街に残る事になっている」

「そう、ですか……」

「そうだ。俺の命令だ、恨むなら俺を恨め」

「恨むだなんて、そんな……」

お役目なのだから、夫の帰りが遅くてもしっかりと家を守らないと、シューターさんにお叱りを受けてしまいます。

そう思っていると。ふうとため息を口にしたギムルさまは、申し訳なさそうな顔をして懐を探っておいでです。

ギムルさまがわたしに差し出したのは小さな紙と、手鏡でした。

「これをお前に渡しておく。シューターからの土産と手紙だ」

「ギムルさま、大変申し訳ございません。わたしは字が、読めません」

「お前たち夫婦が無学である事は俺が知っている。だから代わりに代読する。コホン……」


前略、カサンドラはお元気ですか。

こちらはよろしくやっております。ブルカの街はとても大きいです。

夜も灯火があちこち溢れて、都会の雰囲気に圧倒されますが、飯はカサンドラの作ったものが一番です。

ところでギムルさんの命令で街にしばらく滞在する事になりました。

早く逢いたいですがこれも役務です。愛する妻へ

「という様な事を確かお前の夫が言っていたはずだ」

「言っていた、と言うのは？　あのう、手紙に書いて、あるんですよね」

「書いてあるのは、所要により滞在延期となりました。早く逢いたいですがこれも役務です。愛する妻へ、とだけだ。だが手紙に書けなかった分を、あいつが口にしていたのはこんな内容だったはずだ」

「手鏡はその……」

「お前のために、あいつが手ずから選んだものだ。後生大事にしろ」

「あっありがとうございます、ありがとうございます」

「フン、そういう言葉はシューターに言え。それと似たもの夫婦みたいな礼を口にするな」

「あっはい。そうですね、そういたします」

わたしはギムルさまから受け取った手紙と手鏡を見ました。

鏡を覗き込むと、そこには頬っぺたを桜色にした女がこちらを見ていました。

シューターさんのご無事を毎日お祈りしています。

早く帰ってきてくださいね。

新約・異世界に転生したら全裸にされた［改版］①／完

【あとがきですね】

この度は「新約・異世界に転生したら全裸にされた」一巻をお手に取ってくださり、ありがとうございます。

本書は「小説家になろう」にて二〇一五年夏に掲載開始、二〇一六年末に刊行した旧約全裸を加筆修正したものになりますが、続刊の準備に思いのほか手こずってしまい、二巻と同時発売で新装版の一巻をお届けする事になりました。

その間に竹書房さまにて、あしもと☆よいか先生の異世界全裸コミカライズがはじまり、マッグガーデンさまでコミック新シリーズも始動してしまうなど、作品世界が成長して作者としても嬉しい限りです。

ありがとうございます、ありがとうございます。作者は全裸で平伏した。

新装版として加筆修正するにあたり改めて本書や漫画版を読み返していたのですが、作者がWEB掲載当時に認識していた以上に吉田修太こと主人公のシューターはタフで常にバイタリティ溢れる人物じゃないかと驚いてしまいました。

特にあしもと先生の漫画版シューターは表情がしっかりと絵になっていて、前向きな性格が伝わってくるので個人的に嬉しい再発見だったと思います。

そんな漫画版の二巻は本書と同日の発売になりますので、本屋さんでお見かけの際はぜひお手に取ってくだされば。

ところで作者は本作を執筆開始した日、たまたま地元近くの天下一品でこってりラーメンを食べておりました。

食事中、友人から連絡がありまして「小説家になろうで、異世界に転生したら村八分というテーマで作品を書いたら、ランキングいけるで」と言われたのです。

お前は何を言っているんだと思いながらも掲載したのが全てのはじまり。今にして思えば感謝しかありません。ありがとうございます、ありがとうございます。

それからは縁起担ぎもあって打ち合わせの帰り、仕事休憩のランチ、辛い事があったり記念日だったり、初心を取り戻そうと奮起した時にはいつも思い出した様にあの日あの時食べたメニューを注文しています。

天下一品のこってりラーメンを食べた際には、ぜひ異世界全裸の事を思い出してくださいね！

新装版の発表にあたって営業さま編集さまと協議を重ねた結果、今回は新たに約束を果たす意味から「新約」という言葉を加えています。

この約束の通り、読者さまに次巻もお届けできる事を願って。

これからも新約全裸と、異世界全裸の各作品を末永くよろしくお願いします！

二〇一九年七月吉日　狐谷まどか　拝

MAG Garden NOVELS

新約・異世界に転生したら全裸にされた[改版]①

発行日　2019年9月7日 初版発行

著者 狐谷まどか　イラスト もちうさ

発行人 保坂嘉弘

発行所 株式会社マッグガーデン
〒102-8019 東京都千代田区五番町6-2
ホーマットホライゾンビル5F
編集 TEL：03-3515-3872　FAX：03-3262-5557
営業 TEL：03-3515-3871　FAX：03-3262-3436

印刷所 株式会社廣済堂

装幀 矢部政人

本書は「小説家になろう」(https://syosetu.com/)を書籍化した『異世界に転生したら全裸にされた』(2016年12月弊社刊)に加筆修正し改題改版したものです。

ISBN978-4-8000-0872-5 C0093